本书为国家社科基金重点项目《当代乡土小说审美变迁研究》子项目

转型中的乡村图景

贺享雍《乡村志》研究

贺仲明　田丰　著

四川文艺出版社

图书在版编目（CIP）数据

转型中的乡村图景：贺享雍《乡村志》研究/贺仲明，田丰著. —成都：四川文艺出版社，2019.10
ISBN 978-7-5411-5515-4

Ⅰ. ①转… Ⅱ. ①贺… ②田… Ⅲ. ①贺享雍—小说研究 Ⅳ. ①I207.42

中国版本图书馆CIP数据核字（2019）第198661号

ZHUANXING ZHONG DE XIANGCUN TUJING——HEXIANGYONG XIANGCUNZHI YANJIU

转型中的乡村图景——贺享雍《乡村志》研究

贺仲明　田丰　著

责任编辑	罗月婷
内文设计	史小燕
封面设计	赵海月
责任校对	蓝　海
责任印制	唐　茵

出版发行	四川文艺出版社（成都市槐树街2号）
网　　址	www.scwys.com
电　　话	028-86259287（发行部）　028-86259303（编辑部）
传　　真	028-86259306
邮购地址	成都市槐树街2号四川文艺出版社邮购部　610031
排　　版	四川胜翔数码印务设计有限公司
印　　刷	成都蜀通印务有限责任公司
成品尺寸	168mm×238mm　　开　本　16开
印　　张	12.5　　字　数　220千
版　　次	2019年10月第一版　　印　次　2019年10月第一次印刷
书　　号	ISBN 978-7-5411-5515-4
定　　价	39.80元

版权所有·侵权必究。如有质量问题，请与出版社联系更换。028-86259301

目录
CONTENTS

绪论　真正回归乡村的乡土小说 …………………………… 001

第一章　贴近乡村现实的原生态叙事 ………………………… 016
  第一节　本土化精神：对乡土社会的理性观照及文化忧思 ……………………………………………………… 016
  第二节　本土化语言：原生态的话语建构及其审美意义 ……………………………………………………… 030
  第三节　本土化叙事：接续传统的叙事思想及其文本表现 ……………………………………………………… 042

第二章　深入而独立的乡村伦理考察 …………… 059
　　第一节　《乡村志》的家庭伦理书写 …………… 059
　　第二节　《乡村志》的经济伦理书写 …………… 073
　　第三节　《乡村志》的政治伦理书写 …………… 087

第三章　强烈地方气息的文化和审美 ……………… 107
　　第一节　独具特色的地方风俗描绘 ……………… 107
　　第二节　带有悲剧色彩的田园守望 ……………… 123
　　第三节　本真的乡村情感与乡土经验 …………… 134

第四章　四川乡土小说史上的贺享雍与《乡村志》 ……… 143
　　第一节　本土性的浓郁与多元：贺享雍与李劼人小说
　　　　　　比较研究 …………………………………… 143
　　第二节　士绅文化传统的回归与变异：贺享雍与沙汀
　　　　　　小说比较研究 ……………………………… 162
　　第三节　变革时代乡土社会的创造性展现：贺享雍和
　　　　　　周克芹小说比较研究 ……………………… 179

结语　本真的美学及其超越——再论贺享雍和《乡村志》 …… 191
主要参考文献 ……………………………………………… 194

绪论　真正回归乡村的乡土小说

一

与乡村之间的距离，始终是中国乡土文学一个难以言说的隐痛。

最初的乡土文学概念，中心内涵就是乡村游子的外在视野。中国现当代乡土文学开创者鲁迅的几乎所有乡土小说表达的都是乡村游子对故乡的反顾，他给"乡土文学"命名，也明确将离乡者的"乡愁"和"侨寓"作为核心特征[①]。也就是说，鲁迅所开创的"乡土文学"传统，是离开乡村的游子们站在现代文明的视野上对故乡的审视和回望。无论是身体还是精神，作家们写作时都已经离开了乡村。

这种距离，激发了作家们对乡村的怀恋情感，并使其作品普遍地具有抒情和感伤的艺术质素，同时更重要的是，它赋予了作家们理性的高度和批判的眼光，使他们能够清醒地看到乡村的诸多未启蒙状态并给予有力的鞭挞和揭示，从而使他们的作品呈现出现代启蒙精神的光芒。眷顾与批判交织，依恋与拒绝并存，是早期乡土文学作品显著的精神特征。

但与此同时，这种距离也对乡土文学与现实乡村之间的联系构成了较严重的制约。因为：其一，乡愁回望式的反顾肯定难以与现实乡村同步，理性批判的视野更会导致其书写难免选择性失真，因此，早期乡土文学作品大多具有象征性的艺术特征，缺乏对真实乡村生活面貌的细致展现。其二，外在的眼光和距离，决定了作家们书写乡村的主导精神是知识分子文化，乡村属于被俯视和受审视的一

---

① 鲁迅：《且介亭杂文二集·〈中国新文学大系〉小说二集序》，《鲁迅全集》第6卷，北京：人民文学出版社，1981年，第247页。

方。同样，这些作品的预设阅读对象不会是乡村农民，而是以自我主体为中心。这必然导致它们的艺术形式与农民的接受度之间会形成较大的分歧，农民们看不懂它们，就难以产生认同感。这也使乡土文学陷入一种悖论式的困境当中：作家们创作的初衷是要改造和启蒙乡村，文学是其唤醒乡村民众的基本方式，但结果却是这些作品根本进入不了乡村，不为农民们所接受。启蒙者和被启蒙者存在如此严重的隔膜，乡土文学的启蒙任务自然难以完成。

正因为如此，在新文学诞生十余年之后的20世纪30年代初，新文学内部出现了对新文学与大众关系的强烈反省之声，乡土文学创作是其中的重要部分。以瞿秋白、茅盾等为代表的作家们检讨了新文学的接受困境，乡土文学的首倡者鲁迅也指出现在的"平民文学"只是"另外的人从旁看见平民的生活，假托平民的口吻而说的"，期待出现真正由农民作家创作的文学[1]，另一位新文学大家郁达夫也发表《论农民文学》等文章，呼唤真正来自基层的"农民作家"："可是在现代的中国，从事于文学创作的人，还是以小资产阶级或资产阶级的人居多，真正从田里出来的农民诗人，或从铁工厂里出来的劳动诗人，还不见得有。"[2]

在这样的背景下，茅盾对乡土文学理论做出了新的阐释和倡导，他指出乡土文学作者不应该"只具有游历者的眼光"，而是需要进入乡村农民的广阔现实生活，写出他们"与我们共同的对于运命的挣扎"[3]。受其影响，乡土文学创作也呈现出新的趋向。叶紫、吴组缃等作家的《丰收》《樊家铺》等作品虽然在审美形式上并没有太显著的改变，但在内容上却有很重要的发展，那就是：它们以写实笔法书写了现实的乡村，让普通农民生活真正进入乡土文学之中。

此后，赵树理和"十七年"乡土作家们将这一创作做了进一步的推动。赵树理的乡村"通俗故事"既表达了解放区农民的许多现实困境和愿望要求，也以生动的口语化形式走进了农民的阅读视野。"十七年"乡土文学则更是集体性地进入乡村现实，几乎是以合唱的形式展现了剧烈的乡村变革运动。这些作品的文学

---

[1] 鲁迅：《而已集·革命时代的文学——四月八日在黄埔军官学校讲》，《鲁迅全集》第3卷，北京：人民文学出版社，1981年，第422页。
[2] 郁达夫：《〈鸭绿江上〉读后感》，《郁达夫文集》（五），第253页，广州：花城出版社、三联出版社，1982年。
[3] 茅盾：《关于乡土文学》，原载1936年2月《文学》第6卷第2号，收入《茅盾全集》第21卷，北京：人民文学出版社，1991年，第89页。

形式同样致力于与乡村现实相衔接，更得到时代传媒和出版等文化政策的大力支持，从而在大众接受度上达到了新文学历史上前所未有的高度，李双双、梁生宝、萧长春等人物形象在乡村社会中拥有相当高的知名度，并受到广泛欢迎。

然而，这些创作也存在着难以弥补的重要缺陷。首先，就是过于切近现实，缺少自我主体精神。它们往往抱有宣传现实政策的主观愿望，其作品主题自然就少有对问题的揭示，更缺少质疑和批评。这导致了它们往往只反映了现实生活的表层现象，却没有揭示出真实、复杂的深层生活实质，主导思想上距离启蒙思想比较遥远。其次，在艺术上，它们也呈现出创造性不够的缺点。作家们获得了描摹乡村生活细节上的成功，借鉴民间文学方法和方言口语也有其特色，但是，在文学形式改造和创新方面却缺乏突破，以至于作品在艺术表现力方面欠缺丰富性和深刻性，存在浅显和雷同的缺陷。

正因为这样，进入20世纪80年代后，文学界对这些作品进行了较严厉的批判性反思，并导致了乡土文学创作方向的集体性转移。不只是"十七年"那种通俗化叙述被完全弃置，连现实乡村也逐渐远离作家们的笔下。虽然有周克芹的《许茂和他的女儿们》、路遥的《平凡的世界》、贾平凹的《浮躁》等作品获得了较高的成就和较大的声誉，特别是《平凡的世界》曾赢得众多乡村青年的倾心和认同，但总的来说，在乡土文学领域，直接面对乡村现实，特别是有志于展现乡村现实大变革的作品越来越少，乡村书写呈现个人化和零散化的趋势。

20世纪90年代后，乡村社会发生了巨大变化，乡土作家与乡村现实之间的关系也受到严重影响。随着乡村生活方式的转变，城乡之间生活和文化差距日渐缩小，特别是传统乡村伦理的迅速坍塌，乡村再难以让作家们产生生活的熟悉感和心灵的归宿感。在现实和情感层面，作家们与现实乡村都产生了严重疏离。与此同时，由于传统生产方式和民俗生活普遍退出乡村，更年轻的乡土作家们已经难有机会见识到传统的劳作和风习，他们即使有过乡村成长记忆，也难以拥有充分而典型的乡村生活体验。

在此背景下，反映现实乡村生活的作品更为萎缩。作家们的关注点集中在伦理文化变迁上，侧重于表现怀念过去和自我感伤，对现实乡村作家们则普遍持否定和拒绝的态度，很少有对现实乡村进行冷静展示和细致描绘的创作。如果将"乡土"的"乡"主要从现实层面解读，"土"从文化角度解读，那么，当前乡土文学基本上只见"土"而不见"乡"了。

从文学接受角度看，当前的乡土文学与乡村之间的关系不但没有比之前切近，反而更遥远了。虽然这种情况的出现有影视、网络媒介等多种因素影响，文学自身只是因素之一，但无可回避的客观现实却是：乡土文学尽管仍然在书写着乡村和农民，但是农民却根本不关注它们，更缺乏对它们的热爱。二者的距离越来越远，甚至可以说完全处于隔膜状态。

二

虽然当前乡土文学的主流是文化怀旧，但并非没有作家在坚持书写现实乡村。四川作家贺享雍即为其中之一。他出身于真正的农民家庭，只是依靠文学写作才离开农村，成为一名国家工作人员和作家。迄今为止，他已经创作了近七百万字的作品，这些作品几乎全都是以乡村现实生活为题材。特别是他近几年出版的系列长篇小说《乡村志》，更集中体现了他乡村书写的个性特征：

其一，以问题为中心，挚切关注乡村现实。

《乡村志》计划写作十部，至本书成文时已经全部出版。这些小说的人物和故事各自独立，但都以一个叫贺家湾的西部乡村为背景，人物故事也相关联，集中展现1949年后，特别是改革开放后的乡村生活。而在内容上，它们更有一个突出的共同点，就是都以问题为中心，或直接针砭当下乡村的现实矛盾，或结合乡村几十年的历史变迁，揭示和思考乡村社会的沉疴和困境。比如《土地之痒》关注农村土地关系和流转问题，《村医之家》展示长期困扰乡村大众的医疗健康问题，《民意是天》聚焦于乡村政治选举，《是是非非》《青天在上》则揭示了村民与乡村干部之间的矛盾，《人心不古》思考的是乡村法律和环境意识以及文化生活，《大城小城》则书写了乡村伦理的巨大变迁，等等。整体看来，《乡村志》几乎就是一部当下乡村现实的问题集成。这些问题都与当前乡村现实相关联，牵动着乡村人的日常生活，更与乡村的现实稳定和未来发展息息相关。

但是，《乡村志》揭示问题并不以展示为最终目的，而是在努力寻求着问题的解决。作品中虽然有对现实的忧患和不满，却很少情绪化的愤激，而是致力于冷静理性地客观展现问题的过程，思考问题产生的原因，探究解决问题的方法，其目的是改变乡村面貌，促进乡村的发展和变革。以当前乡土文学最集中书写的乡村伦理问题为例。《乡村志》也关注这方面的内容，如《人心不古》等多部小说都叙述了当前乡村农民成天打麻将度日、精神生活匮乏的现实，《大城小城》更集中揭示了乡村社会传统的亲情和邻里关系的严重变异。其中也有昔日乡村和现实的比较，但它们不是简单的好坏对照，而是作为问题的背景和原因来思考。典型如《人心不古》，它细致地叙述了乡村打麻将风气如何形成的全过程，认为其原因在于生活方式改变所带来的文化单调和枯燥，并尝试借助恢复乡村传统的喜庆娱乐节目，从根本上解决这一困惑乡村文化发展的重要问题。

在这个意义上，说贺享雍是一个"乡村问题作家"，说《乡村志》是一部"乡村问题小说"，大致是不差的。

其二，细致而全面的现实乡村生活描画。

贺享雍曾经说过，他写《乡村志》，是希望"将共和国成立以来特别是改革开放近四十年的乡村历史，用文学的方式形象地表现出来，使之成为共和国一部全景式、史诗性的乡土小说"①。显然，他希望笔下的贺家湾成为一个如福克纳"约克纳帕塔法县"或和莫言"高密东北乡"那样广阔的文学乡村世界。事实上，《乡村志》以如此庞大的篇幅，全面而细致地展现了从改革开放以来四十余年的乡村生活变迁，既寓含有历史的嬗变印记，又丰富多元，确实是一幅当代乡村生活的《清明上河图》。

具体说，它展示了乡村生活的多个层面，既有物质，也有精神。物质层面的典型是日常生活，也就是乡村生活的各种细节。这其中有各种乡村政治和经济事务，比如大小会议、农民纠纷调解等，也有传统的乡村劳动，乃至琐细的家庭生活，家长里短，事无巨细，几乎无所不包。在乡村，日常生活往往是与独特的地域色彩结合在一起的，《乡村志》正是如此，"涉及生产、饮食、居住、婚姻、丧葬、节庆、娱乐、礼仪、风水、传说等行为，上至人生礼仪、节日岁时、行为禁忌，下至人际往来、游戏娱乐"②，全面而细致地展示了具有浓郁川东色彩的乡村生活风习。像乡村青年男女从说媒、相亲、定亲到最后婚礼的全过程，以及分家

---

① 向荣、贺享雍：《〈乡村志〉创作对谈》，《文学自由谈》，2014年第5期。
② 贺享雍：《远去的风情》，成都：天地出版社，2013年，第2页。

起灶、看风水、算命打卦,等等,都如风俗画一般呈现其中。

精神层面的典型体现者则是各式乡村人和复杂乡村关系。《乡村志》塑造了众多乡村人物形象,他们中有乡村干部、知识分子,也有医生和普通农民,虽然身份有别,但都不是观念的化身,而是渗透着乡村的泥土气息和露水滋味,凝结着典型的乡村文化性格,是乡村社会生态链条中的真实一分子。如热恋土地、勤劳忠厚的贺世龙,善良勤奋却命途坎坷的乡村医生贺万山,曾经有理想追求却被现实不断磨蚀、逐渐世故自私的贺端阳,以及象征着乡村灵异文化的贺凤山……莫不如此。而且,这些人物都不是孤立的存在,而是有着亲眷、邻里、上下级等复杂关系,因此,人物之间的交往,也就构成了原生态的乡村社会关系——从政治、经济、伦理,到环境、土地,几乎无所不包。换言之,作品塑造这些人物,揭示这些人物关系,也就展示了乡村现实的政治、文化和心理等多重生态,对中国乡村社会做了一次深度的扫描和透视。

其三,质朴通俗的叙述方式。

对于乡土文学来说,叙述方式是非常重要的一个环节。由于历史和教育等原因,乡村的文化和审美层次都要朴素简单一些,也就是俗称的"下里巴人"代表。就文学接受而言,通俗直白,质朴简洁,应该是与乡村生活比较一致的审美特点。《乡村志》在艺术上充分接近农民的审美习惯,采用质朴通俗的叙述方式,将笔下的乡村生活和审美风格融为一体。

这首先表现在其切实的人物形象和朴实的生活细节上。作品描述了多位农民及乡村干部,他们从外貌形象,到生活语言,包括思想行为,都普通日常,也都有着非常朴素平淡的人生轨迹。特别是在人物心理上,他们在现代与传统、个人利益与他人利益等方面的矛盾和冲突,都高度吻合农民的身份和文化特点。可以说,这些人物都是真实农民的再现,与原生态的乡村浑然一体。与之相应,作品的生活细节也非常朴实,从最亲密的父子、夫妻,到普通的邻里交往,以及最日常的生活琐事,都遵循乡村生活原有的面目,简单得近于平静,朴实得几乎单调,但却是乡村生活的切实写照。

其次表现在故事化的小说结构。《乡村志》所有作品都是以故事作为中心构架,每一部作品都讲述一件事情或一个人的生活故事。其讲述方式尽管不完全一样,叙述的节奏也有变化,但都追求故事的生动、曲折和流畅,情节安排跌宕起伏、曲折悬念，读起来既直白浅显，与乡村生活、与农民的接受水准保持一致，又扣人心弦、悬念丛生，很能吸引读者。

最后是通俗化的叙述方式和叙述语言。作品的叙述方式与故事化结构完全一致，特别是在多个地方有意识借鉴中国传统话本小说的表达方式，比如"话说""按下不表"等，来对故事发展进行转换，显示出对传统口传文学叙述方法的继承，也更加强了作品的通俗化故事效果。此外，作品在人物语言中广泛运用方言口语，包括那些不很符合文明规范的歇后语、带脏字的口语，散落于作品各处。它们幽默风趣，家长里短，虽然难免有不够简洁之处，但却真正与乡村生活自然融汇。作品的叙述语言不完全统一，而是存在叙述者身份上的差异。如《村医之家》，就完全以乡村医生贺万山的口语来进行叙述，《人心不古》则因为叙述者是退休中学教师，语言就略带书面气息。但是，它们都没有脱离朴素通俗的基本特性。这种叙述方式，既使作品洋溢着非常浓郁的乡村生活气息，也通俗易懂，能够为普通农民所理解和接受。

《乡村志》的上述特点，内涵虽然有所差异，却共同地指向乡土文学回归乡村的基本方向——具体说，就是"为乡村写，写乡村，以及写给乡村人看"。而这，也很容易让人想到20世纪40年代的赵树理、50年代的柳青和80年代的路遥，可以看到周立波的《山乡巨变》、李准的《李双双小传》、浩然的《艳阳天》等作品的某些影子。可以说，尽管在创作精神、艺术探索等方面，贺享雍与上述作家之间也许并不完全一致，但在近距离书写乡村、促进乡土文学回到乡村方面，他们确实有重要的契合，换句话说，在文学与乡村关系方面，贺享雍的《乡村志》是茅盾—赵树理—"十七年"乡土文学创作传统的回归。

三

乡土文学内涵丰富，不同的视野具有不同的指向，价值观念也有差异。当然不能要求以回归乡村作为乡土文学创作的唯一方向，但是在当下中国，贺享雍的《乡村志》这种挚切关注现实乡村的作品确实有着特别的价值。

最首要的原因是源于乡村的现实状况。自1978年改革开放以来，特别是21世纪以来，中国乡村发生了重大变化。农民又一次拥有了种植自己土地的权利，还获得了离开乡村生活的自由,这使农民们的物质生活有了迅速改进,文化生活也发生了大的变化。但是,改革也带来了很多问题,包括留守儿童、老人赡养、医疗保障以及家庭伦理淡漠、生态环境保护等。特别是快速城市化导致的乡村空心化、荒芜化问题,致使许多乡村面临崩溃。

乡村命运关系到农民的生存状况,而且还密切关联着更广泛的社会和大众。换言之,乡村现实的问题既是广大乡村的问题,也与中国社会整体的发展直接相关。改善乡村环境,振兴乡村发展,可以说是关系到改革全局、社会全局。正如此,社会各界都非常重视现实乡村问题,乡村振兴也成为时代热点。作为以乡村为中心关注对象的乡土文学,将视野投入到现实乡村问题和农民命运中,揭示和思考乡村的现实和文化困境,帮助促进乡村的振兴,应该是义不容辞。

其次,也源于对当前文学社会责任意识的期待。社会责任意识是中国古代到现代文学的优秀传统和重要特色。在20世纪80年代之前,文学确实是受到"社会""集体"名义的过分禁锢,所以,人们对文学个人权利的争取具有充分的正当性,但是,最近一些年以来,一些作品完全弃置社会意识,回避和畏惧现实,将文学内涵局限在个人情感和欲望之内,将创作当作个人欲望和游戏的产物,也是对文学本质的片面化认知。这既会严重影响文学创作的思想高度和价值品质,也会进一步导致文学和社会的疏离。可以说,社会责任意识已经成为当前文学面临的一个重要问题。

贺享雍的《乡村志》对乡村现实问题的热切关注,无疑是对时代要求的积极呼应,而他之所以拥有这种自觉,则是其具有社会责任意识的结果。《乡村志》能够切中乡村重要问题,细致真切地反映乡村生活,显示出作者对乡村的谙熟和深厚生活积累,这与贺享雍来自农村、在乡村生活多年有直接关系,但更是他对乡村发展和农民命运深切的关爱之情所致,是他社会使命感的内在体现。他这样表达过自己的乡村情感:"我很喜欢生我养我的这片土地,尽管它很贫穷。我对这片土地上的历史沿革、风土民俗都了如指掌。我更热爱生活在这片土地上的父老乡亲。正因为热爱,我才替他们忧,替他们愁,替他们喜,替他们乐,洞悉盛衰,呼吁变革。"① 并明确自己文学创作的主旨是"为时代立传,为乡村写志,替农民发言"②。所以,正如有批评家对贺享雍的评价:"农村对于作者而言不仅是生活的场所与创作的源泉,更是生命的体验和精神的皈依。"③ 贺享雍深厚的乡村情感,对农民和乡村命运的挚切关怀,是他真切把握到现实乡村问题症结所在的重要基础,也是他有勇气和热情来创作这些"问题小说"的思想前提。

当然,文学不同于一般文化,它不应该成为现实的简单工具,而是需要有独立的思想,呈现自己独特的价值。换句话说,在当下乡村振兴和改造过程中,乡土文学不能做简单的宣传品,更不可能做具体的现实策划,它的主要价值在于以独立而深刻的思考,为乡村决策者和关注者提供思想启迪的作用。

在这方面,贺享雍的《乡村志》显示了自己的显著努力,也使他走出和超越了许多往昔乡土文学作品的窠臼,具有了更高的思想和艺术突破。

从创作立场上,它不是某种既有观念或政策的简单维护者和宣传者,而是有自己对乡村社会的独立、深入的思考。具体说,贺享雍不是简单站在某种立场上作为代言人,更不是借乡村变迁来倾诉个人情感,而是努力客观地展示乡村的现实状况,致力于独立地思考和探索乡村发展问题。因此,它所持的是开放、多元和超越性的姿态,对乡村矛盾中的各种维度都力图进行客观展现、揭示,做到不袒护、无偏向。可以说,其姿态既是符合主流话语的,又有揭示问题的因素,同时还更加包含乡村自身立场,是多方面姿态的融合。它超越了简单的政策宣讲和阐释,与之既存在某些契合,又具有一定的张力关系。

比如对现实政治。作品对从改革开放以来四十年乡村政治、生活和民智上的书写,毫无疑问是肯定和积极的。作品展现了乡村生活和文化的迅速发展,并表达了明确的褒扬和认同态度。但是,它又绝不是简单对现实的歌颂和迎合,也不盲目乐观,做轻松化处理,而是立足于乡村发展基础上,对许多问题都有反映和直面。

乡村民选是近年来乡村政治改革中的重要举措,对此,作者给予了总体上的

---

① 舒晋瑜:《贺享雍:我想构筑清明上河图式的农村图景》,《中华读书报》,2014年11月19日,第11版。
② 向荣、贺享雍:《〈乡村志〉创作对谈》,《文学自由谈》,2014年第5期。
③ 赵雷:《家族志 地方志 乡土情——评〈乡村志〉》,《扬子江评论》,2015年第3期。

肯定，也揭示了其中的问题。其典型是《民意是天》，作品完整叙述了贺端阳长达十余年的选举历程，其间，他遭遇了乡村权力的欺凌、恶势力的威胁等多方面的挫折，最后他虽然当选上了村主任，但似乎并不是真正依靠自己的能力，而是建立在与各种势力妥协的基础上。而且，结合其他几部作品看，贺端阳上台后，也并没有真正有所作为，而是逐渐被环境所同化。通过贺端阳的选举故事和形象刻画，作品对乡村民选的理解不是简单化的赞美，而是有诸多的探究和思考。同样，对于乡村发展的重要环节之一的政府管理部门，《乡村志》也多有直面其问题所在。或者说，作品既充分展示了这些管理机构的重要性，甚至认为它们是乡村发展的核心关键，但更指出其问题多多，症结重重。比如乡干部对乡村的隔膜，官僚主义和低效率作风，以及对老百姓事不关己高高挂起的工作态度等依然存在。至于在曾经的发展阶段，乡官与奸商勾结，以各种腐败形式侵吞农民土地和其他集体财产，更是让人触目惊心，也让人更加珍视目下全社会包括乡村的努力根除腐败、社会转向清明之风的社会风尚。

同样，对五四的启蒙传统，作品也是既有所继承又有所不一致。如《民意是天》《是是非非》对乡村选举中村民们的表现，特别是某些村民的颟顸狭隘，完全可以与文化批判和文化启蒙思想结合起来。特别是《青天在上》中，农民贺世忠从一个曾经的村干部沦落为一名老上访户，既有乡政府不作为的因素，也有中国传统农民文化劣根性在起作用。特别是他在见到官员时的怯弱，求人办事时的低声下气，一旦不成即反目成仇的表现，很容易让我们想到鲁迅笔下的阿Q。而且，作品对现代文明进入乡村，也持明确的理解和支持态度，这对乡村振兴是有益的态度和价值取向。如《土地之痒》虽然肯定老一代农民的恋土感情，但理性地认识到农民与土地关系分离的必然性，并表达了对现代思想观念进入乡村的期待。

然而，《乡村志》也有不少与启蒙文化不相一致的地方。典型如对乡村传统和乡村神秘文化的态度。作品也涉及了神秘文化，如算命、风水等，一些民俗描写中也包含不少在现代文明看来是落后和愚昧的细节。但它并没有简单地否定，而是将之归结为乡村的传统文化或智慧，在基调上是认可的。缘何？正是因它们在乡村传统伦理价值存续方面仍然有积极的作用，不能简单地加以否定——在这一点上，《乡村志》取的是包容的、乡村人自己的视点，而非单纯的启蒙式视点及写作意图。而在解决乡村问题过程中，当乡村风俗与现代法制存在冲突，甚至相对立的时候，作品也多从乡风民俗角度考虑，展示其无奈当中的合理性。典型如《人心不古》中退休教师贺世普与村民之间的矛盾，他们分别代表的无疑是现代文明和乡村传统，虽然作品对贺世普较多理解，但并没有完全将责任推给村民一方，而是含蓄地表示贺世普过于机械地遵照法律条文办事，没有充分考虑到乡村传统和民风习俗，也是他最终败退乡村的重要原因。

正因为这样，《乡村志》就超出了以往乡土作品大多比较单一的文化和启蒙立场，而是更为复杂多元。甚至说，在现实政治、现代启蒙、乡村自身这三方面，很难说清楚它究竟是站在哪一方，它往往是复杂的、交织着多方面的理性思辨和考虑，试图从更超越的视野来看待问题。正是这一点，赋予了作品许多深入而独到的认识，颇多具有新意、不同流俗之处。

比如对当前乡村伦理文化的变异，绝大多数乡土文学作家都是持明确的否定姿态，并对往昔乡村表示赞美和追怀。但《乡村志》不一样，它所展示的昔日乡村伦理关系并不完美，而是同样受到当时现实的严重制约——在贫穷的巨大压力下，家庭亲情也受到很大伤害，伦理关系也被扭曲。也就是说，在作品看来，当前错误金钱观和对物质利益过分追逐所导致的伦理变异固然让人担忧，但往昔的金钱匮乏和艰难的生存条件也并不一定就能保持伦理完美。所以，也许不应该简单地谴责金钱，而是应该思考如何正确地合理地对待金钱。再如，作品展示了贺家湾的数十年历史，也塑造了不同时期的各届村领导形象。由于时代语境密切联系着乡村社会的变化，有些人习惯于将这些乡村领导人物的品格与时代环境直接关联，将人物当作意识形态的代表符号来对待。但是《乡村志》不同。无论是对早年的村支书"老革命"郑锋，还是对改革时代的贺端阳，它都没有做简单的褒贬，而是尽可能地将人物从时代环境中游离出来，着力于表现人性的复杂性，从而更客观地对人物进行描画。比较于我们习见的许多观点，《乡村志》的叙述和思考显然更为理性，也更客观真实，它能够让读者的视野超越当下，进入更深远的历史和更广阔的背景，对问题的认识也更为深刻。

四

文学是美的艺术,文学评论也当然不可忽略文学性。事实上,近年来,学术界围绕与贺享雍的《乡村志》具有颇多一致性的"十七年"乡土文学的文学性问题产生了很大争议。因此,在这个意义上说,对《乡村志》审美性的评价,既是针对作家作品本身,也具有更广泛的价值意义。

首先,《乡村志》是对写实乡土文学艺术魅力的再度彰显。对乡村生活美的展示是乡土文学的审美感染力之一。但是,自20世纪80年代对"十七年"文学进行批判性反思以后,这种美学特征在乡土文学中很少得到精彩的呈现。《乡村志》以自己的表现证明了乡村写实艺术并没有过时。特别是作品对乡村劳作和民俗民生的展现,具有特别的审美和历史记录价值。因为随着乡村人口的减少,传统农业生产方式的消亡,许多具有审美和文化意义的民俗都将很快消失。《乡村志》的追求无疑体现了审美和文化的自觉,也丰富了乡土文学的艺术性:"村庄除人以外,房屋、花草、树木、河流、田野、农具、牲畜等物以及各种自然景象也是其一分子,它们和人一道共同构成的关系和发出的声音,组成了村庄斑驳的色彩和嘈杂的喧哗,从而让一个村庄活了起来,丰盈了起来。"① 所以,尽管它包含的十部作品在艺术表现上有所差别,艺术水准也不完全一致,但总体上说,却体现了乡村写实小说独特的艺术价值,其中最优秀的两部,如《村医之家》和《土地之痒》,放在整个乡土文学历史上也属于优秀之作。

而且,它还证明了写实艺术方法与思想深度之间并不对立。如前所述,切近现实的书写方式,由于缺乏远距离的观照,比较容易堕入现实感伤或急功近利的困境当中。但《乡村志》以自己的个案方式显示这种缺陷并非必然。只要作者不为现实观念和视野所囿限,就完全能够实现思想的超越,达到优秀文学的深度和高度。事实上,深入现实生活当中,又真正具有揭示和批判现实的勇气和能力,正是传统现实主义文学不朽价值之所在。中外文学史上的许多经典乡土文学作品,如哈代的《德伯家的苔丝》、莱蒙特的《农民》、斯坦贝克的《愤怒的葡萄》

---

① 贺享雍:《远去的风情》,成都:天地出版社,2013年,第3页。

等,都是如此。《乡村志》虽然尚未完全达到文学经典的高度,但其价值和方向无疑是正确的。

其次,《乡村志》对农民接受与艺术深度之间的关系进行了积极的探索。长期以来,乡土文学艺术存在一个尖锐的悖论,就是农民接受与艺术深度之间的矛盾。因为农民文化水平低,要让他们读懂,就不能艰深,但通俗的艺术表现又往往会局限思想艺术深度。对此困境,《乡村志》也有自己的探索意义。

作品是充分注意农民的接受程度的,如前所述,它采用的基本都是通俗化故事形式,包括叙述语言、结构方式都与质朴的乡村生活相一致。而且主题也相对比较简单,基本上每一部作品讲述一个中心事件或者一个人的故事,也就是揭示一个问题。这些特点,使它能够容易为农民所读懂,具备了接受的基础。但值得注意的是,它的艺术形式并不只是如此,而是蕴含有更高的追求。最显著的是,它虽然都是以问题为中心,但不是简单将问题展示出来,而是将问题与历史变迁、人物命运联系在一起,而且内涵绝不单一。比如《村医之家》对农村医疗问题的揭示,就是通过贺万山的个人命运与时代变迁的结合,将医疗问题凝聚在人物的坎坷生涯、动人的爱情故事,以及几代人的鲜活故事中。这一融合是如此之紧密,以至于让人更多为人物命运所感动,之后才有思索和回味。这样的结构方式无疑是艺术深度和接受度的高度统一。

而且,在叙事方法上,作者也不是墨守于传统,而是努力借鉴许多现代小说技巧,力图将故事讲述得更多元,更丰富,也更深入。前面谈到过其不同小说根据人物身份变换叙述语言的特点,它们在叙述方法上也多有变化。比如《村医之家》采用让主人公与人对谈、倾诉往事的叙述方式,《盛世小民》的叙述时空交错,颇有蒙太奇的艺术构架,《男人档案》更尝试采用三种人称穿插的叙述方式,综合了全知、内知不同人物的多个视角来进行讲述。这使得《乡村志》在叙述上避免了单调呆板的缺陷。像《村医之家》的倾诉式叙述,能够让人物内心世界得到充分舒展,又使叙述更为流畅自然,比较起传统的顺时针叙述,效果确实好了很多。

《乡村志》的努力,显示了乡村接受与艺术高度之间和谐的可能性。无论是从文学还是从乡村角度来说,乡土文学的接受都是非常有意义的,在当前乡村文化亟待建设的情况下更是如此。所以,只要不是对低俗趣味的迎合,只要能保持正确和独立的精神向度，适度考虑农民的阅读兴趣和阅读水平并予以倾斜，是完全可行和正当的。当年白居易以妇孺儿童能读懂作为自己写诗的标准，并没有损伤而是提高了他的文学价值和文学史地位。虽然我们目前尚没有得到贺享雍作品受到农民欢迎和认可的数据证明，但是毫无疑问，《乡村志》的创作特点在乡村接受上的努力使它具有了被农民接受的重要前提，是对艺术高度与乡村接受关系很有价值的尝试。

再次，在文学精神和艺术方向上，《乡村志》同样具有充分的探索意义。鲁迅在评论早期乡土作家许钦文时，曾指出其创作沉溺于回忆之中的原因在于过于个人化："回忆故乡的已不存在的事物，是比明明存在，而只有自己不能接近的事物较为舒适，也更能自慰的"，还批评废名因为匮乏现实"闪露"，在创作中"过于珍惜"自己的"哀愁"，因而存在"有意低徊，顾影自怜"的缺点①。确实，由于乡土文学书写者与书写对象之间关系的独特性——二者之间往往存在较大的地位和文化差距——乡土作家对书写对象的热爱和关怀，以及在此基础上而具有的对乡村生活的熟悉和关注，具有特别重要的意义。换句话说，只有拥有对乡村和农民充分的关爱，以平等和尊重的态度看待和书写乡村，才有可能超越自我，表现出比自我世界更博大的胸怀和更高的境界，从而创作出真正伟大的乡土文学作品。

而且，这种对乡村的关切精神还实质性地影响到乡土文学的接受。我一直认为乡土文学能否走进乡村和农民，关键不在形式而是在于内容，也就是说，文学作品是否关注农民所急切关注的乡村问题，是否拥有对乡村和农民的热爱和关怀，是得到农民认可和接受的最关键因素。如果不真正具有对他们的热爱和关怀，而是一味迎合农民的接受趣味，也许能够得到一时的喧闹，却不可能真正得到他们的认可。赵树理、路遥之所以能够在不同时代受到农民的特别欢迎，就是在于他们作品中的乡村关切精神。从这个意义上说，贺享雍的《乡村志》对乡村的深切关注和挚热情感，确是对鲁迅所倡导创作传统的很好继承，也是对乡土文学优秀精神的充分揄扬。

---

① 鲁迅：《且介亭杂文二集·〈中国新文学大系〉小说二集序》，《鲁迅全集》第6卷，北京：人民文学出版社，1981年，第244页，第247页。

所以，客观说，贺享雍的《乡村志》的文学性也存在一定不足。比如其各部作品之间创作质量不太平衡，显示作者在精品意识上还略有不够。部分叙述过于琐碎或速度过快，没有形成张弛有度的艺术韵味。特别是对人物塑造过于侧重于社会性，在个人性、心灵性方面揭示比较薄弱，人物的个性化方面有所欠缺。但尽管如此，它的创作水准是相当高的，更具有深刻的现实文化意义。

换句话说，尽管不可能每个乡土作家都有贺享雍那样的生活经历，更不可能要求他们都以贺享雍同样的方式去写作，但是，如何心系乡村、关爱乡村，又敢于直面乡村、独立深入地思考和探索，让文学艺术进入乡村，参与到乡村的发展和乡村振兴当中，贺享雍的《乡村志》确实具有示范性的启迪意义，值得当前乡土文学创作倡导和张扬。

第一章 贴近乡村现实的原生态叙事

第一节
本土化精神：对乡土社会的理性观照及文化忧思

众所周知，中国现代文学是在西方文学思潮直接启示和影响下方才完成范式转型，从传统走向现代的，然而随着中国现代文学逐渐成熟，越来越多的作家开始体认到文学本土化的重要性，要想真正地开拓创新，在世界文坛独树一帜，就必须挣脱西方文学的桎梏，转而从本土文化资源中汲取养分。"文化大革命"结束后，随着中国经济体制改革的不断深入，传统农耕经济开始迅速转入现代市场经济，经济的腾飞为中华民族的伟大复兴奠定了坚实的物质基础，随之而来的文化自信也变得日益坚定。为数众多的中国本土作家在以马尔克斯为代表的拉美作家成功经验启示下，体认到民族母体文化的独特价值，意识到机械地照搬和模仿西方文学是不可能有出路的，纷纷致力于本土化文学的创制，着力发掘本土化的精神资源、审美个性和叙事传统。作家们在经历过20世纪80年代争相模仿西方文学的热潮之后开始渐趋冷静，更为理性地看待西方文学，不再像以往那样亦步亦趋地紧跟西方文学热潮，转而认同"越是民族的越是世界的"，尝试着摆脱西方文学的桎梏。进入90年代后，文化热的兴起以及文化保守主义和后殖民理论的传入促使人们反思现代性，文学创作领域也开始重新审视和接续传统文学思想观念和创作方法。

具体到创作层面而言，20世纪80年代中后期，文学界大力倡导将文学的根深扎在民族传统文化的土壤之上，标志着中国作家本土意识的觉醒，在此之后诞生的诸如铁凝的"三垛"（《麦秸垛》《棉花垛》《青草垛》）、莫言的《红高粱》《生死疲劳》、路遥的《人生》、贾平凹的《秦腔》、陈忠实的《白鹿原》等一大批优秀作品无不显露出鲜明的本土色彩。其中莫言在马尔克斯、福克纳等作家的启发下，视野得以拓展，在具体创作时却又力避机械照搬，反倒有意识地"要逃离马尔克斯和福克纳这两座灼热的高炉"①，致力于开掘蕴蓄着深厚本土文化血脉的地方性经验，获得了世界范围文学读者的广泛接受和认可。贺享雍在时代语境影响下也对本土化精神有着高度的理性自觉，自创作伊始便致力于在小说文本中融入本土文化资源，致力于本土化精神的探寻和反思，在《乡村志》中表现得尤为明显。作为长期扎根于民间沃土之中的乡土小说家，贺享雍在对本土文化资源的汲取上不仅有着得天独厚的优势，同时也是不遗余力的。他有着长期的农村生活经验体验，因而在创作过程中能够自然而然地将目光对准乡村和农民的本土生活，对原生态的乡村自然风貌、风土人情、精神品格、生活方式等进行如实描绘，使得作品笼罩着鲜明的本土文化精神。

一

文学本土性最基本的内涵是必须体现出文学与本土现实和本土文化之间的内在关联，其衡量标准在于"看其关联是否密切，能否体现出本土的深刻和独特，能否以独特深度和个性呈现出其意义"②。自古以来，凡是优秀之作无不是根植于深厚的本土化文学资源之中，显露出强烈的本土文化精神，而文学家要想自然而然地呈现出深邃博大的本土思想和本土文化，就必须对本土生活进行持久而深入的关注和体验。作为主流意识形态的中国文化复兴离不开大众的参与，其根源在于文化复兴究其实质是本土文化的复兴，从而使得中国能够摆脱自近代以来开启的追逐和模仿西方的历史进程所引发的失语症，彰显本土文化精神，以获取民

---

① 莫言：《影响的焦虑》，《说莫言》（上），辽宁人民出版社，2013年，第4页。
② 贺仲明：《本土化：中国新文学发展的另一面》，《中国现代文学研究丛刊》，2012年第2期。

族自信。此种本土化并非闭关锁国式的保守主义的复苏,而是必须具有开放性、包容性和涵融性,是在世界背景下发掘和彰显本土文化精神,"单一的民族立场和世界标准都是有局限的。只有二者进行有效的融合,实现与和谐互补,才能真正把握到文学的精髓"①。不仅从世界其他国家输入的文化需要经过本土化的转化和改造,而且自身所世代传承的传统文化也必须经过现实本土实践的转化和改造,在世界其他国家文化这一他者之镜的烛照下发现和确证具有独创性的文化质素,从而保留其精华而弃其糟粕。当然本土化精神并非皈依传统,而是在对现代性和传统性进行继承的同时有所质疑,以反思现代性和传统性的双重姿态对基于本土现实的精神现象进行审视和改造,既要避免现代启蒙批判精神对于源自中国本土的精神文化进行简单粗暴的否弃和宰制,同时也要本着人道、人性和人文理念对本土精神现象的现实成因及其具体表现进行深入开掘和必要审视。本土文化精神在当前时代依然是能够发挥作用的,"中国古典文学的真正传统就是先锋精神。从更高的意义上说,我们现在提出回归中国古典文学传统不应该是回归文学传统的形式逻辑,而应该是回归到以中国古典文学经典始终疏离主流意识形态为基本根脉的革命化传统体系中来,包括对现实的反叛、个体生命勇气的呼唤、精神出口的找寻、生命信仰的重塑。我觉得,这些才应该是我们继承中国文学传统的根脉所在,而不应该单单指那些所谓重构传统的宏大叙事之类的巨型概念"②。

中国传统文学观念一直将诗歌和散文奉为正统,而对于现代文学以来深受推崇的小说和戏曲却视为旁门左道而备加压抑。"小说"这一原初概念最早出现在班固的《汉书·艺文志》中,他这样评述道:"小说家者流,盖出于稗官。街谈巷语,道听途说者之所造也。孔子曰:'虽小道,必有可观者焉,致远恐泥,是以君子弗为也。'然亦弗灭也。闾里小知者之所及,亦使缀而不忘。如或一言可采,此亦刍荛狂夫之议也。"③ 由是观之,小说在汉代及其之前被认为是道听途说而多有舛讹的无意义之作,即便其偶有可观者但终为有德者所鄙弃。也正因此,中国传统小说基本上是以民间形式存在的,其传播和接受对象也主要围绕着中下阶层。自古以来中国社会中下阶层便是最讲究实利的,奉行实用主义原则,因而

---

① 贺仲明:《文学价值与本土精神》,《文学评论》,2010 年第 6 期。
② 高晖:《中国古典文学的真正传统是先锋精神》,《当代作家评论》,2012 年,第 2 期。
③ (汉)班固撰,(唐)颜师古注:《汉书》卷三〇《艺文志》,中华书局,1964 年,第 1745 页。

传统小说所注重的是根植于民间立场的真实性原则也即写实精神。贺享雍在《乡村志》中即承续了这一文学创作的本土精神资源，注重从自身亲历出发来对乡土社会的真实情状进行细致描摹，从而展现出不同于主流观念所统摄的民间真实生活情景，将乡土小民的悲欢离合、兴衰际遇、命运变迁呈示给世人，不仅新奇别致，而且能引发人们对于乡土社会和农民的深层思考。简而言之，贺享雍的《乡村志》因着如实描写、并无讳饰的写实精神而让人们得以了解和体悟乡土社会以及农民百姓的真实情状，在魔幻现实主义以及各种变体形式盛行的当下"盖叙述皆存本真，闻见悉所亲历，正因写实，转成新鲜"①，反倒自有其独特的价值意义。

虽然自从五四新文化运动以来，传统文化因受到现代文明观念的强力冲击而变得支离破碎，但却并未真正地销声匿迹。中国自古有云"礼失而求诸野"，乡土民间因其有着相对保守性和封闭性，使其在现代社会语境下较之城市而言反倒能够保存更多的本土文化，因而乡土小说所要展现的本土化精神绝非抽象的存在，同时也无须从过往历史中寻觅，而是依然在农民的日常生活之中有所体现，对于农民日常生活的深入揭示和本质还原能够使得本土化精神得以彰显。贺享雍有过长期的农村生活和工作经历，积累起极其丰富的乡村经验，这显然不是浮光掠影般的下乡体验生活所能比拟的。尤其在《乡村志》中贺享雍充分发挥自身优势，以秉笔直书与地域特色并重的方志精神和对历史负责的态度尽可能地贴近中国乡村以及农民生活的本真状态，真实地还原了处于社会转型时期的乡村人物和故事。具体而言，贺享雍在揭示乡村政治变革所引发的农民经济状况以及思想观念的变迁方面撇弃了一味褒扬的政论式写法，而是以民间立场秉持生活真实原则进行了极具个人化的表达和反思。中国共产党领导全国人民推翻"三座大山"，使得亿万国人得以摆脱被压迫被摧残的屈辱地位获得翻身解放，在广大农村推行的土地改革运动更是实现了中国农民数千年来孜孜以盼的"耕者有其田"的奋斗目标，截止到1953年春，全国近七亿亩土地和大批生产资料无偿分给了三亿多农民，农民无须再向地主缴纳每年多达3000万吨以上的地租。"土地改革真正实现了中国农民数千年来得到土地的奋斗目标，使农民从经济上翻身作了主人，使

---

① 鲁迅：《中国小说史略》，民主与建设出版社，2015年，第185页。

农业生产力获得了极大的解放。土地改革还确立了贫雇农在农村中的优势地位，巩固了工农联盟，为引导亿万农民走上集体化道路创造了条件。"①贺享雍对土地改革运动调动和激励农民劳动积极性方面的呈现无疑是细致入微的，贺茂前为了改良土地不惜让正在上小学三年级的长子贺世龙辍学，与他一道修渠造田，将原来的瘦壳壳地改造成旱涝保收的良田。然而在土改运动时也存在着一些极端做法，为了树立起斗争的靶子，将原本够不上地主条件的贺茂富和贺老五错划成地主，导致贺茂富被枪毙，贺老五自杀身亡。出身小房的贺茂富和贺老五所拥有的瘦壳壳地是"人家这代人和上代人，在泥巴里勤做苦扒、肩背磨破了几层皮做出来、省出来的"②，他们两人平日里在村中不仅没有引发过民愤，反倒颇有些口碑。因此他们之所以被充作斗争的对象并非通常欺压良善的地主那样罪恶昭彰所致，而是贺姓不同房派长期积淀的矛盾使然。身为农会主席的贺老跶是大房中人，他借着土改运动之机公报私仇，从而使得原本正义昭彰的革命行动被变异为谋取个人私利的工具遭受玷污。

中国自古便以农业立国，因此究其根本，中国社会是典型的农业社会，乡土不仅是农民世代繁衍生息的地理空间，同时也是根深蒂固的精神空间，正如同费孝通所言，土里土气恰是对农民最为贴切的形容。农民自出生之时便与土地结下不解之缘，虽然现代社会许多人由于农村生活条件的简陋和农业劳动的艰辛而对土地心生厌弃，但一旦脱离土地却又时常会感到精神失落和灵魂无依。随着现代化进程的持续推进，中国乡土社会逐渐由社群化向着个体化的方向转变，农民不再像以往那样固守着封建宗法观念，农民尤其是年轻一代更为注重个体价值的实现，不断地突破传统观念束缚而寻求适合个体的生存方式和思想观念认同。对老一代农民对于传统生活方式的坚守并不能简单地扣上封建保守或者愚昧落后的帽子，每个人都有选择适合自己的生活方式和文化认同的权利。在具体呈现时，贺享雍在《乡村志》中透过对贺世龙、贺贵、贺万山等人物形象的塑造以及围绕着他们所发生的故事讲述揭示出有着鲜明本土精神意蕴的心灵世界，将本土精神具象化，使得读者能够直观地感受到本土精神的具体情状。

---

① 半月谈杂志社《时事资料手册》编辑部：《简明中共党史辞典（1921—2012）》，新华出版社，2012年，第95页。
② 贺享雍：《土地之痒》，四川文艺出版社，2013年，第8页。

事实证明中国绵延数千年的农耕文明并非愚昧落后的代名词,而是应该用辩证的眼光来进行深刻省思,对于其中包含的至今仍让农民背负着沉重精神负担的封建小农意识及落后愚昧的迷信思想应当予以批判,而对于那些符合人性有助于人们弃恶从善的优秀思想文化资源则要继续传承和发扬。事实证明农民世代因袭的传统观念也并非全无是处,其中不乏温情。传统宗法观念并非全无是处,这在贺世龙和贺兴仁父子两代人身上都有所体现。贺享雍《乡村志》中的贺世龙有着浓郁的家族情结,身为家族长子的他在父母去世之后秉承着"长兄为父"的传统观念,悉心照料两个弟弟贺世凤和贺世海,不仅将他们养大成人,而且帮助他们成家立业。在分家另过后,大弟贺世凤由于身体有病而无法从事重体力劳动,二弟贺世海在担任村支书后整天忙于公务,加之劳动技能匮乏,也无法种好自己的承包地。贺世龙体恤两个弟弟的难处而甘愿吃亏,无私地帮助两个弟弟。贺兴仁作为新时期进城创业且卓有成就的农民佼佼者,并未因着事业的发展而抛却传统孝道观念,他在母亲离世之后不仅按照当地习俗守孝,而且还独自承担起赡养父亲贺世龙的责任,想尽办法要让辛劳一生的父亲能够过得舒适些。然而贺世龙却因无法适应城市生活,也无法融入城市人的生活圈子,最终自行回到家乡。虽然从物质条件而言乡下无法和城市相比拟,儿子也遵从封建孝道观念对他悉心照顾,但从精神情感上他无法摆脱长期浸染形成的家园意识,始终心系故土而与城市生活格格不入。贺贵虽然看似有些疯疯癫癫,也确然有时会说些疯言疯语,但他在政治理念上却秉持着"以民为本"的朴素的民主平等意识,对于乡村民主有着自己独到的见解和认识,从精神情感上对一心想要竞选村主任以实现理想抱负的贺端阳给予抚慰和支持。贺万山身为医者,继承了救死扶伤而不汲汲于金钱的祖训,在合作医疗制度终结之际,他原本有机会调入县医院端上铁饭碗,但为了让贺家湾人以及周边群众能够获得及时医治而毅然舍弃了这难得的发展机遇。他从医数十年,从未因病人无钱缴纳医疗费而放弃诊治,尤其是对于贺家湾人更是怀着感恩之心格外优待,仅收医药费而免收诊疗费。即便如此,许多村民仍因经济困窘而付不起医药费,贺万山不仅允准村民挂账,而且几十年间从未催缴过。

中国农民自古至今都是最讲究实利的,随着社会经济的迅猛发展,无数农民离开土地开始向城而生,但从精神情感上却大都像贺世龙这样始终无法真正彻底割裂与乡土社会的联系,只不过程度强弱有所不同罢了。这也并非当下如此,自古便有着叶落归根、魂归故里的趋归倾向,即便在外长期为官者在致仕时也大多会选择回归故乡。现代社会语境下,许多乡土百姓尤其是那些有着长期乡村生活经历的中老年人对于土地依然葆有十分深厚的情感,他们虽然也会因着土地收益的下降而对于土地的情感变淡,但却始终不愿真正地脱离土地。贺享雍《乡村志》中的贺世海在县城事业有了起色之后原本无须再靠土地为生,但即便如此他也不愿轻易放弃土地承包权,甚至宁愿自掏腰包补贴一部分钱转给哥哥贺世龙耕种。为何农民较之城市居民而言有着更为强烈的家园意识和土地情感?首先,这与土地的不可移易性有着极大的关联,农业生产需要相对稳定的土地经营权以及持续不断的田间管理和精力投入;其次,还与各自在成长过程中所经受的不同文化熏染有关,乡土社会至今依然保持着聚族而居的生活方式,由于传统农耕劳作时常需要相互协作才能完成,人与人之间的交往相对而言较为紧密。村民之间相互熟悉知根知底,是典型的熟人社会,尤其是家族内部因着血缘联系更易产生强大的集体认同感,城市居民之间却因着极强的流动性和注重隐私性而大都彼此陌生,需要借助法律规范等来维护社会秩序,是典型的契约社会。

总而言之,贺享雍对于本土化精神的呈现是有着自觉意识的,乡土民间日常生活的长期浸染使得他对带有地域特色的川东农民的生活经验和文化传统了然于心,进而将之鲜活地展现在读者面前。前现代的乡土生活固然由于生产力的落后导致农民劳动艰辛和普遍贫穷,但却也并非总是凄苦难耐的,不仅有着未受现代化工业污染的优美的自然景观,同时在日常生活中也不乏精神愉悦。乡土社会较之城市社会而言一向观念保守,与创新活力极强的城市不同,往往以古为尚,如同别林斯基所言:"每一个民族的这独特性,表现在什么地方呢?就在于那特殊的、只属于它所有的思想方式和对事物的看法,就在于宗教、语言,尤其是习俗。……在每一个民族的这些差别性之间,习俗恐怕起着最重要的作用,构成着它们最显著的特征。"[1] 贺享雍的《乡村志》致力于全方位地展现农民的日常生活,其中自然而然地包括曾经饱受诟病和压抑的民间鬼神信仰和风水观念在内的乡土风俗事项,以此来真实地呈现具有浓烈本土化色彩的农民日常生活景观和独异的精神世界。贺享雍对于乡间曾经广泛流行的民间曲艺也非常熟悉,在从事文

---

[1] [俄]别林斯基著,满涛译:《文学的幻想》,安徽文艺出版社,1996年,第24页。

艺创作之前曾经给大集体时代的大队文艺宣传队写过对口词和快板书，在他走上文学创作道路之后，开始更为自觉地将传统文化资源自然而然地融入作品之中。

二

本土化精神并非等同于本土文化，本土文化是静态的文化结构和文化系统，而本土化精神却是一个继承和扬弃并重的动态过程，既要贴近和深入本土生活，同时也要以现代性视野来重新认识和审视本土文化，以使得本土化性和现代性、地域性和世界性相互融合。本土化精神致力于批判性的建设，而不是墨守成规薄今厚古，"本土化精神还将集体和个体融合在一起，它要求深入大众生活的内里，感受集体心理和精神的挣扎；同时，又能够触摸到每个个体在生活激流和社会转型中的人性纠葛，进而以主体性流动的姿态对文化、族群、制度、市场、人性作出全面而立体的审视与研判"①。贺享雍的《乡村志》以本土化精神对西方现代性和传统民族性持双重肯定和质疑的态度，而非由舍此求彼的二元对立思维所左右。贺享雍本着中国传统小说的写实精神对于乡村和农民的真实情状进行了细致描绘和历史反思，既对家族本位、士族理念等传统观念在乡村日常生活中所能够发挥的积极作用给予充分赞同，同时也对社会转型期乡土社会传统文化精神的失落所导致的道德迷失和精神紊乱现象进行了深刻省思。

文化自信绝非等同于对传统文化无批判地皈依和膜拜，而是要以超越的精神和富于远见卓识的眼光进行理性审视，既发掘出传统文化的优秀质素，同时对于其中与现代化历史进程不相谐和的部分要进行大胆否弃。作家作为本土化精神的表现主体必须对本土生活有着深刻的体验和情感的热忱，同时又要具有广阔的视野和经历现代思想观念的洗礼，从而能够入乎其中感同身受地深刻体悟和把控本土生活的复杂性和丰富性，真切地感受到本土生活的精彩之处及其文化精髓，同时还要出乎其外，以现代理性认识来揭示本土民众生活所面临的困境以及人物的命运遭际，进而考察造成本土民众生活艰辛和人性变异的深层制度、文化和人性

---

① 金春平：《本土化精神：文学叙事空间转型期的价值建构——兼论新世纪以来西部小说的本土化范式》，《内蒙古社会科学》，2016年第5期。

等原因，以期揭示出文化痼疾引起疗救的注意，从而将社会引向健康的方向。贺享雍在《乡村志》中大量汲取民间文化养分，使得作品呈现出鲜明的本土化精神内涵和道德风范，同时也对其缺陷进行了直陈以警示人们扬长避短。

农耕时代孕育而生的本土文化观念在进入现代社会之后逐渐显现出陈旧落后的面貌，其中有些逐渐消逝而成为永远的历史记忆，有些则适应新的社会需求继续留存下来，但在这其中也不乏陈旧落后的观念依然顽强地存在着并且在人们的生活中发挥着举足轻重的作用。贺享雍对于传统文化精神是以辩证的眼光来看待的，既对传统文化所包含的有助于调适人们心理平衡的合理性存在给予肯定，又以现代眼光否定传统文化精神中有悖于科学和现代道德观念的落后因素。贺享雍在《乡村志》中对此也进行了颇为深刻的揭示，贺家湾中的贺姓人家虽然分属不同的房派，却是同根同脉，因而在遭遇与外界的矛盾纠纷或者争夺利益时往往能够协同一致，但随着现代经济观念的不断渗透也已经今非昔比，致使因内部罅隙而给旁人以可乘之机，导致集体林地险些被乡上王书记和林木商人郎山等人瓜分一空。此外，贺家湾人在遇有家庭矛盾或者邻里纠纷酿出人命时往往不是依据法律规范来进行处置，而是秉承着"就活人而不就死人"的风俗习惯来行事。《人心不古》中的贺世普对于当地所盛行的"就活人不就死人"的风俗习惯十分明了，也正因此他才一心要普及法律规范来教育贺家湾人，从而彻底避免类似贺世国这样不人道的家庭暴力所导致的悲剧。然而贺世普的主张不仅无法得到贺家湾人的认同和理解，而且就连其岳母和小舅子也在贺世国两个儿子的苦苦哀求下放弃追责而无法继续坚持下去，从而不得不屈从于地方风俗。贺家湾人所信守的"就活人不就死人"的传统观念虽然有助于人们忘却过去而瞩目现实和未来，但也在客观上起到了包庇犯罪而使得包括家庭暴力在内的违法之举屡禁不绝，与现代社会法制观念背道而驰。

鬼神信仰在现代无神论的打压下备受贬抑，但在乡土社会却因有着长达数千年的文化传统而早已融入民族文化心理的深层结构之中，成为中华民族的集体无意识，农民更是将之视为生活中不可或缺的精神寄托甚或精神家园，因而无论采取怎样严厉的举措都很难彻底根除。贺享雍在《乡村志》中对农民世代沿袭下来的鬼神信仰和风水观念进行了深入描绘，采取的也是双重视野来进行价值评判，一方面将鬼神信仰和风水观念视为农民精神生活中的一个重要组成部分而予以尊重,着意宣扬其惩恶扬善、抚慰人心和促使人们心态保持平衡的现实功效而加以肯定;另一方面又以现代科学眼光对鬼神信仰等进行否定。农民限于现代科学素养的匮乏,对于未知世界往往充满恐惧,对于冥冥中支配和掌握着自身命运的未知世界葆有敬畏之心,加之祖辈相传但实则无从查证的神明显灵故事的佐证而宁可信其有,潜移默化间使得鬼神信仰和风水观念成为本土精神的一部分。"文化大革命"结束之前因长期实行严厉禁止封建迷信的政策,因而鬼神信仰和风水观念受到强力压制几乎销声匿迹。贺凤山也因宣扬封建迷信而被多次抓上台批斗,"文化大革命"时期不仅被打倒在地,还戴上了牛鬼蛇神的帽子,但在"文化大革命"结束后却很快复苏,村人遇到生老病死、修房造屋等人生大事难事或者难以用常识解释的行为时便会找贺凤山。一时间,贺凤山因懂风水和会算命而成为贺家湾不可或缺的人物,赢得了村民的尊重和信赖,凡有大事小情都来请他占卜吉凶。贺享雍对于鬼神信仰的关注并非表明他自身是有神论者,究其根本也不是为了宣扬封建迷信,而是将之视为曾经并且当下依旧在农民日常生活和精神世界发挥重要影响和作用的本土文化精神的重要组成部分来加以如实呈现的。《村医之家》中一方面借贺万山之口讲述了算命的瞎子对于尚是孩童的他本人以及贺凤山和贺世怀等人的命运预测,多年以后等他们长大成人果然无不灵验,从而肯定了世间神秘之事的存在并由此心生敬畏;另一方面贺万山在苏孝芳难产时对其丈夫贺长寿找贺凤山画了两道符以驱产妇鬼的做法十分恼火,立即愤愤地说:"瞎胡闹,他保证个屁!到时候出了问题他能负责吗?"① 贺享雍在《乡村志》中对于民间所流行的鬼神信仰和风水观念的描绘,从审美角度而言有助于增强作品的神秘感和新奇感,正如同张新颖在评论沈从文《长河》时所说:"如果把这其中的'迷信'铲除,他们生活的完整性就必然遭到严重破坏,他们的情感、信仰和精神就会失去正常循环的流通渠道,他们的日常起居、生产劳动和生命状态就会变得'枯燥',从而引发种种问题。"② 从文化角度而言也有助于保存乡土民间乃至整个民族的文化记忆。中国自古以来就以农业立国,历经数千年孕育而成的农耕文明早已浸入到中国人的灵魂深处,成为难以磨灭的文化基因,虽然现代社会使

---

① 贺享雍:《村医之家》,四川文艺出版社,2014年,第159页。
② 张新颖:《〈长河〉:"常"与"变"》,《沈从文精读》(上),北岳文艺出版社,2014年,第215页。

得人们的物质欲望空前高涨，但依旧难以彻底消除人们对于乡土所寄寓的美好情感，身居闹市之中却不时会怀念起静谧平和的乡村生活，这种情感记忆是根深蒂固的。

三

贺享雍的《乡村志》在本土化精神的呈现方面有着独异之处，尤其是在现代化进程日益加快的当下更显得可贵，具体而言其本土化精神书写有着以下几个方面的特点。

首先，贺享雍有着深厚的农村生活积累和情感体验，能够在把握和呈现本土精神方面有着得天独厚的优势，无须像其他作家那样刻意地到乡下了解农民的精神面貌和生活状况便能够深入到农民的精神世界。

贺享雍对于乡村以及家乡人有着极为深厚的情感，他也有着长期而深入的生活体验储备，因而在创作《乡村志》时能够沉潜到本土生活之中，将自身对于本土生活的复杂而又丰富的感受呈现出来，使得读者能够借此体悟到半个世纪以来本土生活的艰辛曲折和精彩纷呈处，从而对于悲喜交织的本土民众生活的意义和价值进行深刻思考。毋庸讳言，包括小说在内的中国现代文学是直接受到西方文学作品影响和创作理念刺激下的产物，但其创作宗旨是要借助现代文学语言与文学形式来切近和表达现代中国人的生存状况、思想感情、心理活动和气质禀赋。文学的本土化要求中国作家必须具备深入的本土生活体验，能够真切地把握人们的真实生活状况，以同情之心体察和感悟其命运遭际，并对于现实生活中存在的问题进行深入省思。白烨在论及贺享雍的作品时认为"这是近年来最重要、最地道的农村题材的作品"，之所以给予如此高的评价乃是缘于当前"很多农村题材的作品变得都市化、市民化，而贺享雍的《苍凉后土》《土地神》《乡村志》等一系列作品是与真实的农村生活最贴近、最没有距离的"[①]。确实如此，由于贺享雍曾经长期务农，对于包括农事劳作在内的农村日常生活体验是深入骨髓的，在从

[①] 舒晋瑜：《贺享雍：我想构筑清明上河图式的农村图景》，《中华读书报》，2014年11月19日，第11版。

事文学创作之后也始终未曾脱离与乡土社会的血肉联系，因而在创作时不仅能够充分调动直观的生活经验，而且也能够不间断地从乡土生活中汲取养分，其作品与农民的现实生活和精神世界之间能够紧密贴合而毫无隔阂之感，这在城市化浪潮风起云涌的当下可谓弥足珍贵。当前乡土小说创作存在着作家深入生活尤其是乡村生活不足的问题，严重制约了乡土小说的发展，随着都市化的大力推进，作家与农民之间的距离越来越远。当前随着社会经济的高度发展，许多来自乡土社会的"80后"作家以及更晚近的作家往往在高中教育结束后便奔赴城市寻求出路，很少具备像前辈作家那样对土地以及在其上繁衍生息的农民群体所葆有的激情和热情。与此同时，新时期以来堪称乡土小说创作翘楚的无疑包括莫言、贾平凹、刘震云等乡土小说大家，他们创作于20世纪后期的代表作品早已进入文学史，然而由于离开乡村进入城市后与当前乡土民间的联系变得稀疏，因而他们21世纪的乡土小说创作更偏重于对早年乡间生活经历见闻的回忆重组。旁的暂且不论，单就贺享雍深入乡村生活的程度和守望乡村的时间跨度而言，在当代作家中是很少有人能及的，他有过长达数十年的务农经历，之后又担任过乡里的"八大员"，在调入县教育局后也未曾真正离开乡土社会，因而他对于半个多世纪以来农民的生活经历、情感欲求以及精神状态都了然于胸，也正因此《乡村志》中的日常生活叙事方才得以呈现出鲜明的本土色彩。

其次，贺享雍有着强烈的问题意识，对于乡土世界并非一味地苛求责备或者廉价赞颂，而是能够在立足揭示原生态的乡土现实生活的基础上毫无遮拦地呈现出农民面对激烈变化的外部社会环境所触发的精神世界的变化及其困惑。

贺享雍不仅有着真切的乡土生活经历体验，同时他也因做过乡上"八大员"以及到县上当干部而超脱了单一的乡土视野的囿限，能够穿透乡土生活的表象而触及时代的精神脉络。根植于农耕文明基础上的乡村民间信仰在科技昌明的现代社会往往会被冠以"封建""落后"的帽子而遭人鄙夷，许多乡村生活信仰在现代观念渗入之后逐渐消逝，然而不可否认直至当下依然是农民日常生活中的一个重要组成部分。贺享雍在《乡村志》中不仅对基于中国本土文化之上的鬼神信仰等在科技昌明的时代被视作封建迷信的精神症候有着同情之理解，同时也对人民公社时期曾经发挥过重大作用的合作医疗制度的废除所引发的看病难，乡村民主选举由于房派之争而遭受变异以至于无法真正反映村民集体意愿以及免除农业税后农民虽然对于土地热情有所复苏但终究未能避免农村衰落的现实问题等进行了真实反映而毫无讳饰,从而能够激起人们对于"三农"问题的真切关注和深刻反思,就此而论较之那些单纯歌功颂德的小说文本而言自有其独特价值和意义。中国乡土民间曾经广为盛行的鬼神信仰等在当下乡土社会中依旧有着顽强的生命力,虽然难免夹杂着愚昧陈腐的观念,但在调适人们的心理平衡以及宣扬弃恶从善等观念方面依然发挥着重要作用,在乡土民间仍旧有为数众多的崇信者,对于农民的日常生活产生着影响。此外包括封建宗法观念以及"就活人不就死人"等地方性的本土文化观念不仅依旧在农民日常生活中发挥着不可小觑的效力,而且有时还会对现代法律规范形成制约和阻碍作用。值得注意的是,贺享雍对于传统文化和农耕信仰的消逝和变异从理性角度而言感到势所必然,但从情感上又对熟悉的农耕文明的衰落感到由衷的痛楚,其《乡村志》既对农耕文明被现代文明取替大唱赞歌,也表达出对于农耕文明衰落的哀婉之情,从而能够真切地捕捉到农民面对剧烈的外在环境变换而引发的精神世界的变化以及由此所引发的思想困惑。

再次,从创作姿态上贺享雍始终坚持着民间立场,使得其作品能够发现被主流意识所遮蔽的一些深层次问题。

民间是藏龙卧虎又藏污纳垢的所在,具有包容性和多样性,而通常站在主流政治立场的叙事却是高度集中的统一概括。"十七年"时期的农村题材小说之所以广受诟病,很大程度上在于为了迎合主流政治立场的话语讲述方式与民间真实生活情状存在着不相谐和之处,显得不够真实。贺享雍在《乡村志》中本着民间立场对于农民的生活情景和观念看法进行了真实描绘,突破了主流意识形态的囿限而构成对话和反思,显现出民间文化观念与主流政治观念之间既相互融合又彼此疏离的复杂形态,对于"大跃进"中的浮夸风、土改时期斗争地主的过火行为以及商品经济时期工农业剪刀差对于农民利益的侵害等都有所反映。《土地之痒》中贺家湾的实际土地面积之所以要比在册面积多,除了农民开垦荒地没有计入之外,主要缘于贺家湾人在经历"三年困难时期"所导致的严重饥荒之后晓得了紧跟浮夸风是要付出惨重代价的,所以即便是像郑锋这样对党忠心不贰的老革命也吸取了教训,不但不再吹牛浮夸,反而千方百计地隐瞒住部分土地,以尽量少承担一些粮食征购的任务。向国家少交千儿八百斤粮食,每个农人手里便会多分几斤。如果再遇到饥荒年景，这几斤粮食便可救命了。土地面积由浮夸到瞒报，背后隐含着的是农民对于饥饿刻骨铭心的记忆体验，以至于时隔多年之后贺世龙"一想到那几年没饭吃的日子，他的肚子里就会条件反射般咕咕地叫起来。接着，一种饥饿的感觉马上就会袭上心头，恨不得立即抱起一锅饭倒进肚子里。最初产生这种感觉时，他还以为是早上没吃饱，中午特意多吃了一碗，而且还尽捞红苕疙瘩吃，可下午仍然如此。这时他才晓得不是没吃饱，而是过去那种饥饿的印象已经深入到骨髓里，太难忘了！"[①]

总而言之，贺享雍由于长期受到乡土文化的熏染，因而在创作立场上有着明确的民间立场，倾向于本土化精神认同。作为四大文明古国中唯一延续至今的中国之所以能够历经几千年的磨难未分崩离析而依然有着强大的向心力和凝聚力，很大程度上与乡土社会对于农耕文明的坚守和发扬有着内在关联。毋庸置疑，传统乡土社会在不可阻逆的现代化趋向强势挤压下遭遇前所未有的挑战，本土文化生存空间被极度压缩，包括鬼神信仰、风水观念和传统戏曲等在内的许多地方本土文化逐渐消逝，一时间，对于乡土世界的文化重构成为众多作家的共识，贺享雍《乡村志》中对于有着强烈地方色彩的川东乡村社会文化习俗的描绘不失为抵御现代文化趋同的一种重要方式。中国乡土社会所流传的传统文化虽然瑕瑜互见而有待甄别，但因其植根于中国农耕文明基础之上而有着鲜明的个性特质，不失为抵御同质化的现代文化的一种有效方式。贺享雍对于祖辈世代繁衍生息的家乡热土有着强烈的情感趋同和文化认同，彰显出他对于本土文化的自信，立足于民间立场对于川东乡村自然景观的描摹和人文风情的展现都有着可圈可点之处，使得其作品呈现出浓郁的土滋味和泥气息。总而言之，贺享雍对于本土文化传统有着深刻的体察和细致的呈现，能够展现出为当地所独有但却因遭受现代化观念压抑和侵蚀而不断萎缩的文化信仰和生活习俗。传统文化自然有着不合时宜的一面，无法适应日新月异的现代化社会，但由于在乡土社会浸淫日久而依旧难以轻易去除其影响，而且其中也不乏值得继承和发扬的优良基因。

---

① 贺享雍：《土地之痒》，四川文艺出版社，2013年，第26页。

第二节
本土化语言：原生态的话语建构及其审美意义

文学语言的择取要贴合人物的身份地位和日常用语习惯，描绘知识分子的作品，其叙事话语和人物对话要切近知识分子的生活情态，可以相对精致或者文雅一些，而以塑造农民主人公为职志的乡土小说中的人物对话乃至叙事话语则要尽量避免知识分子气，更多地汲取农民口语，以贴近他们的生活常态而不显得那么突兀。事实证明，标准化的现代汉语书面语既无法与乡土人物的日常生活用语相贴合而难免给人以矫揉造作之感，也无法满足多样化的语言审美追求，而原生态的农民口语的摄取却有助于乡土小说地方色彩的呈现。贺享雍在《乡村志》中采取民间立场致力于原生态的话语建构，显露出鲜明的川味色彩，不仅能够给读者带来新奇之感，而且也可以借此获得别致的审美餍足。

一

五四新文学革命倡导言文一致，宣扬弃文言而用白话，文学语言不再是延续数千年的死文字而改用引车卖浆者流的活文字。然而事实上，新文学语言并非从民间口语直接演化而来，而是主要受到西方文学翻译语汇和古典文学语言的影响，尤其是前者的影响更为显著，这是因为："追逐西方现代性的强烈欲望内在地牵引着中国文学的行进脉络。跟上现代性的步履，摆脱传统的羁绊，努力寻求与西方文学的接轨与对话，似乎是中国文学近一个世纪以来的梦想，也是知识分子们持续的敏感话题所在。"① 毋庸置疑，五四新文学革命兴起之后对于中国文学摆脱传统走向现代起到了至关重要的作用，尤其是白话文运动促成语言文字方

---

① 龙吟娇：《90年代文学本土化研究》，《兰州学刊》，2016年第5期。

面的变革"实在是新文学的唯一利器"①，促进了语言文字与文体的大解放，但也存在着食洋不化以及与中国普通劳动民众相脱离的弊病。对此，瞿秋白曾经评论道："五四的新文化运动对于民众仿佛是白费了似的。五四式的新文言（所谓白话）的文学，以及纯粹从这种文学的基础上产生出来的初期革命文学和普洛文学，只是替欧化的绅士换了胃口的'鱼翅酒席'，劳动民众是没有福气吃的。"②对于五四时期兴起的乡土小说创作而言也大致如此，五四及其之后较长一段历史时期内，由于出身中上层家庭的作家对于底层农民生活及其日常用语的陌生，导致许多乡土小说中的农民对话带有明显的知识分子气。

五四时期乡土小说家是秉承着思想启蒙的使命，以自上而下的俯视姿态来揭示农民生活和塑造农民人物形象的，虽然他们中的绝大多数都来自乡土社会或有过农村生活经历，但在文学语言运用上却有着明显的欧化和文言化倾向，很少运用原汁原味的农民日常口语。语言的本土化有助于化解和扭转五四以来形成的文学语言过于欧化的倾向，同时也可以借此展现中国本土文化的精髓，让读者感悟到本土语言的异彩纷呈，正如同周立波所言："我以为我们在创作中应该继续采用各地的方言，继续使用地方性的土话。要是不采用在人民的口头上天天反复使用的生动活泼的、适宜于表现实际生活的地方性的土话，我们的创作就不会精彩，而统一的民族语也将不过是空谈，或是只剩下干巴巴的几根筋。"③ 语言的本土化并非是对农民日常口语的照搬照抄，而是要进行必要的提纯、融合和改造，唯有如此方能使得文学语言在保持原汁原味的同时有效避免过于口语化或者芜杂化的弊病。方言对于农村题材小说的人物形象有着极为重要的作用，"方言最能表现人的神理"④，贴近生活原生态的方言土语能够让人物形神兼备，使得人物的神情口气自然地流露出来。

由于贺享雍对于农民原生态的日常用语熟稔于心，因而在其小说文本中方言土语的运用上显得自然流畅而毫无滞涩之感。尤其是在《乡村志》中贺享雍大量运用包括谚语和歇后语在内的方言土语，使得作品呈现出异常鲜明的四川本土色

---

① 胡适：《尝试集》，贵州教育出版社，2014年，第178页。
② 宋阳（瞿秋白）：《大众文艺的问题》，《文艺大众化问题讨论资料》，上海文艺出版社，1987年，第55页。
③ 周立波：《方言问题》，《周立波文集》第5卷，上海文艺出版社，1985年，第544页。
④ 胡适：《〈海上花列传〉序》，《胡适文存3》，华文出版社，2013年，第330页。

彩。然而全然以方言土语来进行创作也是存在很大弊病的,首先许多方言单有口音却没有对应的文字,其次也会使得作品的接受群体受到极大限制,方言区之外的读者难以卒读,因而对于方言土语要有选择地使用,既充分保留方言土语的独特魅力,同时也要以不影响阅读为限。为了提升作品的语言品位,让读者获得更为丰富的语言美感体验,贺享雍也并不排斥融合文言语汇,《男人档案》开篇的作者说明即是文白结合,将现代语汇和文言词汇交织在一起:"贺世亮,贺家湾人,按家族辈分我称他为老叔。……心有戚戚焉,要求我也将他的事写一写,以期让世人也知道他所走过的道路。我有感于他一生大起大落,极富传奇色彩,对世人多有警醒作用,于是慨然应允。"① 其中"心有戚戚""以期""慨然应允"等都是文言语汇,与白话相结合既有现代书面语的流畅自然,同时也兼具文言的典雅淳厚,使得文风兼具典雅与通俗之美。另如《民意是天》中贺贵对于世事洞如观火但又行为举止显得怪异迂腐,因而其言语常常文白结合,话语中交织着现代语汇和古代文言,他在与村人围绕候选人资格展开辩论时说:"非也!非也!人非圣贤,孰能无过?偶一犯错,便一棍子打死,岂符合党中央惩前毖后、治病救人之方针政策乎?既然上述诸人只是偶尔犯错,没被剥夺政治权利,还是我中华民族之合法选民,既为享有政治权利之合法选民,却又为何不能成为候选之人?且不说只是偶尔犯错之人,即使是监狱里正在服刑之囚犯,只要未被剥夺政治权利不都享有选举权和被选举权乎?"② 这一段话语有着明显的"之乎者也"文言意味,但所讲内容却是现代农村民主选举制度,呈现出古今杂糅、新旧结合的面貌,从而使得既关心世事又保守迂腐的贺贵这一人物形象跃然纸上。

贺享雍《乡村志》的语言之所以极富本土化色彩,主要缘于以下两个方面。

其一,从时代语境来看,随着中国经济的迅猛发展逐渐意识到本土文化的重要价值,为了树立民族自信,开始从一味地学习西方转向对本土资源的重新审视和深入开掘。

语言是存在之家,"没有自己的话语,也就等于说丧失了自己的精神家园"③,因此语言的变革往往与时代环境的变换所引发的人们生存观念的变化有着直接的

---

① 贺享雍:《男人档案》,四川文艺出版社,2018年,第1页。
② 贺享雍:《民意是天》,四川文艺出版社,2014年,第76页。
③ 李清良:《如何返回自己的话语家园》,《文艺争鸣》,1998年第3期。

关联。经过近一个世纪的发展演进，人们逐渐认识到民族语言并非简单的交流沟通的工具性存在，同时也是民族精神的寄寓之所。"一个民族的精神特性和语言形成这两个方面的关系极为密切，不论我们从哪个方面入手，都可以从中推导出另一个方面。这是因为，智能的形式和语言的形式必须相互适合。语言仿佛是民族精神的外在表现；民族的语言即民族的精神，民族的精神即民族的语言，二者的同一程度超过了人们的任何想象。"① 相较于其他源自城市的乡土小说家，来自乡土民间的贺享雍在方言土语的摄取上有着得天独厚的优势，他无须刻意地到乡下体验生活并进行专门搜集整理工作，方言土语原本就是他在日常生活中经常使用的语言，因而能够驾轻就熟地越过表象深入乡土文化的肌理，把握乡土文化的精髓并承续乡土文脉。也正因此，虽然贺享雍《乡村志》中大量摄取方言土语，但却自然妥帖运用自如，并不给人生硬艰涩之感。

其二，从作家主体角度而言，这与贺享雍的理性自觉是分不开的。

贺享雍创作《乡村志》根本目的是要为日益消逝的原生态的乡土生活立此存照，使之成为中华人民共和国成立后一部全景式、史诗性的乡土小说。由此必然要涉及乡土百姓生活的方方面面，举凡土地改革、医疗卫生、乡村政治、民主法治、婚姻生育、外出务工等都有所触及，而方言土语作为当地土著的日常交流工具无疑也是不可或缺的。关注方言土语的摄取本身既是一种创作态度，同时也是一种创作立场，关涉着为什么人创作以及如何创作这一带有根本性的问题。从叙述立场上看，五四乡土小说家是以启蒙者的身份和姿态来讲述乡村和农民故事的，此种自上而下的俯视姿态有助于对农民身上所固有的精神痼疾进行理性审视和道德批判，但却也使得叙述语言和人物语言之间存在着难以弥合的裂痕。在知识分子气息比较浓郁的五四乡土小说中，叙述语言和人物语言是泾渭分明的两种不同话语体系，由此使得叙述者和人物之间缺乏有效对话。鲁迅作为中国现代乡土小说的开创者创作出《阿Q正传》《祝福》《故乡》等名作，但由于长期身居城市，对于农民以及农家生活缺乏深入了解，因而其作品的叙述语言和人物对话等都笼罩着浓烈的知识分子意味，而并非纯正的农民语言。也正因如此，鲁迅的乡

---

① [德]威廉·冯·洪堡特：《论人类语言结构的差异及其对人类精神发展的影响》，商务印书馆，2009年，第52页。

土小说以思想深邃和技巧趋向现代著称,而在乡村人物形象塑造上却显得有些不够真切自然,他本人也曾有过感慨:"要画出这样沉默的国民的魂灵来,在中国实在算一件难事,因为,已经说过,我们究竟还是未经革新的古国的人民,所以也还是各不相通,并且连自己的手也几乎不懂自己的足。我虽然竭力想摸索人们的魂灵,但时时总自憾有些隔膜。"① 京派乡土小说代表作家沈从文描绘湘西世界的作品因有着深厚的审美意蕴而饱受赞誉,但其叙述语言和人物对话同样未能摆脱西方翻译文体的影响,而与真正的湘西农民用语存在着不小的差距,尤其是人物对话"欧化气味很重,完全不像脑筋简单的苗人所能说出"②,"沈从文作品中,叙事语言之于人物语言,采取的是绝对的独白,根本没有对话的余地。叙述人对湘西人语言的交际能力持消极态度,当人物谈话有现实针对性,试图表达个人情感、思想、意愿时,他总是不自觉地站出来否定它的正确性和合理性"③。相较而言,现实生活中真正的农民语言更为注重的是交际功能,而对审美功能却不太关注,沈从文小说中的语言却恰恰相反,强化审美功能的同时弱化了交际功能。

贺享雍《乡村志》的思想内涵、审美意蕴和技巧运用等方面与鲁迅和沈从文相比尚有一定的差距,但由于他有长期的农村工作生活经历,因而在人物语言描绘等方面极其自然,尤其是人物对话贴近农民的生活原生态。之所以如此,与鲁迅、沈从文出身于城镇中上层家庭有一定的关联,他们对于底层农民以及他们所说的话语不够熟悉,在叙事行文时更多地受到书面语言的支配而无法自然而然地随意择取农民日常生活语言。在农村土生土长的贺享雍始终未曾割裂与乡土社会之间的血肉联系,在执笔从文掌握一定的话语权后,甘愿充当故乡农民的发言人。因此贺享雍对于方言土语不仅毫无隔离之感,而且还有着极其明确的自觉意识,立足于本土生活在《乡村志》中大量融入为川东所独具的俚语、歇后语和谚语等方言口语,尤其是歇后语最为显著,不仅增强了作品的地方生活气息,同时也使得作品氤氲着浓郁的本土气息,呈现出鲜明的地域情调。此外,贺享雍在

---

① 鲁迅:《俄文译本〈阿Q正传〉序及著者自叙传略》,《鲁迅杂文全集》(下),群言出版社,2016年,第324页。
② 苏雪林:《沈从文论》,《沈从文评说80年》,中国华侨出版社,2004年,第185页。
③ 刘洪涛:《湖南乡土文学与湘楚文化》,湖南教育出版社,1997年,第212页。

《乡村志》中采用的是与农民平等对话的叙事姿态，不仅在人物对话中大量汲取方言土语，其叙述语言中也有着鲜明的本土化特点。具体而言，贺享雍《乡村志》中的叙述者在人物面前并无多少优越感可言，由此使得叙述语言和人物语言之间能够相互交流而非彼此排斥。

二

贺享雍在《乡村志》中大量使用原生态的方言土语来描绘风土习俗和民情世相，不仅妥帖自然，而且散发着浓郁乡土气息的方言土语也能够触发起读者的阅读兴致，从而萌生亲切生动之感。具体而言，贺享雍《乡村志》的语言本土化特质体现在以下几个方面：

首先，语言的生活化。文学用语要与所描绘的对象身份相符，比如知识分子题材所选用的语言要倾向于书面化，从而使得语言带有更多的文人气息；而乡村题材则要尽量避免染上知识分子话语的色彩，尽量从农民的日常生活中汲取朴质的方言土语。

乡土小说语言的隔与不隔，实际上可以反映出作家对于乡村社会以及乡土百姓的熟稔程度。由于中国幅员辽阔且自古以来以农耕生活为主，具有相对封闭保守的特点，不仅不同地域的自然景观和文化风情有着显著的差异，即便是处于相同文化带的各个地方之间的生活用语也可能存在着一定的差异，以至于有论者认为"汉语方言之复杂大概可以称得上世界之最，历史上汉族人民颠沛流离、辗转迁徙情况之复杂，在世界各民族的生活史中大概也是少见的"[①]。地方方言作为一种地域化的交流工具，不仅凝结着地域的文化风情，同时也可以显露出为当地人所特有的性格气质，在文学作品中适量融入有助于展现为当地所独具的情感内涵、思维方式以及文化心理。正所谓"千里不同俗、百里不同音"，透过原生态的语言的汲取和描摹能够让读者体会到独特的地域文化风情。随着现代城镇化的不断推进和普通话作为官方语言的大力通行，地方方言在话语交流中所占据的空间也在日益萎缩。然而当前普通话的使用依旧主要集中在城市，广大农民在日常

[①] 戴昭铭：《文化语言学导论》，语文出版社，1996年，第242页。

生活中所使用的依旧是地方方言，设若外出工作者回乡之后满口普通话而撇弃乡音，不仅得不到其他村民的艳羡和称赞，反倒会遭受忘本或者装腔作势的负面评价。也正因如此，在中国各地语言日趋同质化的当下，乡村社会依旧是方言土语盛行不已，贺享雍在《乡村志》中的大量地方方言，尤其是人物对话部分让农民说农民自己的话是妥帖自然的。方言土语作为地方所特具的言语交流工具往往能够传达出地方经验，使得人们感受到地方文化的特殊性。贺享雍《乡村志》中的大量地方方言，使得作品呈现出鲜明的四川本土印记，其笔下的乡村人物带有鲜活的四川地方生活经验印痕。贺享雍《乡村志》中的人物语言是散发着鲜活的泥土气息和具有朴质特点的农民生活语言，大量从日常生活中直接摄入，可以让读者借此感受到川东一带农民真实的日常生活景观。值得特别注意的是，贺享雍是本着为乡村立志的宗旨来创作《乡村志》的，不仅对于乡土农民的命运遭际和喜怒哀乐进行忠实记录和艺术呈现，同时也少不了对方言土语的大量摄取，从而最大限度地保留川东一代农民生活的真实原貌，由此使得川东地区的方言土语在小说文本中弥漫开来，笼罩上浓郁的"川味"。此外，农民口口相传的原生态话语有着浓郁的田园生活气息，能够给人以一种家园亲切感，并且有着色调鲜明的画面感，散发出独特的艺术魅力。为了贴近农民的日常生活用语，贺享雍的《乡村志》不仅重新焕发出本土化的语言美感，带有浓郁川味的地方语言的大量摄入使得乡村人物形象更真实可信也更具有烟火味，而且在行文叙述中力避结构繁复且偏好长句的欧式句法，用字简约，多是短句式的零碎叙述，从而贴合了文化素养不高的农民的日常生活用语习惯以及审美偏好。

其次，人物语言的个性化。贺享雍《乡村志》的人物所说的话有着强烈的本土色彩，是地地道道的农民口语，使得读者能够感受到扑面而来的乡土生活气息，同时也有助于个性化的人物形象塑造。

由于贺享雍对于农民的日常生活用语极为熟悉，因而在设置人物对话时妥帖自然、惟妙惟肖和生动传神，透过人物对话能够使得感受到人物所特具的性格气质和个性禀赋。近些年来一些作家认识到方言土语所具有的独特审美魅力和个性特质而大力倡导"汉语文学"，确然方言土语不仅有着强烈的地域色彩，而且能够折射出当地所特有的民风习性和个性气质。"汉语是一种心灵的语言，一种诗的语言"①，方言土语可以彰显出当地独特的自然环境和人文景观所孕育的赋予个性气质的人的心灵状态。贺享雍《乡村志》中的贺家湾人的方言土语就有着浓郁的耿直刚烈、果敢不屈的川味特质。不同人物所使用的口语也有着不同的个性化色彩，有助于彰显人物的个性气质。《土地之痒》中贺世龙家里劳力多，但为了帮衬两个弟弟毫不计较个人利益得失，主动提议将三家人合起来种小麦，贺世海整天忙于公务且种地技术一般自然非常乐意，但也担心大哥吃亏，贺世龙说："弟兄间，就不说吃亏这些话了！打碎骨头连着筋，亲弟兄都不互相帮衬，还叫啥子一个娘生的？"贺世海高兴地说："好，大哥，有事问大哥，有风吹大坡，我们听你的！"②透过这段对话不难看出贺世龙为人耿直不绕弯子，言由心生，其话语也是直来直去；而贺世海为人精明处事圆滑，他先是用言语试探，在得知大哥的真实想法后深感喜悦的同时也心生感动，言语间转而透露出干脆利落。贺家湾中上了年纪的人，在得知村支书贺春乾要将村里祖祖辈辈赖以为生的土地租给制药公司几十年后，当场激烈反对："贺春乾你敢做这断子孙饭碗的事，我们就拖你一起去跳岩！"③由此不难看出贺家湾人对于土地的深厚情感以及果敢爽直的个性气质。凡此种种，不一而足，在小说文本中时有显现。语言的个性化有助于塑造富于个性气质的农民形象，从而提升作品的审美效果。贺享雍透过有着浓郁地域色彩的方言土语来赋予人物鲜明的个性气质，使得方言土语摆脱了单纯的交流工具的囿限而能够起到辅助人物形象塑造的功能。

再次，语言的美学化。贺享雍对于川东方言土语有选择的运用不仅赋予作品鲜明的地方文化色彩，而且具有普通话这种通用语言所无法达成的独特审美魅力。

乡土小说的语言贴近农民的日常生活用语，有助于表现乡村的质朴生活以及塑造人物性格，但由于农民的日常生活用语本身往往是琐碎的、零乱的和略显粗糙的，并且还不时夹杂一些粗俗或者污秽的词汇，因而作家对农民语言也不能简单地模仿和照搬，而是必须进行必要的锤炼、美化和提纯，从而在保留农民语言粗糙质感的前提下去除难懂、芜杂和污秽的成分而更为精炼、雅致和优美。左翼

---

① 辜鸿铭：《中国人的精神》，海南出版社，1996年，第106页。
② 贺享雍：《土地之痒》，四川文艺出版社，2013年，第45页。
③ 贺享雍：《土地之痒》，四川文艺出版社，2013年，第263页。

时期以茅盾、丁玲为代表的乡土小说家由于对底层农民的生活缺乏深入了解,在人物对话时往往会用些"他妈的""你娘的"等粗鄙化的农民口语来试图贴近下层生活,这显然是不足取的。贺享雍在《乡村志》中用具有巴文化遗存的方言土语构建起具有川东地域审美特质的乡土世界,尤为可贵的是包括人物对话、叙述语言在内,之所以在不加注释的情形下依然没有让川东之外的读者产生隔阂之感或者理解障碍,其根本原因就在于他对于农民日常生活语言不是照本全收,而是进行了一定程度的美化和提纯,使之去芜存菁而变得凝练优美。贺享雍的《乡村志》并非方言小说,他在摄入四川方言土语时也经过了认真择取,从而既保留了原汁原味的方言话语特点,让读者感受到扑面而来的以麻辣著称而实则"麻、辣、咸、甜、酸、苦、香"咸备的"川味"气息,同时也避免了因方言色彩过于浓郁而可能导致的阅读障碍。不仅人物对话给人带来川味的美感体验,自然景物描写也是如此,比如"天空很蓝,阳光明媚,虽然已经进入夏天,那些背阴地方的阳雀儿花,这时才开始怒放,因此空气中有一种糖醋味加鱼香味的味道,好像婆娘炒菜时放混了作料"。此处用糖醋味和鱼香味来比拟怒放的阳雀儿花的味道呈现出鲜明的地域文化色彩,通过读者更为熟悉的"色香味"俱佳的川菜味道进行想象性的经验迁移,使得原本难以名状的味道变得鲜活生动而可感可知。

三

源自本土的歇后语是劳动人民智慧的结晶,是他们在日常生活中创造出的特殊语言形式,不仅有着鲜明的地域色彩和幽默意味,而且也是乡土民间世代累积的生存智慧和人生哲理的积淀,正如同有些论者所言,"方言土语就是一个地区历史文化的产物,它与民俗和民情是互渗的,或者说它们干脆就是同一个东西"[①]。作家们在表现本土生活时使用方言土语不仅有助于塑造人物形象,同时也可以借着这样一种简单、直观的方式来表达生活的基本智慧。

乡土小说中对歇后语的汲取不仅能够贴合农民的日常生活原生态,而且可以使得作品妙趣横生,呈现出灵动活泼的风味。贺享雍在《乡村志》中选用歇后语

---

① 张卫中:《汉语与汉语文学》,文化艺术出版社,2006年,第193页。

时基本上遵循着净化的原则对于那些夹杂着污秽词汇的歇后语进行了过滤、提纯和美化，但有时为了彰显人物质朴爽直、口无遮拦的性格特征也会融入一些看似不太雅致的歇后语，比如《土地之痒》中贺世忠所言的："大姑娘打屁——稳起咋子"；《民意是天》中"神仙打屁——不同凡响""月亮坝坝里看鸡巴——把自己看得特大了"。贺享雍《乡村志》中所汲取的民间谚语数量相对较少，但在歇后语的使用上却堪称典范，极少有其他乡土小说家如此大规模的选用。单从数量上来看，《乡村志》中除去重复使用的有150个左右的歇后语，这些歇后语种类繁多，使得作品语言增色不少。

歇后语通常由两段文字组成，近似于谜语中谜面和谜底两个组成部分，前半段类似于谜面，是形象的比喻或隐语；后半段则像谜底，是其表达的重心所在，通过解释说明来表达其本义。由于歇后语在地方不断流传，当地百姓早已熟稔在心，因此有时只说出前半段"歇"去后半段依然不难领会它的本意，由此在说话时可以两部分都说，也可以只说出前一部分即能让人心领神会，因此得名歇后语。比如贺享雍《是是非非》中谢乡长在劝说贺端阳要见好就收时说"吃饱了要知道放碗"；《村医之家》中贺万山感慨于大儿子贺春不孝而孙女却与他亲近，言之"歪竹子生直笋子"；《民意是天》中贺兴成在谈及选举时说"包到的汤圆不会散"；贺劲松为了鼓励贺端阳等人树立信心，认为他"才是出林的笋子，今后的日子还长得很"。贺享雍《乡村志》中所使用的歇后语大都用破折号分为前后两段，但也并不尽然如此，有时也会省略掉破折号，比如："三升胡豆积一钵，都赶到一起来了""针上刮铁，蚊子腿上撕肉，有限得很"（《土地之痒》）；"猴子捡片姜，吃了怕辣，丢了又舍不得""吃菌子不忘格苑恩""不要冬瓜摘不下来，就扯藤藤，欺负老实人""一刀切肉，一刀洗板，不喜欢拖泥带水"（《是是非非》）；"别猴子捡片姜，吞吞吐吐的"（《民意是天》）。贺享雍在《乡村志》中为了让川东地域之外的读者也能够欣赏和领会书中使用的歇后语的意思，基本上都用的是完整的歇后语。这些歇后语根据其构成方式又可以分为以下几类：

第一，谐音类的歇后语。茅坑边捡根帕子——不好开（揩）口，裁缝的脑壳——当真（针）的，蜘蛛的肚子——尽是丝（私），场后头落雨——该（街）背时（湿），外甥打灯笼——照舅（旧），七月十四烧笋壳——没指（纸）望了，卖了娃儿买蒸笼——不蒸馒头争（蒸）口气，矮子过河——安（淹）了心，月亮坝坝里耍刀——明砍（侃），满缸子的泡萝卜——抓不到姜（缰），一篮豇豆，一篮茄子——两篮（难），麻布洗脸——粗（初）相会，墙头上挂喇叭——远近有鸣（名）（《土地之痒》）。石头打磨扇——石（实）打石（实），鸭儿棚子的老汉睡懒觉——不捡蛋（简单）（《村医之家》）。大路上打草鞋——说（索）长道短（《人心不古》）。弹花匠的女——会谈（弹）不会纺，十月里的丝瓜——满肚子丝（私）的东西（《青天在上》）。墙壁上的春牛——离（犁）不得，桅杆上吹螺号——远近有名（鸣）的名人（《盛世小民》）。黄鳝打屁——疑（泥）心（腥）过重了一点，鲢巴郎过河——牵须（谦虚），沙罐做枕头——空响（想）一场（《民意是天》）。有时还会在同一作品中连续使用谐音类的歇后语：二两米熬一锅稀饭——不愁（稠），天师过河不用船——自有法度（渡）了（《男人档案》）。

第二，喻事类的歇后语。此类歇后语是用生活中的一件事来进行比喻，触类旁通而有着奇特的审美功效。剃头匠的挑子——一头热，心里犹如哑巴捡到一坨金子——说不出的快活，铺盖窝窝里眨眼睛——自己哄自己，哑巴见到妈——莫得话说，穿钉鞋、拄拐棍——把稳着实，巫士捉鬼——啥法都使尽了，腊月三十天的磨子——莫得多大推头，歪嘴婆娘照镜子——当面见效（《土地之痒》）。戴起草帽亲嘴——差远了，哑巴吃汤圆——自己心里有数，屙屎擤鼻涕——两头走崩，半夜打摆子——顺带（《是是非非》）。细娃儿耍麻雀——图新鲜（《村医之家》）。田坎上栽芋子——外行（《人心不古》）。讨口子唱歌——穷开心，要饭的卖醋——穷酸，懒牛拉破车——慢腾腾的，绣花姑娘斗架——针锋相对，小和尚念经——有口无心，晾衣竹竿去钩月亮——差远了，城隍庙里卖假药——哄鬼的，裤裆里打麻将——哈不开了，巷子里扛竹竿——直来直去（《民意是天》）。

第三，喻物类的歇后语。此类歇后语用物体来近取喻远取譬，通过物象本身所具有的特性取其引申含义。针上刮铁——有限得很，冷水烫猪——不来气，顶起碓窝耍狮子——费力不讨好，鸡脚神戴眼镜——充起正神来了，豌豆滚进磨眼里——遇了缘，砂罐头煮牛脑壳——放不下脸的样子，掉进了糖缸里——里外都甜透了，猫爬甑子——替狗搞了，狗坐轿子——不识抬举，死鱼眼睛——定了，墙上挂乌龟——四脚无靠，饿狗儿滚粪凼——搞肥了，夜蚊子滚岩——莫得响动，坛子里捉乌龟——十拿九稳，黄瓜打大锣——差了老大一截（《土地之痒》）。星星跟到月亮走——沾光（《是是非非》）。吃竹子，屙背篼——肚子里编，堂屋里栽柏树——有根有底，蚂蚁爬雷钵——没有股股了（《村医之家》）。沙地的萝卜——一带就要来，一箱豆腐滚下岩——没一个好的，老黄狼哭羔羊——虚情假意，野牛进庙堂——胡来（《人心不古》）。癞蛤蟆想吞灵芝草——痴心妄想，竹篮打水——一场空，抱鸡婆哈糠壳——空欢喜一场，筛子做门——鬼点子多，聋子的耳朵——摆设，猫儿抓糍粑——脱不了爪爪，城隍庙里的鼓槌——一对，癞儿脑壳上的虱子——明摆着的，快刀切葱——两头空，尿桶的板子——两面受冲，乌龟有肉——在肚子里，砒霜里浸辣椒——毒辣透了，老狐狸戴斗笠——装人不像反露了尾巴，大粪流进污水沟——同流合污，竹筒筒倒豆子——干脆一点，庙门口的旗杆——光棍一条（《民意是天》）。黄泥巴揩屁股——倒贴了一大坨（《青天在上》）。

第四，神话传说或者戏文故事等演化而来的歇后语。天狗吃月亮——找不到地方下口（《土地之痒》）；赵巧儿送灯台——一去永不来（《村医之家》）。天狗吞月的故事早已耳熟能详，赵巧儿送灯台的故事却相对而言知之较少。相传在远古时候，木匠始祖鲁班有个名叫赵巧儿的弟子，他心灵手巧但却有些骄傲自满。有一次鲁班造桥时龙王不断兴风作浪而导致无法正常施工，于是鲁班让赵巧儿将一盏木制避水灯台送到龙宫以镇之。赵巧儿到达龙宫后，觉得这盏神灯看起来结构简单外形粗陋毫不起眼，于是自作主张换成他亲手做的一盏精致的灯台，结果一时间油漏灯灭，波涛汹涌，导致赵巧儿葬身水底，所以才有上述歇后语。

虽然贺享雍《乡村志》中的歇后语构成方式有所不同，但却都凝结着川东地区农民的生活智慧，生动地展现出川东农民面对艰辛生活时不自怨自艾而依然能够笑对人生的达观态度和乐观情绪。小说文本中选用的歇后语中所涉及的许多物象是为四川本土所特具的，因而能够显露出鲜明的地域色彩，比如"吃竹子，屙背篼——肚子里编""月亮坝坝里耍刀——明砍（侃）"等，其中的"坝坝"就是典型的巴音蜀语，意为山间的平地或者平原。

贺享雍在《乡村志》中所使用的歇后语根据其结构方式和表现手法基本可以划为以上四种，在具体使用中又具有灵活多变的特点。许多歇后语之间存在着内在关联或者意义相近处，借此能够充分显现出贺享雍对于歇后语方面的知识掌握的熟练程度以及具体运用时的灵活自如。比如《青天在上》中贺世忠在向贺凤山求神问卜时毫无遮拦地暴露内心苦闷，"当了几年村干部，不但没得到啥好处，还黄泥巴揩屁股——倒贴了一大坨,借了几万块钱给乡上交农业税,到现在还没还我",其中"黄泥巴揩屁股——倒贴了一大坨"生动形象地展现出贺世忠当村支书时为了完成上级交给的税收任务而不得不举债垫付的窘境,较之平铺直叙的言说更能引发对其不幸遭遇的同情。《土地之痒》中引用了意思相近的歇后语"除了锅巴莫得饭,还要倒贴一坨",这是贺兴仁因着土地收益微薄而劝阻父亲贺世龙不要转包其他村民的土地所说的,综合土地成本和收益生动地揭示出为何昔日视土地为生命的农民厌弃土地的根本原因。

第三节
本土化叙事:接续传统的叙事思想及其文本表现

五四新文学革命的先驱者们以西方文学的"他者之镜",烛照出中国传统文学无法适应现代经济社会发展以及人们不断更新的思想观念的需要,于是作家们开始了中国文学的急剧变革,共同致力于从语言、结构到文体等多个层面的根本性改变,使得中国文学从延续两千年的传统文学的桎梏中解放出来而萌生新质,从而具备了和世界文学对话和交流的基础,单就此论,恰如罗兰·巴特所说:"叙事是国际的、超越历史的、超越文化的:它就在那里,正如生活本身。"[①] 然而,随着中国现代文学不断趋于成熟,作家们开始深切地感受到影响的焦虑,逐渐体悟到文学本土化的重要性,单纯追慕西方是没有出路的,"如果我们不希望交流成为一种互相抵消和互相磨灭,我们就必须对交流保持警觉和抗拒,在妥协中守护自己某种顽强的表达——这正是一种良性交流的前提"[②]。这是缘于文学不仅讲究通约性以形成交流和对话的基础,同时也要注重不可通约的新奇性和差异性,从而不断提供新鲜经验,对于共性的关注与对个性的重视并不冲突。正所谓越是民族的越是世界的,只有将文学之根深扎在民族文化的沃土中才能真正获

[①] [法]罗兰·巴特:《结构主义叙事分析导论》,唐伟胜:《叙事》第4辑,暨南大学出版社,2012年,第6页。
[②] 韩少功:《马桥词典》,安徽文艺出版社,2013年,第473页。

得与西方文学平等对话的资格以及形成超越的可能性,对此霍根曾做过专门研究,其结论是"文学普遍性仍然只是少数人的兴趣所在……在专业的研究中,理论和实践都趋向于关注差异以及文化和历史的特殊性等,人文主义的写作中提到的普遍主义,多数是被谴责为一种压制的工具……从某种角度说,人们通常怀疑在文学研究中关注或者拥护普遍性具有某种政治目的"①。

从 20 世纪 30 年代开始,左翼革命文学家为着实现文学大众化这一目标,先后进行了三次"大众化问题"讨论,但追逐西方现代性的强烈欲望依旧内在地牵引着中国文学的行进脉络。"文化大革命"结束后,曾经引发文坛震动的先锋文学由于过度西化脱离了中国本土经验而失却读者的青睐,到了 90 年代,余华、苏童等人开始寻求西方经验与本土文化的契合点,逐渐从反传统的文本形式实验向着中国叙事传统回归。苏童在创作《妻妾成群》时有意识地借鉴中国古典文学意象,从中国古典小说中寻求技巧,呈现出浓郁的古典诗性氛围,"开始使用传统白描手法……以前的小说看不出是什么画,现在的小说看得出是国画,而且是白描的、勾线的,不是水墨的"②。然而,本土化并非让作家完全皈依传统或者走向封闭保守,而是要充分融合世界文学经验和中国传统文化资源,使得作品兼具现代气质和中国气派,"正是中国作家逐渐获得'国际性视野'的时候,他们的本土意识才逐渐增强起来,在表达本土经验方面才有了一些起色和成功;反过来,也正是他们渐渐学会了表达'本土经验'的时候,他们才获得了一些国际性关注和承认"③。进入 21 世纪后,伴随着中国经济的迅猛发展,与世界发达国家的差距在日益缩小,重塑民族文化自信实现中华民族伟大复兴成为举国共识,文学本土化成为作家的自觉追求。

贺享雍的《乡村志》致力于为农民立命、为乡村立心,因而极其注重对于四川本土文化资源的摄取,使得作品呈现出鲜明的本土化色彩。由于贺享雍来自民间底层,自幼便深受传统文化的熏陶和影响,因而在《乡村志》的叙事技巧上能够自然而然地汲取和融合中国传统文化资源,呈现出鲜明的本土化叙事色彩。

---

① 唐伟胜:《叙事》第 4 辑,暨南大学出版社,2012 年,第 7 页。
② 周新民、苏童:《打开人性的皱折》,《苏童研究资料》,天津人民出版社,2007 年,第 211 页。
③ 张清华:《文学的减法》,吉林出版集团责任有限公司,2009 年,第 256 页。

一　崇实尚简：志传式中国叙事传统的借鉴

贺享雍在创作《乡村志》时有着非常明确的本土化追求，他想要"以志书式的实录方式，来创作一部多卷本的长篇小说，将共和国成立六十多年特别是改革开放以来的乡村历史，用文学的方式形象地表现出来，使之成为共和国一部全景式、史诗性的乡土小说"①。为此他摒弃了之前作品中所习见的轻松、明快且带有狂欢性质的叙事手法，开始向着具有本土特色审美化的地方性知识即方志文学传统的回归。中国方志文学自古就有着崇实尚简、文史不分的叙事传统，对此司马迁的《史记》堪称典范，"善序事理，辩而不华，质而不俚"②，后世志传多沿用《史记》中所开创的本纪和列传的叙事传统。贺享雍在《乡村志》中有意识地接续起本土内生的这一叙事模式，将这些传统手法作为其小说创作的出发点，以朴质文字贴近写实的史传文学观念进行文学叙事本土建构，体现出鲜明的本土意识和强烈的历史意识。

首先，贺享雍在《乡村志》中严格遵循志传式的中国传统叙事模式，在对乡土生活现实讲述和人物道德评价时能够坚持秉笔直书而毫无隐晦。

中国传统志传以准确公正地记载并评述历史人物的千秋功罪为职志，虽然在评说人物时难免会带有一定的倾向性，但要褒贬适度而不失公正，在具体描绘人物时往往寓褒贬于叙事之中，透过简洁朴质的语言全景式地记述传主的一生。贺享雍在《乡村志》中自觉摒弃了"文化大革命"时期所习见的非此即彼的二元对立思维模式，对于各个时段随着外在社会语境变化所引发的农村新变及其所暴露的问题进行了深刻的理性反思和切实的价值评判，本着生活真实和历史真实对于乡土社会半个世纪以来所经历的重大事件和历史变迁以及所存在的问题等进行了秉笔直书的真实记录。譬如贺享雍《土地之痒》对土改运动中被错划为地主而执行枪决的贺茂富的简洁平实的记述中就包蕴着鲜明的道德评判意味："贺茂富并不是一个坏人，也莫得多大的家产。他除了有一二十亩薄壳壳地以外，在湾里还

---

① 向荣、贺享雍：《〈乡村志〉创作对谈》，《文学自由谈》，2014 年第 5 期。
② 裴骃：《史记集解序》，《史记论著集成》第 15 卷，商务印书馆，2015 年，第 5 页。

开了一个小油坊榨油。既不见他们一家人怎么穿金戴银,也不见花天酒地,日子只是比一般人过得好一些罢了。平时,贺茂富两口子也和湾里的庄稼人一样,披星星、戴月亮,雨天披蓑衣、晴天戴草帽,在地里像蚂蚁一样劳作。只在农忙时候,才在湾里请了像贺茂前这样没地的农民,干一段时间的活。干活这段时间,贺茂富管吃管住,临了的时候再籴上几升或十几升粮食,作为工钱。不但如此,贺茂富还对给他干活的人做了一条特别的规定,那就是允许他们的家人——婆娘或是娃儿,可以跟在他们后面,捡拾掉到地上的粮食。"① 这段并不冗长的文字叙述,将贺茂富一家勤俭节约、踏实肯干而又对穷人不失良善之心的为人处世之道鲜活地呈现在读者面前,从而为其土改运动时被错划为地主成为斗争靶子并遭枪决的下场感到惋惜和痛心,进而激发起人们对于农会主席贺老踮因房派斗争而公报私仇行为的反思。

  贺享雍《乡村志》中的日常生活细节不是按照先验政治预设的规范化模式来进行叙述的,而是本着生活真实遵循传统文化伦理道德观念进行客观再现,从而逸出了主流政治笼罩下的宏大叙事的围限而展现出乡村独特的异质性存在。贺享雍在《乡村志》中对于包括地主在内的人物进行描绘时并非本着阶级斗争视角进行政治化的评判,而是基于民间立场逸出主流意识话语的围限进行重新界定和评价,在描绘人物时注意展现出人物的多面性,以至于很难用传统的正面/反面来进行人物划分。在贺享雍笔下,中华人民共和国成立之前的贺家湾真正称得上地主的贺银庭非但不是为富不仁、欺男霸女、恶贯满盈、罪恶昭彰的恶霸地主形象,反倒严格恪守传统道德规范、讲究仁义道德和注重人情事理。贺万山的父亲为给他葬身土匪之手的爷爷料理后事,准备卖掉家里仅剩的几亩地,遭受土匪数次洗劫的贺家湾唯有地主贺银庭有能力购买。"好在贺银庭平时虽然很抠,可在关键时刻却还是明白'义利'二字的,他知道我家遇了难,我爷爷又是远近闻名的'德行医生',在这时候如果他买下我爹的几亩地,众人都会认为他这是在乘人之危,落下不仁不义的名声。可要是不买,我爹又无法渡过眼前的难关,便对我爹说:'我知道你现在踩到火石要水浇,但我不敢买你的地,你只给我写个当

---

① 贺享雍:《土地之痒》,四川文艺出版社,2013年,第7页。

约，你需要多少钱我给你多少钱，你什么时候有钱了，什么时候来赎回去就是！'"① 即便是贺享雍在《乡村志》中多加贬斥的贺老跕也没有被漫画化或者扁平化处理，在描绘他恶德恶行的同时也展现出他良心未泯的一面，对其遭遇牢狱之灾深表同情，认为"让'贺老跕'这样的芥微小吏做了祭坛上的牺牲品，而那些掌管着民众生杀予夺大权的大人物们，却没见他们出来勇敢地承认自己该负的责任，哪怕是对民众的一个小小的道歉也没有"②，也正因此呈示给读者的是立体丰满而又真实可信的人物形象。贺老跕和贺世龙的父亲贺茂前自土改时便结下了很深的仇怨，"三年困难时期"，身为大队书记的贺老跕也和湾里人一样饿得脱了人形，但此时他并没有只顾自己，反倒可怜起饿得皮包骨的贺世龙，将其委任为生产队长，跟着他到公社吃了一顿饱饭，为此贺世龙对他感激不已，"一直到这时，贺世龙都在心里认为贺老跕是个好人，尽管他后来死在监狱里"③。贺享雍在对《乡村志》中其他人物比如贺春乾、贺端阳、贺世海等进行形象塑造和故事讲述时也都秉承着传统志传式秉笔直书的叙事规范，从而使得人物形象显得极为本色和真实。

其次，贺享雍的《乡村志》延续了中国传统志传注重地域特色的叙事规范，在描绘出大量有着鲜明川东风味的风俗事项的同时，也将原生态的农民日常生活景观呈示给读者。

贺享雍将文学之根深植在本土生活和本土文化的基础上，其作品有着异常鲜明的地方色彩。从主流源头上来讲，中国乡土小说可以划分为由鲁迅开创的启蒙乡土小说和以沈从文为代表的审美乡土小说这两大传统，前者所描绘的风俗事项多是愚昧落后而亟待批判和清理的恶风陋俗，以此激发人们对于黑暗社会现实的反感和抗争，后者则着力汲取那些有着浓郁诗意的风俗习惯，借此勾勒出人美景美、和谐共处又充满诗情画意的审美意境。贺享雍在《乡村志》中独辟蹊径，致力于呈现原生态的乡土风俗习惯和自然朴质的乡村生活景观，既不轻易做非此即彼的道德评判，也不刻意拔高或者粉饰以增强美感体验，呈现出自在自为而又生

---

① 贺享雍：《村医之家》，四川文艺出版社，2014年，第20页。
② 贺享雍：《走过去，前面是更好的世界——从草根到作家的人生历程》，成都：天地出版社，2016年，第54页。
③ 贺享雍：《土地之痒》，四川文艺出版社，2013年，第27页。

动鲜活的乡土风俗景观。贺享雍有过长达四十余年的农村生活和工作经历，对于农民疾苦有着感同身受的深刻体验，因而在执笔为文时有着农民发言人的身份自觉意识，始终站在民间立场上来讲述故事。其小说不仅氤氲着浓郁的乡土日常生活气息，而且还充分汲取了乡土文化资源的养分而呈现出浓郁的地方色和乡土味，尤其是民间歌谣的自然融入，"不但生动地展现了人物的内心情感、点缀着故事的情节进展、表现出独特的地域风情，而且形成了作者个人的文本风格、叙述技巧，更重要的是使得贺享雍小说具有浓烈的民间性、原生性和粗朴性的美学风貌"[1]。

再次，贺享雍的《乡村志》在中国传统叙事手法影响下，不仅主要靠人物故事的营造和生活细节的呈现来结构作品，而且在故事讲述过程中，他还承续了传统志传和评书在内的本土文学叙事特征。

从贺享雍的成长经历来看，他始终未曾脱离乡土社会，即便后来到县城任职也没有割裂与农民之间的血肉联系。贺享雍所受的传统文化的影响虽然并不系统但却影响颇深，其《乡村志》无论从创作理念还是艺术风格都显露出乡土本色，叙述话语简洁流畅、明晰朴质，状物写人时注重汲取传统的叙述技巧。中国农村日常生活平淡而少有波澜，因而并不适宜采用矛盾冲突过于激烈的戏剧化的文体结构，贺享雍在《乡村志》中使用的平实的语言和简洁的文体结构正适宜表现乡村本土生活，文风显得朴素自然。当然在《乡村志》中也会涉及一些村内村外的矛盾冲突，但却很少使用巧合、悬念等写作技法。贺享雍在描摹农民的日常生活时采用的是朴实自然的言说策略，将鸡零狗碎的乡土日常故事自然地呈现给读者，而不是刻意选择那些有着极强戏剧化的故事情节以炫人耳目，正如同古人在评论司马迁《史记》时所说，"其文直，其事核，不虚美，不隐恶，故谓之实录"[2]。中国传统文学在表现人物的性格特质和脾气秉性时很少采用静止的心理刻画，而是善于通过人物的言语动作来彰显其性格特征，这在贺享雍的《乡村志》中也有所体现。从叙事结构安排上也能见出贺享雍深受传统文学影响的痕迹，其《乡村志》与司马迁开创的志传写法一样，侧重以人物塑造为核心来讲述

---

[1] 范藻：《沉默的呐喊——贺享雍小说研究》，四川文艺出版社，2003年，第323页。
[2] 裴骃：《史记集解序》，《史记论著集成》第15卷，商务印书馆，2015年，第5页。

故事，虽然单部作品中涉及为数众多的人物，但却大都有一个传主或者核心人物，比如贺端阳（《民意是天》《是是非非》）、贺万山（《村医之家》）、贺世忠（《青天在上》）、贺世普（《人心不古》）、贺世跃（《盛世小民》）和贺世亮（《男人档案》）等莫不如此。贺享雍的《乡村志》从主旨立意上致力于真实地记录原生态的乡土生活和乡土人物，因而并不适宜典型环境中的典型性格这一将社会生活和人物活动高度集中化的叙事模式，反倒是中国本土的志传式的叙事模式更为适宜。

中国古代章回体小说是从民间说书演化而来，在文体形态上尚且保留着说书的痕迹，比如在开头和结尾分别有开场诗和散场诗，在情节叙述的紧要关头常常运用"欲知后事如何，且听下回分解"的套语煞尾，故意"卖关子""吊胃口"来引发读者的好奇心以持续关注作品。不仅如此，古代章回体小说中叙述人在讲述故事时还时常会即兴干预，对正在叙述的人物和故事进行评论。贺享雍在《乡村志》中也不时地运用此技法，在讲述故事的过程中以类似说书人的口吻进行即兴干预，比如："和兴成自己把小型农业机械引进贺家湾、政府在贺家湾推广新的劳作方式、世海和兴仁把贺家湾的庄稼人带出土地打工、毕玉玲操起专职厨师职业一样，这几年，麻将进入贺家湾庄稼人的生活，也是一个历史性的事件。读者如嫌这些烦事，大可翻过这一节，跳过不看。但作者既为村庄写志，就不得不记了。"[①] 值得注意的是，此处插入的叙述人话语虽然有着说书人相似的口吻，但其目的却并非为了引起读者的新奇感而持续关注作品，而是让读者暂时从小说故事讲述过程所营造的虚构性氛围中解脱出来，增强作品的志传色彩。

此外，在《村医之家》中，为了营造逼真的叙事效果，贺享雍还选取极富四川本土特色的"摆龙门阵"的话语方式讲述故事，与其所描绘的乡土日常生活相得益彰，"既为方言土语的发挥制造了氛围，又呈现出独具四川地方经验的叙事方式"[②]，同时还给人一种稳定可靠、平易近人的感觉，因而此种近乎"陪人聊天"的艺术形式有着鲜明的本土化色彩。《村医之家》的整个故事基本上是以主人公贺万山的口吻来自我陈述，在讲述故事过程中又经常出现"大侄儿你说没

---

① 贺享雍：《土地之痒》，四川文艺出版社，2013年，第164页。
② 舒晋瑜：《贺享雍：我想构筑清明上河图式的农村图景》，《中华读书报》，2014年11月19日，第11版。

累,那我接着讲"等叙述话语,因而是中国传统说书人的叙述方式和西方现代小说第一人称叙述方式结合的产物,借此方式不仅让当事人现身说法,对六十余年的生活经历进行自我陈述,赋予作品强烈的真实感,而且也能够引发读者的阅读兴味。为了弥补贺万山单一视角限制所带来的叙述囿限,再由其他关系亲密者进行补充以使整个故事更加完善。作为谈话对象的"大侄儿"虽然是不可或缺的,但却始终未发一言,由此避开了全能全知视角的干扰。通过贺万山回应式的故事讲述又可以还原出"大侄儿"所提出的每一个问题,从而避免了故事的凌乱感和碎片感,不仅叙事更为简洁,而且还增强了故事的真实感。

二 "不隔"的乡土日常生活叙事

王国维在《人间词话》中提出了"境界是本"的思想,其首要问题是"隔"与"不隔",针对诗词而言,他主张白描反对用典:"大家之作,其言情也必沁人心脾;其写景也必豁人耳目;其辞脱口而出,无矫揉妆束之态。以其所见者真,所知者深也。"① 究其根本所谓"不隔"讲究的是"真景物、真感情",其要着离不开一个"真"字,作者将自身真切之感受予以真切之表达,使得读者获得同样真切之感受便是"不隔"。贺享雍的《乡村志》在抒情写景时不仅注重真情实感,将乡土社会所见所感直截了当地呈现出来,而且能够抓住让人感动的一刹那表现出其原有之姿,因而其乡土生活叙事显露出"不隔"之态。

乡土生活经验的多寡以及深入程度的高低对于作家创作农村题材的作品是有着非常明显的影响的,尤其是对于农民日常生活细节的描绘更会产生直接的影响。五四新文学家大部分来自乡土社会,但却基本上都是中上阶层家庭出身,因而与普通农民之间存在着身份地位和思想观念方面的隔阂和差异,受教育程度较高的他们在接受西方思想启蒙之后往往是以俯视的姿态借助文学作品来启发和教育农民大众。为了使新文学能够为大众所接受,新文学家也曾经尝试过在小说文本中融入农民的日常口语,但却收效甚微,未能从根本上解决白话文学脱离大众的问题。鲁迅的《阿Q正传》《故乡》《祝福》等乡土小说以"表现的深切和格式

---

① 王国维:《人间词话》,云南人民出版社,2016年,第149页。

的特别"著称于世,其所包蕴的深刻思想内涵至今依然令人称叹,但其叙述语言和人物对话却未能脱离知识分子意味而与普通农民相隔离。这在很大程度上与鲁迅出身绍兴世家大族而对普通农民的生活缺乏深入而直观的了解有关。鲁迅之所以会觉得农民群体是沉默的国民,与其所处的知识分子启蒙者立场有关,同时也与他对农民存在着身份地位差异所造成的内心隔膜有关,在他看来有着沉默魂灵的农民换作赵树理、周立波、莫言、贺享雍这些出身乡土农村的作家而言却是异常真切的,可以深入感触他们的喜怒哀乐和所思所想。贺享雍就是来自农民群体,他在《乡村志》中讲述的是包括他本人在内的老百姓自己的故事,对于乡村的伦理道德变迁、乡村社会的政治生态的感知和表述,毫无做作和伪饰之感。贺享雍对于乡土社会以及农民生活极其熟悉,有着浓烈的生活质感经验,曾经有过长期农业劳动经历的他知晓农民的喜怒哀乐,对于他们的所闻所感所想了如指掌,这不是蜻蜓点水式的下乡采风所能比拟的,因而在描绘人物时能够鲜活地展现出人物的性格特质,"以自己的方式原汁原味写农民,土色土香写农村,确乎别有天地,实属难能可贵"①。

众所周知,鲁迅是现代小说筚路蓝缕的开创者和众望所归的乡土小说重镇,创作了《阿Q正传》《祝福》《故乡》《风波》等一系列佳作。单从生活经验而言,鲁迅无疑是堪称丰富的,童年时期的家庭变故以及长达十年的日本留学生涯使得他的生活阅历远远超出同侪,单从其广博丰赡的杂文创作便可见一斑,也正因此,他才能够觉察到一般人很不容易觉察的社会现象并剥丝抽茧般地予以深入剖析。美中不足的是,由于鲁迅自幼便在绍兴城里生活,对于农民这些在他看来沉默的国民的日常生活缺乏直观的认识和真切的感受,因而在其作品中很少出现具体的农事劳作场面,在小说中,人物大都以用人、雇工、经商者等身份出场,也由此才会引发诸如阿Q究竟是不是农民的身份归属等问题的激烈争论。事实上鲁迅对于生活经验之于创作的关系是非常重视的,在他写给艾芜和沙汀的回信中涉及取材问题时即明确主张作家要写自己熟悉的生活。当年在创作《阿Q正传》时,鲁迅曾有过写阿Q在狱中遭遇的打算,但因缺乏直观经验而"做不下去了",

---

① 白烨:《贵在本色》,成都:天地出版社,2006年,第11页。

为此他"曾想装作酒醉去打巡警，得一点牢监里的经验"①。20世纪30年代，鲁迅在获悉红军长征胜利到达陕北后准备写一部小说，并为此还专门向陈赓询问过一些红军如何战斗的细节，但由于没有亲历长征单凭想象很难把握，最终不得不放弃。贺享雍在"表现的深切"和"格式的特别"等方面自然无法和鲁迅相比拟，但他不仅有着丰富的乡村生活积累和直感经验，而且作为农民的儿子以及自身也曾长期务农的经历使得他对农民有着浓得化不开的深情，对他们的苦难遭际抱以深切的同情。因而包括其《乡村志》在内的众多作品在呈现本土化的农民日常生活方面有着可圈可点之处，将房派矛盾、邻里纷争、父子争执、妯娌拌嘴以及锅碗瓢盆的日常生活琐事等看似鸡零狗碎却又散发着浓郁乡土生活气息的农家日常生活景观呈示给读者，组合成一幅幅具有泥气息和土滋味的乡土生活画卷。不仅如此，贺享雍还承续了鲁迅开启的批判性传统，对于乡土社会面临的深层问题以及基层干部的不正之风以及各种丑恶现象进行了鞭辟入里的揭示和批判，从而引发人们对于乡土社会以及农民的关切和同情，成为这些沉默国民的发言人。

自五四之后，乡土小说创作从主体姿态角度可以分为知识分子立场和民间立场。五四时期的乡土小说家鲁迅、王统照、彭家煌以及晚些的茅盾、丁玲等大都出身中上阶层，他们在审视和关注乡土社会时基本上采取的是知识者的文化张望姿态。"'乡土文学'家对故乡生活、农民痛苦的了解，多半来自间接经验；而作为直接经验的只是儿时生活的回忆和成年偶然回乡的观感。这就决定了他们不可能对农民生活作出精确的描绘。"② 对于出身于乡村的作家尚且如此，诸如鲁迅、茅盾这样并没有多少农村生活或者农事劳动体验的作家而言更是缺乏直接经验。也正因此他们往往对于农民以及乡村生活方式缺乏同情之理解，而是采取知识者思想启蒙的立场对于落后、愚昧、腐朽的本土文化予以否定，对于乡土百姓也基本采取自上而下的俯视姿态"揭出病苦"以"引起疗救的注意"③。赵树理、周立波、柳青为代表的作家要么出身于乡村农家，要么为了响应文艺政策号召而自愿移居乡村，他们对于乡村生活和农民群众非常熟悉，掌握了大量的一手资料，在

---

① 鲁迅：《论自己的创作》，《鲁迅文集》第8卷，黑龙江人民出版社，1995年，第229页。
② 陈平原：《论"乡土文学"》，《在东西方文化碰撞中》，浙江文艺出版社，1987年，第198页。
③ 鲁迅：《南腔北调集·我怎么做起来》，《鲁迅全集》第4卷，人民文学出版社，1973年，第512页。

创作时能够自觉地与农民站在同一立场。从叙事立场上看,贺享雍有过长期务农的生活经历,之后担任"八大员"也未曾脱离农民,因而他对农民有着强烈的自我认同感,其作品中所呈现出的颇为真实的农民眼中的世界,其叙事立场是民间本土意味的,是从农民化的民间立场而并非知识分子化的民间立场来展开故事叙述的。五四时期包括鲁迅在内的乡土小说家大都秉持着知识分子精英的启蒙立场来观照乡土民间的,采取的是自上而下的俯视姿态,致力于揭示乡土民间恶风陋俗所引发的农民精神苦痛和情感伤痛,以揭出病苦引起疗救的注意。自解放区赵树理开启了平视的叙事姿态之后,乡土小说家始而以农民代言人的身份来进行平等对话。具体而言,鲁迅的《祝福》《故乡》、蒋光慈的《咆哮了的土地》、周立波的《暴风骤雨》《山乡巨变》等跨越半个世纪的乡土小说都是采用的外来者视角,对于农村人伦秩序、道德风貌以及农村旧有秩序的破坏和重建等,都是由外来者来讲述和完成的,作家们秉承着知识分子立场和现代启蒙精神来对乡土社会的落后蒙昧进行理性审视、道德批判和文化省思。贺享雍接续的是赵树理式的叙事模式,在以民间立场讲述农民日常生活故事的同时,也对造成农民苦难遭际的外在社会环境进行了深刻反思。"从乡村内部出发,则是以自我的眼光去看待乡村。他看到了外部对乡村的破坏,也看到了乡村无力的抵抗。"① 值得注意的是,《乡村志》中对于旧有农村秩序的破坏及重建的描绘不再是外来者进入来完成,而是农民自身意识觉醒和转变所促成的。贺享雍《乡村志》中叙事视点由外到内的转换实际上隐含着的是农民自主意识的真正觉醒,在改革开放大潮来临之际,农民不再是像以往革命、战争语境下随波逐流的被动承受者,而是应着时代环境的转变开始自觉地要改变自身处境,从而使得乡村社会迸发出内在的发展动力和生机活力。农民经济意识的觉醒是一把双刃剑,既在逐利意识驱动下有助于解放和发展社会生产力,但同时也确然使得含情脉脉的传统人伦道德规范有所松动和变异,但放置在大的社会语境下综合考量,其利大于弊,从深层次改变了人们的思想意识和传统观念,从而为乡土社会由传统向着现代蜕变奠定了思想基础。相对而言,启蒙者的姿态却极易促成先入为主或者居高临下的叙事姿态,从而缺乏表明农民自己真实内心意愿的对话空间,使其成为被剥夺了话语权的沉默者,单

---

① 贺绍俊:《远离现代性的乡村叙述》,成都:天地出版社,2006年,第14页。

凭知识分子的描述而缺乏感同身受的真切体验。由于贺享雍有过长达三十年的务农经历，之后又做过十年的乡干部，因而在与农民进行平等对话时毫无违和感。他始终未曾割裂过与故乡人之间的血脉联系，对于家乡的一草一木都有着深厚的情感，因而对于乡村人物往往抱着同情之理解，在《乡村志》中将视线聚焦在农民群体身上，对于其坚韧的生存意志和曲折的命运遭际进行历史反思。

  贺享雍自从文学创作伊始，便将文学之根深扎在乡村的沃土之上，长期坚持以家乡为题材宝库，就像鲁迅在回复艾芜、沙汀时的信中所说的那样坚持从熟悉的生活中取材，其在乡村的工作生活经历成为得天独厚的创作资源，堪称有着深厚本土经验的生活资源型作家，长达十卷的《乡村志》对于川东的自然风貌、风土人情、道德风范以及土地改革、土地流转、农民工进城等进行了细致而深入的描绘，使得其小说作品揭示出农民在社会剧烈转型期所经历的思想变迁以及喜怒哀乐交织的情感变化。贺享雍在《乡村志》中本着为乡村立志的宏愿，致力于展现半个多世纪以来中国社会急剧转型时期乡土农村历史性变迁的宏大叙事，同时又能够真正地沉潜入乡村生活，在细节呈现上又有着注重本土化的特质，通过对于农民本土化生活的细致描摹，呈现出半个多世纪以来农民真实的生存状态。长期的务农生涯，使得贺享雍能够细致入微地呈现出别致深入的乡村农事景观，在风景叙事上也有着鲜明的本土意味。前者比如《土地之痒》中对于农作物苞谷的描绘："苞谷这个庄稼有两个特点，一是不怕粪，再怎么施肥，它也受得住，就像一个消化能力特强的大肚罗汉一样。故农谚说：苞谷不怕粪，高粱闭眼睛。高粱是懒庄稼，肥料稍微施多了一点儿，不但不会增产，反而会减产。苞谷的第二个特点，是松土、垒蔸要趁苗嫩。别看给庄稼松土除草是最简单的农活，学问也是极深。俗话说：秧薅早，豆薅花，高粱不薅有个疤。薅要薅得恰到好处，过早过晚对禾苗都有损害。苞谷和秧一样，也是要薅得早的，所以农谚又说：苞谷薅得嫩，当淋一道粪。"[①] 其中的农谚是农民在长期的劳动生产实践中总结出来的农事经验，是农民劳动智慧的结晶。后者在《土地之痒》中同样有着鲜明的体现："过了立夏，一夜黄一坝，老一辈总结出来的经验，真是错不了。几天以前，小麦才在打黄影，从远处看去像是小鸭儿身上的淡黄色。可几场南风一吹，这小

---

① 贺享雍：《土地之痒》，四川文艺出版社，2013年，第50页。

麦便从梢黄到了脚,麦芒阳光似的刺向天空,一粒粒鼓胀饱满的麦子,欲挣脱麦壳,要跳出来的样子。满地金黄,如遇微风吹来,荡起一片金色的海洋。……突然,他弯下身子,从麦丛中捧起一捧土凑到眼前,目不转睛地看了起来。这土黄中带黑,十分疏松,散发着一种植物烂了的酸腐味道。看着看着,贺世龙的双手像有些抑制不住地颤抖了起来,嘴里喃喃地说:'地呀,你真是活宝,活宝呀。'"①此段前半部分对于农村风景的描绘笔法细腻,小麦即将成熟时从打黄影——淡黄色——从梢黄到了脚——漫地金黄这一系列渐进式的些微色彩变换可谓是细致入微,这其中浸润着贺享雍长期的农事生活经验和对于乡村风景的深刻体悟,而后半部分对于农民和土地之间的深情的描绘也极为真切感人,熔铸着深厚的情感体验。

　　数千年来,"从基层上看去,中国社会是乡土性的"②,直到2011年中国城镇人口方才超越农村人口,在此之前长期是典型的农业社会,因而要真正地理解中国就必须关注那些在广大农村生活的农民,正是这些看似平淡无奇的乡土小民的日常生活构成了中国本土生活的主体。贺享雍在《乡村志》中正是将视点集中在了民间大地上,通过极具本土化意味的乡村日常生活细节的深刻描摹,为历史转型时期的乡村本土生活留下了真实的写照,使读者能够感受农民的真实生活情状、情绪情感以及心理症候。由于贺享雍对于乡土百姓极为熟悉,他本人就曾是其中一员,因而在创作时能够深入农民的灵魂世界,不仅呈现出乡土百姓的生存本质,而且也描摹出农民的灵魂世界,既显现出本土传统文化长久浸淫所引发的深刻影响,同时也揭示出现代文明观念渗入之后所引发的思想新变和灵魂蜕变。《土地之痒》中贺兴成为了赚钱将现代机械引入贺家湾,从而改变了农民沿袭几千年的传统农耕方式,开始从农耕时代步入现代化时代,同时也深层次地改变了农民的经济观念和思想理念。城市打工潮开启后,农民更加真切地感受到现代机械化农业生产的重要性,得以从繁重的体力劳动中解脱出来,从而免去后顾之忧,能够将农闲时间充分利用起来获得家庭财富增值。改革开放后随着经济条件的改善,农民的娱乐休闲的方式在朝着现代化转变,然而也逐渐显现出一些问题

---

① 贺享雍:《土地之痒》,四川文艺出版社,2013年,第25页。
② 费孝通:《乡土中国》,上海人民出版社,2013年,第6页。

来。电视机普及之后,成为家家户户生活中不可或缺的一部分,但也由此导致邻里关系的疏远,加之随着城市化时代的到来,电视节目越来越远离他们的生活,使之感觉索然无味;之后城里的"洋乐队"开始出现在农村的红白喜事上,因其价格不贵又能营造热闹的气氛起初受到农民的欢迎,但随着乐队之间激烈的竞争,开始表演一些伤风败俗的节目,最终招致乡亲们的谩骂和反感而寿终正寝。由于精神生活无法和物质条件的改善同步发展,因而许多农民反倒怀念起集体化时代舞狮子、耍车灯、唱革命歌曲、看露天电影和观看曲艺队表演等丰富多彩的精神生活来,"缅怀当年那个物资极度匮乏但精神却十分充实的年代"[①]。《人心不古》中,村支书贺端阳和贺世普商定春节请传统戏班子来村里演出以期丰富农民的精神文化生活,并借此提升贺家湾的名声,结果大受村民们的欢迎。

三 悲剧意蕴的本土化叙事气质

贺享雍对于乡土社会有着深厚的情感,始终无法割舍对于田园故土的深厚情愫,但在理性意识指引下,他对现代社会语境下农村的衰落以及善良朴质的乡土农民身上所具有的劣根性有着真切的体悟和认识,因而在其作品中交织着情感的眷恋和深刻的批判,使得作品呈现出悲剧的审美形态,有着"含泪的笑"的审美特质。贺享雍的《乡村志》极其可贵之处在于他敢于直面现实,从而使我们能够了解在不同历史语境下农民的真实思想情感和心理感触。这一系列化作品既非过去小说常见的那样歌功颂德的惯常模式,同时也不是时过境迁后进行过滤和提纯的富于诗意乡土的原乡记忆,而是本着民间立场对于中华人民共和国成立之后农村政治文化、社会经济、伦理道德等多个层面的历史变迁进行真实再现和深刻反思。

中国上下五千年的文明史,既有着灿烂辉煌的华章,也有着浸透无数生灵血泪的悲歌,王朝更迭、兵燹纷争、群雄鏖战、血流成河,在王朝初建经过短暂的休养生息之后又要承受劳役之苦,正所谓"兴,百姓苦,亡,百姓苦",因此

---

① 贺享雍:《人心不古》,四川文艺出版社,2014年,第101页。

"中国传统叙事的主流,实际上从来都是悲剧而不是其他"①。旁的不论,中国古典白话小说四大名著《红楼梦》《三国演义》《水浒传》《西游记》中除了《西游记》外莫不是悲剧结尾。即便是《西游记》,在历经"九九八十一难"的取经过程中也有着明显的悲剧况味,先前敢于只身大闹天宫的孙悟空逐渐被磨平了棱角,为了降妖伏魔不得不向各路神仙求助;红孩儿这一天才少年在被观音菩萨收服之后做了善财童子,原先的灵气和英气自此荡然无存,变成了不苟言笑、谨小慎微的奴仆扈从,成为彻头彻尾的大悲剧。贺享雍的《乡村志》接续起中国古典白话文学带有悲剧色彩的叙事精神,对于命运的难以捉摸和个体生存的悲剧感进行了深入的描绘。总体而言,贺享雍在《乡村志》中本着"为生民立命、为乡村立心"的创作宗旨,原原本本地将半个多世纪以来乡村社会和农民生活的真实情状描绘出来,既是"一个农民儿子献给农耕文明最后的挽歌,是一部社会变迁的'写真集',同时也是一个改革时代农民痛苦而复杂的心灵史"②。贺享雍在《乡村志》中既细致地描摹出乡村优美的自然风光和纯朴的乡土民风,同时也将现代文明冲击下乡土社会的衰落以及裹杂其中的污垢一并展现出来,两者相互映衬,唱出了一曲农耕文明的挽歌。其中的主要人物贺世普、贺世忠和贺万山等人的生活经历和情感遭际都有着浓郁的悲剧色彩,浸染着古典文学的悲剧性审美意味。

贺享雍《乡村志》中的贺家湾受限于地理位置偏僻,因而人们的思想观念趋向传统,包括法律规范在内的现代观念较为淡薄。贺家湾人在处理人与人之间的关系时更为注重传统观念,当与法律规范相抵触时也是如此,贺享雍在《人心不古》中从民间立场出发对于知识分子的启蒙效力产生了质疑。贺世普在退休回乡后抱着普及现代法律规范的愿望积极投身于村里各项事务中,但结果却被世俗观念所湮没,最终不得不灰头土脸地返回城里。中国自古有言"人命大于天",佳桂自杀事件爆发后,贺世普一心想要借着现代法制观念让家暴实施者贺世国受到严惩,但最终现代法制观念在乡村礼法面前却丧失了效力。贺家湾遵循的是"就活人不就死人"的处事原则,现代法律规范不得不屈从于地方风俗,导致对于悲

---

① 张清华:《存在之境与智慧之灯:中国当代小说叙事及美学研究》,福建教育出版社,2010年,第227页。
② 舒晋瑜:《贺享雍:我想构筑清明上河图式的农村图景》,《中华读书报》,2014年11月19日,第11版。

剧制造者的宽宥和纵容，由于偿付的代价极少而几乎不可能起到警示作用，从而类似的悲剧还在不断上演。贺世普所看重的现代法律规范和农民所固守的本土文化观念之间相互博弈，但其结果是贺世普所崇信的现代法律规范在与地方性本土文化经验的博弈中并未占据上风，反倒后者所包含的民间习俗得到了法庭的确认和支持。《青天在上》中的贺世忠担任村支书后不仅没有凭借权势为个人谋利，反而为了完成税费征收任务不仅将子女的打工收入填补进去，而且还以私人名义举债数万元。贺世忠垮台后不久，为了躲避债务人讨债不得不远遁他乡打工谋生，为此数年间不敢回家乡，直到妻子罹患癌症后方才在村子里抛头露面。为了给妻子筹措医疗费，他向乡政府讨要借款，乡政府却因自从国家免除农业税后财政收入紧张而无法偿还，仅仅给付他一万元钱，这笔钱对于医治妻子的癌症无疑是杯水车薪，最终妻子不愿拖累他和子女而自杀身亡。自此之后贺世忠不断上访，由维权型上访逐渐成为谋利型上访。在初次上访时，贺世忠尚顾及自己的脸面和曾经担任过村支书的身份，但久而久之他却成为上访专业户。虽然作者在讲述贺世忠的上访故事时行文轻松幽默，但令人捧腹却又很难发出笑声，贺世忠从讲究脸面且工作时积极肯干的村干部一步步沦为人所不齿的上访专业户的蜕变过程，更多地让人心生同情。《土地之痒》中的贺世龙、贺世凤和贺世海是一母同胞的三兄弟，但其为人处世之道却迥然有别，最终因利益侵占和纷争导致兄弟之间的矛盾隔阂。贺世龙忠厚善良，在父母双亡后，身为长子的他秉承着传统的宗法观念担负起整个家庭的重担，对于两个弟弟极尽关爱之情和体恤之意。然而为贺世龙始料不及的是，大弟贺世凤为了多贪多占竟然私自挪移边界侵占了自家的田地，使得原本深厚的兄弟之情蒙上了一层阴影。

乡村修路在主流话语讲述中往往与现代观念相联结，正所谓"要想富，先修路"，但许多普通农民却并非报纸中所宣扬的那样踊跃积极或者翘首以盼，他们更为关心的是修路征地的整个过程中个人利益是否受损，反倒是政府官员为了获取政绩或者得到更多百姓的认可而更为企盼。《乡村志》中村支书兼村主任贺端阳为了修路先是在幕后指挥策划村民集体上访，向乡上讨要县里拨付的修路款项，虽然成功争取到部分款项，但却因此与乡上领导有了芥蒂。之后为了补足差额，贺端阳动员村民集资，为了减轻可能引发的群众阻力，他想到以私下卖树集资的方式来进行筹措，结果给乡政府提供了报复机会，将几位村民以偷伐林木的名义羁押起来要进行处罚。贺端阳为了将这些村民解救出来不得不求助于林木商人郎山，虽然事情得到了平息，但却引狼入室，急需木材的郎山指挥手下威逼利诱导致集体林木被大规模盗伐。迫于无奈，贺端阳不得不向乡政府求助，却不料集体林木被乡政府和郎山私下瓜分。乡上马书记不是站在维护群众利益的立场，而是将捞取个人私利谋取政绩作为工作的首要出发点，在贺家湾盗伐集体林木事件爆发后借机侵夺贺家湾人的集体利益，堪称官商勾结鱼肉百姓的典范。若不是贺端阳了解到内幕之后向县委书记告了一状，他险些得逞。

中华人民共和国成立之初，广大乡村面临着缺医少药的困顿局面。为了解决农民治病的难题，国家推行赤脚医生制度，并在农村实行合作医疗，从而使农民小病不出村花费极少便能得到诊治。后来，与中国经济的持续高速发展相一致，农民们逐渐摆脱了贫困，医学技术和医疗设备也有了极大提升，但农民却因无力支付高昂的医疗费用而导致看病难。《村医之家》中的贺万山祖辈世代行医，以仁德为本而不汲汲于金钱，但他的两个儿子却没能继承贺万山的医德，为了金钱利益而要么冷酷无情要么坑蒙拐骗，由此折射出乡村伦理道德在金钱观念裹挟之下所发生的严重变异。

随着越来越多的农村人奔赴城市谋生，农民的思想观念也逐渐发生新变，原本人丁兴旺的乡村开始沦为一座座"鬼村"，许多来到城市的农村务工者尤其是年轻一代不愿再回乡村居住。原本农民将建房视为人生中的一件大事，但时过境迁之后，对于农村住房的看法也发生了根本转变。《盛世小民》中，贺世跃想要卖掉自己在村子里的房屋给儿子筹措资金在城市购买商品房的愿望最终化为泡影。为了能让儿子在城市安家以娶妻成亲，贺世跃最终铤而走险不顾个人安危报名参加械斗，在与拆迁户打斗时身受重伤而致残，在获得公司的补偿款后以儿子的名义买了公司的商品房，之后为了不拖累儿子而只身返回村子投塘自尽，上演了一出凄婉悲凉的人间惨剧。

第二章　深入而独立的乡村伦理考察

第一节　《乡村志》的家庭伦理书写

清廷覆灭宣告着中国绵延长达数千年的家国一体的统治架构彻底瓦解，中华人民共和国成立后，完备的乡村基层政权的建立和巩固更使得封建宗法势力遭受前所未有的束缚和限制，但由于小农经济的生产方式和聚族而居的生活方式并未发生根本改变，因而传统的家庭伦理观念在乡土社会中依然发挥着重要的影响和作用。20世纪80年代商品经济时代到来后，许多农民开始进入城市谋生，在城市生活方式不断熏染和现代文明观念持续刺激下，农民的传统家庭伦理观念开始发生变异，农村的家庭结构和功能定位也在发生相应的变化，伴随经济意识的觉醒和个体自主意识的不断提升，农民开始更为注重个人生命价值和个体生活幸福，传统家庭伦理道德规范所能起到的威慑力大不如从前。然而这并非意味着传统家庭伦理观念已经彻底消弭殆尽，在广大乡村依然是颇为强大的存在。贺享雍在《乡村志》中通过对贺家湾人长达半个多世纪所走过的人生历程的持续关注和生动描绘，为我们呈现出不断衍生变化的农民家庭伦理图景，从而有助于我们更加深入地理解和认识现代化语境下乡村社会的真实家庭伦理状况。

一

中国传统社会是典型的农耕文明形态，受限于落后的生产技术和劳动工具以及为了不误农时，往往需要人们相互协作来完成生产。此外农业生产不仅从播种到收获周期较长，而且整个过程都需要相对稳定的外在环境，聚族而居的家族成员由于有着相同的血脉而有着天然的情感认同，更容易结成牢不可破的命运共同体，从而能够更好地抵御天灾人祸而求得生存。久而久之，逐渐形成"安土重迁"的"黎民之性"，世代累居繁衍生息以求得"骨肉相附"为"人情所愿"。事实上无论外部社会环境发生怎样的深巨变动，只要乡土社会聚族而居的生活方式没有发生根本改变，便很难奢望农民彻底抛却传统家族伦理道德观念而改弦易辙。

贺享雍《乡村志》中的贺家湾多达上千的贺姓人有着同一个祖先，在中华人民共和国成立前，身为家族族长的贺银庭掌握着生杀予夺的威权。中华人民共和国成立后，家族族长等作为特殊的社会阶层早已消逝，掌管职权的村干部基本是由上级指定或任命，在多数情况下只需对上级政府负责而无须顾及普通百姓的意见，同时由于长期实行大集体的生产生活方式，因而人们的传统家族观念较之以往有所淡化。这单从村干部人选上便可见一斑，贺老跐因斗争地主时表现积极入党提干，成为贺家湾第一任村支书，在他倒台后来自小姓的郑锋因革命有功被指定为村支书。然而这并非意味着传统家族观念彻底地销声匿迹，只不过表现得较为隐蔽罢了，依然在人们的生活中发挥着不可小觑的影响和作用。旁的不论，单从贺家湾人的日常生活习俗上便可见一斑，比如杀年猪不仅是为了一家人改善生活过个好年，而且也是极其重要的人际交往方式，届时必定要请家族中的长辈或者特别重要的人物吃杀猪饭，以联络和加深彼此间的情感。贺家湾人在逢年过节家人团聚或者红白喜事时，都要请辈分最高的长者坐在上位，过年习俗也因融入了家族伦理观念而具有强烈的仪式感，大年三十当天，按照老传统要在中午饭时请逝去的祖先入席先吃，将杯筷摆好斟上酒后一家老小恭敬地站在一边对着桌子说一句"过年了，请列祖列宗入席"[①]，等候两三分钟后一家人才入席；正月初

---

① 贺享雍：《人心不古》，四川文艺出版社，2014年，第120页。

一，湾里人有相互拜年的习俗，但主要是晚辈给长辈拜年，长辈则给与自己有血缘关系的晚辈发红包。此外贺家湾人还极其重视家族繁衍生息，有着根深蒂固的重男轻女观念，家中若没有儿子，无论品德多么高尚，能力多么突出，对村里事业多么热心，村里遇有红白喜事或者邻里纠纷都不会请他去帮忙或者说理，就连村里主事的干部也不例外。

朱晓平的《桑树坪纪事》、张炜的《古船》和周大新的《湖光山色》等乡土小说都对家族势力在乡村政治生活中所发挥的重要作用进行过描绘，贺享雍的《乡村志》的独异之处在于他没有将着力点集中在毫无血缘关系的不同家族之间的矛盾斗争上，而是细致入微地呈现出同一家族不同房派之间的复杂矛盾纠葛，从而显现出贺享雍对于乡村生活的熟稔程度和体察的深入。

贺家湾第一大姓贺姓的开基祖数百年前从湖北迁徙到四川，生有五子成为五房，其中大房相对穷一些却人丁最旺，其他小房人丁稀少但发财的人却很多。虽然缘自同一祖先，但大房和小房之间却纷争不断，有着难解难分的恩怨纠葛。土改运动时，真正的地主贺银庭早已闻风而逃，"没有了地主斗，那轰轰烈烈的改朝换代运动，就会缺少几分声势，况且群众也难以发动起来"①，来自大房的农会主席贺老踮在工作队向其征求意见时，将原本够不上地主资格的小房的贺茂富和贺老五充作批斗靶子，结果导致贺茂富被枪毙和贺老五上吊自杀的惨剧，由此使得阶级斗争这一新生事物掺杂进房派之间的旧矛盾而变得复杂化。贺老踮假公济私、挟私报复的做法自然引起小房人的强烈不满，他们对于贺茂富和贺老五都是知根知底的。"大家都晓得这两人那点瘦壳壳地是怎么来的？那也是人家这代人和上代人，在泥巴里勤做苦扒、肩背磨破了几层皮做出来、省出来的呀！况且这两人在村里不但没有民愤，还有一些口碑。"② 工作队也担心到时会出现无人上台批斗的尴尬局面，于是与贺老踮一起在会前动员雇农贺茂前斗争贺茂富和贺老五。贺老踮启发贺茂前之前给贺茂富当丘二、打油匠等就是剥削他的铁证时却遭到严词反驳："你说些啥子话来扯哟！我给他屋里做活路，别个包吃包住，完了还籴粮食抵工钱，小把戏还三不打时地跟到我去捡点小便宜，但从没有亏过我们

---

① 贺享雍：《土地之痒》，四川文艺出版社，2013年，第8页。
② 贺享雍：《土地之痒》，四川文艺出版社，2013年，第8页。

下力人，怎么是剥削了我呢？""要不是他让我隔三岔五去做活路，我这一家子人还不晓得怎么活呢！"① 土改队长对于贺茂前的"冥顽不化"深为不满："这样说，地主的剥削倒还有功了？你这是啥子样的觉悟？"② 贺茂前之所以会如此，一方面在于他平日里即对素有劣迹不是正经庄稼人的贺老跐有些轻视，另一方面他认为大房的贺老跐将小房的贺茂富充作地主来批斗居心不良，因此当贺老跐质问他是不是因为贺茂富与他同为小房的人而有意偏袒不愿批斗时，遭到他反唇相讥："要照你这样说，你就是专门盯到我们三房的人整哟？"③ 原本心怀鬼胎的贺老跐对此竟无言以对。当年贺老跐由于家穷一直未能娶亲，与哥嫂去世后留下的侄女共同生活，侄女十五岁时被他强暴后怀孕，翻过山梁到贺茂富家偷黄瓜时被发现，因不堪忍受贺茂富女人的谩骂并且扬言要将其怀孕的丑事公之于众而上吊自杀。贺老跐在斗争贺茂富时为了洗清自己的罪责遂嫁祸于贺茂富，声泪俱下地控诉贺茂富强奸并逼死了自己的侄女，导致贺茂富被枪决。贺老跐之所以能够得逞，很大程度上缘于大房的人平素忌妒小房人的日子过得比他们好，因而在批斗会上一边倒地支持贺老跐。贺老跐在当了十年支书后因"三年困难时期"时隐瞒灾情酿出人命，遭到三房贺茂国的检举揭发而被捕入狱，后来死于狱中。大房的人认定贺茂国是为了给贺茂富报仇而置贺老跐于死地，由此导致大房对小房又多了几分怨恨。

  传统家族伦理观念原本就有着维护家族成员个体利益的倾向，尤其是在危难之时更能显现出来。大房和小房毕竟是同根所生，正所谓一笔写不出两个"贺"来，因而在面对外来压力时往往能够捐弃前嫌而表现出极强的凝聚力和排他性。由开基祖栽下的黄葛树是祖上迁徙到贺家湾后留下的唯一见证，承载着贺家湾人的家族记忆，因而受到顶礼膜拜。据传八世祖做族长时因孙子冬天从黄葛树上砍下一股枝丫当柴烧而被遵照族规活埋，并自此立下禁令碑，由此方才使得这棵树得以保存下来。公路局为了遵从县委县政府的指示，美化新落成的办公大院而与林业局串通一气，要将贺家湾人视作神灵的"风水树"移植走，从而引发贺家湾人的强烈抗议，最终贺世海出面邀请来省电视台和省报记者进行公开曝光方才迫

---

① 贺享雍：《土地之痒》，四川文艺出版社，2013年，第9页。
② 贺享雍：《土地之痒》，四川文艺出版社，2013年，第9页。
③ 贺享雍：《土地之痒》，四川文艺出版社，2013年，第9页。

使县委县政府对公路局曹局长和林业局糜局长做出处分决定，责成他们向村民道歉。乡党委马书记借县委陈书记视察贺家湾千亩果园之机争取到 50 万元的修路款和 20 万元的果园基础设施建设费，但这两笔总额高达 70 万元的款项全被乡上截留。贺端阳从贺世海处了解到这一消息后，鼓动贺家湾人齐心协力以写感谢信的方式向乡上要钱，最终要回 25 万元。

在商品经济观念的不断侵蚀下，乡村传统家族观念也在逐渐淡化，对此贺享雍在《乡村志》中也有所表现。《村医之家》中的贺万山早年间在父亲去世后随着母亲改嫁离开贺家湾，在他走时族人们叮嘱他过不下去时就回贺家湾来，哪怕跟随继父改姓也还认他是贺家湾人。由于贺万山经常遭受继父虐待，在母亲离世之后更是变本加厉，以致险些丧命，不堪忍受之下逃回家乡。大集体时期的贺家湾人虽然一贫如洗，但人与人之间却不乏友善和温情，在危难之际贺万山幸赖乡亲们的热情帮助方才得以存活。

村会计贺劲松起初之所以支持贺端阳竞选村主任，主要是缘于他们同属三房，因其职务便利为贺端阳提供了许多有价值的内幕信息，为其竞选成功提供了助力。贺端阳在担任村主任后将贺劲松视作心腹，而贺劲松也是全力支持其工作，两人相互配合最大限度地维护了贺家湾人的集体利益。然而在盗伐集体林木事件爆发之后，身为代理支书的贺劲松为了个人私利，未与村主任贺端阳协商并征得村民同意，便擅作主张，将 1000 余亩集体林地以极其低廉的价格转给了林木商人郎山，若非贺端阳找县委陈书记告了一状，险些造成村民集体利益的重大损失。林木商人郎山原本也是贺家湾人，后随母亲改嫁随了继父改作郎姓。郎山的奶奶依然健在，然而精于算计的郎山一方面攀宗亲博得贺端阳等人的信任和好感，为他经营木材生意提供便利，另一方面却在回乡时却只认死人不认活人，到父亲坟前磕头却不愿意与奶奶认亲，这也就意味着郎山的家族伦理观念实际上是虚妄的，早已被金钱观念所侵蚀。但长期在乡村生活的贺端阳却极其看重宗族亲情，由此对郎山放松了警惕，最终导致得不偿失。然而究其根本，盗伐集体林木事件之所以会发生，固然与以郎山为首的黑恶势力暴力胁迫以及金钱诱惑有着直接关联，但归根结底却是贺姓家族内部各房之间蓄积矛盾的放大和外化所致。贺姓家族在以往面对外力压迫时往往能够暂时搁置纷争而一致对外，从而形成强大的合力，但在金钱利益的诱惑下传统宗法观念却荡然无存，由此给郎山以及乡上马书记介入并分割贺家湾的集体林木提供了可乘之机,最终损害的是全体贺家湾人的利益。

二

男女情爱对于传统乡土社会而言并非青年男女之间的个人私事,而是关涉家族兴衰繁衍的一件大事,往往要遵循"父母之命、媒妁之言",没有多少个人选择的空间,对于那些寡居的女性而言更难言有身体自主权。自20世纪30年代左翼文学诞生之后,绵延长达半个世纪的红色经典小说文本中的"情爱伦理"始终被"革命伦理"的宏大叙事所笼罩,原本纯属私人空间的个体生命体验和心灵感触,不得不接受革命话语和政治话语的规范和宰制。然而在进入新时期之后,随着现代思想观念的不断渗透,尤其是农村青年男女进城务工之后直接经受城市现代文明意识的洗礼,情爱伦理得以冲破传统观念束缚而有了极大变异,贺享雍在《乡村志》中对此也有所阐释,通过不同历史时期贺家湾人男女情爱的描摹,展现出贺家湾人婚恋观念的不断调整和更新。

综而观之,贺享雍《乡村志》中的农民男女婚恋描绘彻底摆脱了"革命加恋爱"的英雄化叙事模式,除了进行日常化的婚恋故事讲述之外,还展现出现代文明熏染下男女青年身体自主意识和情爱自觉意识萌生之后,敢于冲破传统婚恋伦理的囿限,其行为处事遵从的是现代法制观念所确立的界限,对于传统道德的既定框范显露出强烈的反叛性和颠覆性。

中华人民共和国成立前,贺茂昌因向妻子宋志英索要两块银圆去赶场而发生争执,因感觉辱没了男人尊严一时气短上吊自杀,贺家湾人虽然将此视为家族的一件丑事,但并未将全部责任归咎于宋志英,但族长贺银庭为了以示惩戒,责令宋志英一不能改嫁,二不能回娘家住,直到土改运动时贺银庭携家出逃,她才重获自由。贺家湾人在婚恋观念上原本严格遵从"三从四德"的传统观念,但随着时代变迁,也因新思想观念的渗入而产生新变。贺万山父亲土改运动时因害怕被批斗而上吊自杀,依照夫死从子的传统观念,其母亲完全可以依靠他这个儿子在贺家湾生活下去,放在以往,夫死改嫁的话必将受到族人阻挠,但中华人民共和国成立后婚姻自主,寡妇改嫁受到法律明文保护,因此贺家湾人对于贺万山母亲改嫁虽然有过议论但却无人阻拦。随着时代的进步，人们的家庭婚恋观念毕竟也在不断调整，尤其是年轻人更热衷于结婚后就分家，家庭规模越小越好。

然而，由于传统封建婚姻习俗在乡土民间浸淫日久，难以轻易拔除，加之女性自身觉醒程度的参差不齐以及社会舆论的影响，女性婚姻悲剧仍然难以彻底消除，即便在改革开放后的新时期也是如此。贾佳桂之所以不得不长期忍受贺世国的家暴以致最终喝药自杀，并非全然是她性格懦弱使然，她也曾经提出过离婚，但一方面贺世国每次家暴之后马上后悔，不仅痛哭流涕地请求原谅，甚至还给佳桂以及岳母和小舅子下跪求情；另一方面娘家人也觉得离婚有失脸面而一再规劝她继续维持婚姻。封建婚俗也并非全无是处，贺享雍《乡村志》中所描绘的转房婚俗就颇让人感到新奇。贺兴仁在母亲去世之后为行孝道将父亲接到城里和自己一块居住，但由于妻子和父亲之间经常发生矛盾而不得不在外面给父亲租房居住，并聘请保姆专门照顾，后来又将父亲送到仁爱养老堂。但贺世龙始终无法适应城市生活，最终独自离开养老堂返回贺家湾，贺兴仁想劝说父亲回去，但他却执意要留在家乡养老。贺兴仁担心父亲一个人在家无人照顾，后来却想到寡居的二妈正好可以和父亲做伴，当地也确有大伯子和兄弟媳妇转房的风俗，因而极力撮合两人共同生活。

姓氏文化在中国可谓源远流长，传统社会将同姓视作血亲关系，姓氏所承载的主要社会功能就是为了避免同姓结婚。之所以如此，缘于在古代虽然科技水平极其原始落后，但人们通过对生活现象的观察逐渐认识到"男女同姓，其生不蕃"（《左传·僖公二十三年》），"同姓不婚，恶不殖也"（《国语·晋语》），为了种族繁衍起见，从西周时期便开始正式确立同姓不婚的制度，《礼记》中就明确指出："系之以姓而弗别，缀之以食而弗殊，虽百世而昏姻不通者，周道然也。"[1] 在此之后同姓不婚不仅成为普遍存在的婚俗禁忌，而且一经触犯便有可能遭受舆论谴责和法律惩处。在由汉章帝亲自裁定而由班固写就的《白虎通义》中将同姓成婚视同乱伦，"不娶同姓者，重人伦，防淫泆，耻与禽兽同也"[2]。唐朝时期颁布的法律明文规定同姓为婚者徒二年，对于同姓又同宗者的惩处罪加一等以奸罪

---

[1] （清）纪昀主编，王嵩编：《家藏四库全书》，中国华侨出版社，2015年，第85页。
[2] （汉）班固：《白虎通》卷四，北京直隶书局，1923年，第31页。

论。明清时期对于同姓为婚者的惩处也极为严厉,凡同姓为婚者各杖六十,离异。现代科学业已证明同姓不婚并非全无道理,从遗传学上三代或三代以内的近亲联姻的确会增加子女罹患遗传疾病的风险。贺家湾中的贺姓虽然有五房之分,但却出自同一祖先,因而所有贺姓人都是同宗,始终严格秉承着同姓不婚的传统婚恋伦理观,胆敢违反者在过去会遭到沉塘或者活埋的严厉惩处。也正因此,同属贺氏宗族的青年男女即便真心相爱也往往慑于传统习俗禁忌或者避免遭受惩治而无法真正结为夫妻,曾出任村支书的贺世忠当年就曾与同宗的贺桂花有过长达数年的地下恋爱,最终却无果而终。

以血缘亲情为基础的乡村家族伦理观念与注重法律规范的城市生活经验之间存在着显著的差异,由此难免会引发价值观念的抵牾。这对于早已习惯以传统伦理道德来看待和处理日常生活事务的乡村百姓而言自然会感到无法适应,但对于那些在城市接受现代观念熏染的年轻一代而言却是顺理成章的,脱离了农村传统环境约束和思想禁锢之后往往敢于大胆地选择别样的人生。贺华彬和贺冬梅同为贺家湾人,都经历过人生道路的挫折以及苦难生活的无情碾压,在都市偶遇之后,同病相怜的他们逐渐擦出了爱情的火花,最终冲破同姓不婚的伦理禁忌走到一起。贺华彬是贺家湾有史以来的第一个研究生,因此成为家族的骄傲,虽然他有着高等学历,但却无法找到理想的工作,因收入微薄而不敢奢望住房和婚姻,在遭遇现实磨难之后早已褪去了天之骄子所应葆有的自尊和豪情。贺冬梅当年之所以从事为人所不齿的卖淫并非好逸恶劳、贪慕虚荣所致,而是秉着孝顺之心为了给罹患重病却无钱医治的母亲筹借医药费方才堕入红尘,因而并未丧失善良的本性。她先是靠出卖肉体帮助哥哥建起三层小洋楼,之后才在都市购买了属于自己的栖身之所。贺冬梅接受贺华彬的劝导决定靠双手来养活自己,已经离开故土而较少受传统观念影响的两人逐渐萌生出爱情。为了彻底打消疑虑,贺华彬和贺冬梅还专门进行了法律咨询,虽然两人是同姓同宗,但已在三代以上,完全合乎法律规定,可以正常恋爱结婚。贺华彬的父母贺兴成和李红却极力反对两人相恋,事实上他们的思想较之传统农民而言已称得上颇为开明,他们对冬梅做过小姐一事早有耳闻,但对此并不介意,唯一担心的是触犯了同姓不婚的婚恋禁忌而不为村民所容。对此,贺华彬提出的解决之道是不仅他和贺冬梅不再回乡,而且还要将父母也接到省城一起生活,以避免承受舆论压力。

不可否认的是，商品经济发展带来人们思想观念的更新，产生新气象的同时，也使得男女婚恋受到金钱观念的浸染而充满铜臭味，不仅加重了农民尤其是为人父母者的经济负担，同时也使得社会风气污浊化。贺家湾人称娶媳妇为"讨婆娘"，一个"讨"字生动形象地展现出男方在婚恋中卑躬屈膝的地位，而随着经济条件的改善，讨媳妇的难度也水涨船高，在贺家湾，必须盖起一幢小洋楼，方才有姑娘看得上。虽然在农村自建房屋对于普通百姓而言已非易事，往往需要倾全家之力多年积攒方能完成，但随着男女比例失调以及年轻人纷纷向往城市生活，女方在择取对象时还经常会提出男方必须在城市买房的要求，这更使得娶妻成本急剧增加。《盛世小民》中的贺世跃为了给儿子贺松娶妻所酿成的惨剧，生动地揭示出当下农村男子娶妻难的严峻现实问题。贺世跃的工友曹德盛在工地发生意外摔断一条腿，获得公司老板贺世海二十万元的经济赔偿，加上原来的积蓄，给儿子曹昊在城里买了一套房，从而使得儿子的恋爱婚姻稳定下来。贺世跃对于曹德盛意外受伤的遭遇起初抱以同情，但听闻曹德盛由此解决了给儿子买房的难题之后又心生羡慕，起初他计划通过制造一起工伤事故来获得赔偿，但却未能遂愿。正在他无计可施之际，贺世海的公司因面临拆迁难题，准备招募工人与拆迁户打架，贺世跃为了给儿子买房筹措资金主动要求报名参加，结果在械斗时被砍伤双手手腕。贺世跃在用赔偿金以儿子贺松的名义在城里买了一套房后回到贺家湾，为了不给儿子谈对象造成拖累纵身跃进水塘自杀身亡。

三

随着社会经济的发展，传统的孝道观念和邻里伦理不断地受到现代思想观念的冲击而改换面貌，由此衍生出许多矛盾冲突，导致家庭内部代际关系紧张以及邻里不睦，对于此类问题的根本解决，需要综合现代法律规范和传统公序良俗的倡导形成合力，贺享雍《乡村志》中对此从正反两面进行了深入反映。

中国孝道观念由来已久，百善以孝为先，远古时期舜以孝闻名天下而受到褒扬，正所谓"天下明德自虞帝始"[①]，"孝"观念最初是在原始氏族社会的基础上

[①] （汉）司马迁：《史记》，中华书局，1982年，第43页。

生成的,及至西周时期孝道观念已经十分成熟,开始将"孝"作为家族伦理之"德"的核心,在《左传·隐公元年》和《左传·成公十八年》中就记载有颖考叔以孝心感化郑庄公和晋悼公即位后"使训卿之子弟共俭孝弟"① 等关乎孝道的故事。众所周知,孝道观念是建立在以血缘为纽带的家族关系基础之上,在其早期形态中主要涉及父母子女即直系血亲之间的伦理道德规约,"举八元,使布五教于四方,父义、母慈、兄友、弟共、子孝、内平外成"②,其后逐渐扩展到以血缘为纽带聚合起来的家族共同体,成为家族成员必须共同遵守的最基本的社会伦理规范。传统封建孝道观念确然有着压抑子女天性和剥夺子女自由空间的负面效应,在五四时期成为启蒙者着力批判的靶子,这是缘于封建家长往往借助孝道观念片面强调子女之于父辈的不平等的义务,却对子女独立人格和生命欲求进行残酷压制,其极致表现是"父要子亡,子不得不亡"。子女因着"父兮生我,母兮鞠我"③ 而不能对父母之命有些微反抗,稍不顺从便会被扣上"目无尊长""眼里没有父母"的帽子,只能被动接受父母打着封建孝道旗号所进行的精神阉割和思想规训。中华人民共和国成立后,以立法的形式保障男女婚姻自由,切实维护子女的个体人格独立,将子女从对父母的依附中解放出来,但逐渐也暴露出家庭道德观念不断滑坡所引发新的社会现象。有研究者统计,大约62.49%的人将"孝"理解为"能养",所谓"能养"是指"关心父母的健康和起居"和"尽量与父母住在一起或常回家看看"④,也即大多数人对于赡养老人仅仅停留在饮食起居的初级层次,缺乏情感交流和意愿尊重,更有甚者找各种借口不尽赡养义务。孝道观念的淡漠不仅容易导致代际矛盾,而且也会影响社会风气,严重者还会导致惨剧的发生。《民意是天》中的黄二娘在首任丈夫死后嫁给俊田做填房,不能生养的她对俊田的儿子视若己出,到了年老之时儿子不仅不愿赡养,还经常恶语相向,导致黄二娘喝药自杀。《村医之家》里的贺万山夫妇对两个儿子尽到了为人父母的职责,尤其是对养子贺健更是恩比天高,但两个儿子长大成人后虽然都从事医疗事业,但却都为了谋取私利丧失了医德。大儿子贺春不学无术,为了赚钱

---

① (春秋)孔子著,左丘明撰:《春秋左传》(上),北方文艺出版社,2016年,第327页。
② (春秋)孔子著,左丘明撰:《春秋左传》(上),北方文艺出版社,2016年,第216页。
③ (春秋)孔丘:《诗经》,万卷出版公司,2016年,第164页。
④ 完颜华:《中国公民家庭道德观现状调查报告》,《中州学刊》,2006年第11期。

打着父亲贺万山的旗号兜售假药，卫生局执法队取缔他的黑诊所时贺万山不愿出面替他求情，结果引起贺春不满，找上门来要与他断绝父子关系。小儿子贺健虽然并非贺万山的亲生子，但却自幼便显现出学医的天分，医科大学毕业后先与同学合开一个诊所，之后又在岳父家投资兴建的私人医院当了院长。然而，在他亲生母亲无钱医治时贺万山亲自出面求其诊治却遭到拒绝。虽然贺春也有苦衷，但终究还是将行医当成了赚钱的工具而毫不顾惜亲情。贺万山对于两个儿子失望至极，在妻子去世时，两个儿媳妇没掉一颗真心的眼泪也让他寒彻心扉，晚年养了一只唤作"孝子"的狗与他相依为伴。《青天在上》中贺世忠的儿子和儿媳不孝，在妻子死后，女儿兴菊想要接他和自己一起生活。贺世忠明白女儿的一片孝心，但却又体谅儿子媳妇，不愿因此将他们置于不仁不孝的境地，同时也体谅女儿，担心女婿及公婆会有意见而让女儿两头为难，遂独自一人生活。

古语有云："家贫出孝子。"贺万山的爷爷被土匪杀死后，由于家中财物已被土匪洗劫一空无力操办丧事，贺万山的父亲决定卖掉家里的几亩地安葬，族人纷纷劝阻，最终以当约的方式从贺银庭处借得一笔钱办了隆重的葬礼。新时期以来，农民经济条件较之大集体时代有了天翻地覆的变化，但孝道观念却也随着经济意识的渗入而日渐淡化，许多农村中的纠纷都由此产生。传统孝道观念在乡村也并没有消失殆尽，对于曾经深受传统观念影响的农民而言依然有着一定的效力，即便是迫于社会舆论压力也不得不践行孝道。贺兴仁在高中毕业后就跟随三叔贺世海到县城承包工程，但始终没有彻底割裂与乡土社会的联系。他在母亲突然离世后原本计划在料理完丧事后立刻回城与情人私会，但唯恐落个不孝之名而不得不在家守孝。按照当地风俗，父母亡故儿子需要守孝三年，随着生活节奏的加快，守孝时间业已大幅缩减，但做儿女的最低限度也得等给父母烧上两个或三个"七"方可离开，否则便会被人们视为不孝。然而对于更为年轻的一代却较少这方面的顾忌，也不太在意村人对于自己的道德评价。贺华彬硕士毕业后工作不理想，羞于见江东父老的他虽然不乏孝心，但却在最为亲密的奶奶祝寿和去世时都以工作忙为借口选择逃避。此外还有貌似不孝但其实不然的特殊情形，不能一概而论。《人心不古》中身为调解小组组长的贺世普发现贺世元老两口住在黑咕隆咚且四处裂缝的偏厦小屋，而他们尚未成婚的儿子贺贵全却住在平房里，见此情状他怒不可遏，将贺贵全训斥了一番，责令他搬出来让父母居住，否则的话要将他送上法庭。然而实际上却并非贺贵全不孝敬老人，而是因家里遭遇意外火灾后败落下来，导致贺贵全迟迟未能成婚，贺世元夫妻为了让已是大龄青年的儿子讨上婆娘自愿搬到偏厦屋，而将好不容易修起的两间平房让与儿子住。

人是社会关系的总和，而家庭是社会的基本构成单元，因此家庭也不可能脱离与社会的交流沟通而孤立存在，乡土社会的家庭交往主要集中在亲戚、邻里之间，由此使得调整家庭与亲戚和邻里日常交往关系的亲戚伦理和邻里伦理成为家庭伦理不可或缺的组成部分。贺享雍的《乡村志》对于亲戚伦理和邻里伦理也给予了特别关注，并展现出随着时代语境转换而引发的伦理观念嬗变。

古代便有"内亲外戚"之说，"亲"是族内血亲，"戚"是族外姻亲，两者构成家庭最为亲密的交往圈子，对于家庭的存续和发展而言都是至关重要的。李正秀在丈夫贺世春因煤矿突发事故丧生后与独子贺端阳相依为命，孤儿寡母为了在贺家湾生存，不仅与贺世龙等未出五服的亲族走往更勤、关系更亲，借此获得精神和劳力上的依靠和帮助，而且还多蒙贺端阳舅舅的悉心照顾和财力支持，因此并未感受到太大的压力。然而总体而言，商品经济时代，哪怕有着血缘联系的亲戚之间的关系也经不起金钱利益的侵蚀而在不断发生变异，贺世龙在父亲亡故之后秉承着"长兄如父"的传统宗法伦理观念自觉地担负起照顾两个弟弟的重任，将他们抚养成人并娶妻成家，在分家之后作为长兄体恤两个弟弟的难处依然不计个人得失倾力帮助他们耕田种地，然而他却偶然发现大弟私自挪动了边界侵占自己田地，为此和弟弟们分道扬镳，不由得感慨："弟兄又怎样？你再对他们好，他们还不是照样当面喊哥哥，背后使绊子！这年头还是只有自己才靠得住！"① 直到贺世龙为给儿子盖新房结婚需要挞砖坯时唯有大弟家的一块水田合适，而贺世凤欣然同意方才有所缓和。贺世龙的大儿子贺兴成在购置现代农业机械后对于二爸贺世凤也一视同仁，只不过会看在亲情面上给予少量优惠。二儿子贺兴仁接手幺爸的公司后准备将家族企业转换为现代企业，因而虽然为了拓展业务给那些关系户们的三亲六戚提供了许多轻松一点的岗位，但对于自己的亲哥哥和亲妹妹却始终没有给予任何关照。然而，贺兴仁妻子范春兰娘家的许多亲戚却进入公司任职，由此招致贺兴成和贺兴琼兄妹的强烈不满。后来贺兴仁发现投入大量金钱和

---

① 贺享雍：《土地之痒》，四川文艺出版社，2013年，第57页。

真情的情人丽丽不仅将他玩弄于股掌之间，而且就连所谓的私生子牛牛也并非和他所生，遭此变故之后他才意识到家族亲情的重要性，试图修复与哥哥和妹妹之间的情感。

邻里关系的亲密程度对于正处于激烈变革进程中的乡土社会而言，一定程度上可以视为现代化程度高低的晴雨表，但两者大致呈现的是反相关关系，接受现代观念影响越深邻里关系不睦的可能性反倒越大。大集体时代结束后，原本有助于增强农民之间人际联系的集体活动因无法获得财力支持而迅即消逝，在电视机进入寻常百姓家之后，家家户户一到天黑就锁上院门和房门守候在电视机前。对于电视节目的讨论也大多限定在家人之间，由此在加强家人之间情感联系的同时也使得邻里之间的交流日渐减少，邻居们不再像以往那样经常串门聊天。加之现代机械引入后，农民们也不再像以往那样需要换工互助，彼此间的生活依存度极大减弱，因此邻里关系较之从前有所淡化。久而久之，农民们反倒怀念起当年物质生活贫乏但精神生活丰盈的大集体时代。

中国乡土民间是十分典型的注重人情的熟人社会，人与人之间的情感维系较之现代都市而言显得尤为重要。乡村社会所固守的传统伦理道德观念与现代文明社会的法律规范等也有着不相谐和的一面，以自我封闭的方式维系着传统运行规则。贺世普在退休回乡之后特意交代妻子佳兰，湾里无论哪家有事都要走动走动，而在退休前担任县一中校长时，许多同事婚丧嫁娶将请柬送给他，他都不愿去。一般而言，世世代代居住于同一村子的农民都有着千丝万缕的联系："一堆一块的，你今天一根眉毛扯下来盖住了脸，二天飞蛾进了眼睛，你总要求人！"[①]尤其是同一村子的许多农民都有着共同祖先，正如贺家湾人口头所常说的那样"一笔写不出两个贺字"，无论是生产生活都有着相互协助的实际需要和精神需求，"今不靠人，明不靠人，以后你屋里死了人总要靠人"[②]，因此包括村干部在内任谁也不敢随便得罪人，否则便会将自身孤立起来。贺端阳首次竞选村主任失败后，在舅舅指点下开始致力于改善人际关系以赢得更多人的支持和拥护，为此他改变了独来独往的习惯，也开始认识到打麻将不仅是一种娱乐方式，同时也是

---

① 贺享雍：《土地之痒》，四川文艺出版社，2013年，第253页。
② 贺享雍：《民意是天》，四川文艺出版社，2014年，第161页。

极其重要的人际交往方式。除此之外,贺端阳种植的果树在进入盛果期后从未销售过,而是让母亲不论亲疏远近送给家家户户尝鲜以结下人情。

也正因此,家庭之间尤其是邻里发生矛盾要及时消除,否则便会影响乡村的社会稳定,这也成为村干部不可推卸的重要职责。《人心不古》中贺端阳之所以极力将德高望重的贺世普请回老家,其目的是借助他在村民心目中的威信,调解贺家湾的邻里矛盾以及开展公益活动,从而帮助自己做好维稳工作。在此之前贺长安和贺中华两家的邻里纠纷让贺端阳调解,结果大半年也未见成效,而贺世普在担任调解小组长后凭借个人威望在很短时间内便解决了矛盾。贺世普为了达到治本的效果,一心想将现代法治观念传播到农村,帮助农民树立起知法、懂法和守法的现代法律观念,从根源上解决邻里纠纷。然而,事实证明这只是他的一厢情愿,就连他本人也因陷入与原来连襟也是邻居的贺世国之间围绕采光权和通风权所发生的矛盾纠纷而焦头烂额,他所崇信的法律也未能带来满意的结果,由此深切地感受到法律规范面对乡村习俗时的无力,最终不得不铩羽而归。贺世国对于贺世普因佳桂自杀想将自己送进监狱之事一直耿耿于怀,在修建房屋时故意改变建造二层楼房的原计划,不仅要建成三层,而且还要加盖人字形屋顶,由此使得贺世普家低矮的旧屋完全被遮挡。贺世普虽然接受过良好教育且长期担任县一中校长,但从小受传统文化影响的他却笃信风水,为了名正言顺地保留祖宅,一直未将妻子佳兰的户口从贺家湾迁出。对法律规范熟稔于心的贺世普明白自己不能以侵犯风水的名义来获得法律支持,只能以侵犯采光权和通风权加以阻拦。贺世国因着当地在自家宅基地上想建多高就能建多高的习俗而有恃无恐,反过来认为贺世普是仗着权势地位欺压于他。法庭审判结果却出乎贺世普的意料,虽然也对贺世国建房进行了一定限制,但却明显地偏向贺世国一方。在法庭闭庭后,贺世普从汪庭长那里看到密密麻麻签满贺家湾人姓名的请愿书,恳请法庭为贺世国主持公道,终于明白虽然法律在自己一边但民意却在贺世国一方。贺世普法律维权的受挫,昭示着乡村传统伦理价值观念依旧有着顽强的生命力,其自给自足的封闭内循环运行模式并非轻易就能被推翻或改变的。在经历过黄葛树风波、佳桂自杀事件和采光权纠纷之后,贺世普对于包括法律信仰在内的现代价值观念有所动摇,尤其是派出所王所长和法庭汪庭长也在法与理之间做出倾向于后者的选择,因而内心有深深的挫败感。由此一方面折射出国人以及政府部门法治意识薄弱而有待进一步加强的现实问题，另一方面也提示出现代法律与地方性本土经验两者之间的相互博弈以及究竟何者更为有效的现实难题。与此形成鲜明对照的是，《村医之家》中贺万山的儿子贺春在给贺建春、贺建华、贺建国年近八十的老母亲上门输液时中途离开导致其死亡，若依照法律规范，对于此种责任明确的医疗纠纷定然不仅需要赔付钱款，而且难免会让贺春遭遇牢狱之苦。贺万山在事发后让村支书贺世忠进行调解，在赔付一万块钱之后便顺利化解危机，贺建春三兄弟不仅没有打官司或者打砸诊所，反而倒过来安慰贺万山。这场关涉人命的医疗纠纷之所以能够平和化解，主要就是遵循了熟人社会所通行的处事法则和风俗习惯。

第二节 《乡村志》的经济伦理书写

"文化大革命"结束后，党中央提出实施改革开放的总体规划，中国由计划经济时代迈向商品经济时代。改革开放的总设计师邓小平以"三个有利于"为标准激励人们大胆地解放思想，生动形象地提出了"猫论"，允许和鼓励一部分人先富起来。这不仅符合世界经济发展之潮流，也满足了人们渴望脱贫致富的心理期待，由此使得人们的经济伦理观念也随着社会转型发生急剧转变。昔日的乡土社会是以农耕文化为主导，在进入商品经济时代后，迅即向着实利文化转变。家庭联产承包责任制的实施将农民压抑已久的财富欲望彻底地解放出来，农民不再像以往那样不敢或者耻于言利，而是开始重实利而轻声名，重金钱而轻人伦，重利用而轻交心，重狼性而轻人性。贺享雍秉持着为发展变革中的农村和农民立志的宏愿，在《乡村志》中对半个世纪来贺家湾人经济意识的觉醒以及由此所产生的伦理观念新变进行了深刻揭示，展现出优劣共存的真实乡村伦理情状。

一

先秦时期礼崩乐坏的混乱局面导致社会失序和道德坍塌,但也由此使得道德思想和伦理观念的重构成为可能,诸子百家的争芳斗艳、相互驳诘使得这一阶段成为中国古代历史上思想和文化最为辉煌灿烂的时期。其中儒家和墨家围绕义、利之间的关系问题所展开的争鸣影响深远,以孔孟为代表的儒家尚仁义而轻财利,孔子主张"见利思义,见危授命"①,孟子则更进一步:"何必曰利?亦有仁义而已矣"②,在他们的学说影响下后世儒者耻于言利,西汉大儒董仲舒就曾说过"正其义不谋其利,明其道不计其功"③,也即一切行为的出发点只关乎仁义道德而不必计较利害得失。由此导致的后果是着意于培养优美尊严之情感,却因流于优柔文弱而缺乏积极进取心。墨子本着以民为本的思想不但不讳言利,反倒主张要为民谋利,在他看来,"仁人之所以为事者,必兴天下之利,除天下之害,以此为事者也"④。深究其实,墨子和孔子的主张并非全然迥异,墨子虽然不赞同儒家"义在利先"的观点,而是主张道德和实利并重也即"兼相爱交相利",但同时也明确提出"利"的合法性前提是不能侵害他人的生存权而"暴夺人衣食之财",这与孔子所言"君子爱财,取之有道"有着异曲同工之处,强调在获利时要谨守道德底线。具体到农民群体而言,数千年来持续受到儒家、墨家、道家、法家等多重思想的滋养和浸染,因而秉持的经济伦理观念很难定于一尊,呈现出驳杂繁复的面目来,这在贺享雍《乡村志》中同样父母双亡孤身生活的贺世亮和贺万山的不同遭遇即可窥斑见豹。

大集体时期田地归集体所有,年终时按照所得工分多少来分粮分钱,工分并不固定,需要集体评议,虽然分得的钱粮除了维持温饱之外所剩无几,但由于此时农民没有其他挣钱门路因而对于工分看得很重,为了获得微不足道的实利时常会不择手段。《男人档案》中的贺世亮偶然发现女知青王茵在外面纳凉熟睡,一

---

① 林定川:《孔子语录》,浙江工商大学出版社,2015年,第88页。
② (战国)孟子:《孟子选注》,漓江出版社,2014年,第1页。
③ 蔡元培:《中国伦理学史》,商务印书馆,1999年,第56页。
④ (战国)墨子:《兼爱中》,王春红:《墨子》,企业管理出版社,2013年,第41页。

时冲动下与其发生了性关系，事发后贺家湾人欺负他单门独户连个亲戚也没有，争先恐后地落井下石，不仅想要以此来表明自身革命立场坚定，同时也是为了评工分时能够多点底分，最后贺世亮以"破坏知识青年上山下乡罪"被判处了十年有期徒刑。然而，在《村医之家》中同样身处集体经济时代的贺家湾人又显露出不乏温情和友善的另一面，展现出重义轻利、义气可嘉的原初道德风貌，虽然他们一贫如洗，但贺万山处于危难之际却得到了热情无私的帮助。贺万山祖上世代行医，在当地享有盛名，但因匪患不断而遭遇家庭变故，爷爷为了拯救贺家湾人只身赴险而不幸死于匪祸，幸得父亲支撑起风雨飘摇的家庭，但在土改运动时为了避免被批斗又自杀身亡。贺万山随母亲改嫁离开贺家湾后经常遭受继父毒打，母亲去世后更是苦不堪言，孤身一人尚未成年的他多亏家乡人收留方才得以存活。回到家乡的贺万山因办集体食堂时炊事员不慎将他家被征作食堂的祖屋烧成灰烬而无处存身，幸得支书郑锋主持着给他盖了两间草房做落脚之地，刚刚经历过"三年困难时期"的乡亲们又东拼西凑地给他送来生活必需品。生产队保管员刘良芬更是冒着风险偷偷给他称了四十多斤队里的稻种，监收员贺茂明眼看年方十五六岁的贺万山饿得黄皮寡瘦于心不忍，也私下里将生产队的小麦给他撮了一口袋，冬天分红苕时支书郑锋默许每挑都让他多领二三十斤。幸亏乡亲们在贺万山最为困难之际援手相助，否则的话他可能早已离开人世。贺万山在上山采药治好自己的黄疸病后开始给乡亲们治病，为了报恩他从未想过收钱，但朴实的乡亲们却在看病时拿着鸡蛋、粮食、蔬菜等来代付医药费，这使得原本生活拮据的贺万山逐渐过上相对安稳的生活。20世纪60年代，贺万山经过培训成为村里的赤脚医生，他严格恪守祖上行医之道，不仅潜心于提升医术，而且极其重视医德。后来县医院院长贾姨邀请他到县医院当"草药科"坐诊医生，他放心不下办了十多年的合作医疗而甘愿放弃了端铁饭碗的机会。商品经济时代自负盈亏的他始终坚持义在利先，对于前来就诊的村民悉心诊治而从不计较金钱收益，尤其是对贺家湾人看病免收挂号费只收药费，无钱付药费还可以赊账，并且几十年来从未讨要过，因此赢得村民们的信赖和爱戴，成为方圆几十里闻名的"仁德之医"。究其实质，贺万山所承续的医德为上的理念浸润着儒家重义轻利思想的深刻影响，看重的是道德荣誉也即脸面光荣，金钱收益反倒显得无足轻重，自从行医之始所执意追求的便是仁义之名声而非金钱之实利。贺万山义在利先的善举得到乡亲们的赞许,他两次建房以及分地后自家田地里的农活都有乡亲们自发帮忙。

  传统乡土社会人情大于天,特别是对于悬壶济世的仁德医生而言更是将治病救人作为根本宗旨,《村医之家》中贺万山及其祖上的行医之道都堪称典范。特别是贺万山的爷爷在当年闹匪患时原本已脱离险境,但为了让乡亲们免受冻饿饥馑之苦毅然决定孤身一人下山说服土匪而遭残忍杀害。贺万山为了答谢乡亲们帮忙建房请大伙儿吃饭时,贺世凤建议他顺便开一个百货店,行医开店两不误。贺万山闻听此言后也有些心动,但当他得知身有残疾的贺大成和玲玲夫妇已着手准备开店后,担心自己人缘好没人光顾他们的店,不忍心和一对残疾人争饭吃,况且玲玲的外婆刘良芬对他有救命之恩,遂大度地舍弃唾手可得的赚钱机会。然而,贺万山的两个儿子贺春、贺健却将个人私利放在首要位置,虽然他们都从事行医事业,但父子两代因着经济伦理观念的显豁差异而判然有别,以德行医的高尚品质与为了个人私利而罔顾道德底线形成鲜明对照,从而揭示出金钱观念盛行所造成的道德滑坡和人性沦落,以救死扶伤为宗旨的医者尚且如此,其他人等更是可想而知。

  贺享雍在《村医之家》中致力于通过对比映衬的方法来生动呈现贺万山父子两代三人医德风尚以及名利观念的明显差异,进而折射出乡村道德伦理的深巨变化。贺万山祖上世代行医始终坚持以德为先,"但求世人莫多病,何愁架上药生尘"[①],而到了贺万山两个儿子行医之时却将病人视为敛取钱财的对象。贺万山对于两个儿子的见利忘义、忘恩负义甚至坑蒙拐骗的所作所为备感失望,但又无力阻止而陷入痛苦之中。大儿子贺春从县卫校毕业后开始从医,不学无术的他医治水平极低,对病人也毫无责任感,在一次给村里老人输液时疏忽大意以致其丧命,其儿子们看在贺万山的情面上在收到赔付款一万元后并未深究其责任。利欲熏心的贺春提出要对诊所进行改革,废除父亲制定的凡贺家湾人看病不收诊费的规定,为此父子之间产生了尖锐的矛盾。贺春声称诊所不是慈善机构,看病收取诊费是天经地义,而贺万山却念及贺家湾人在他危难之时的收留之恩,坚持要以免费诊治只收取药费来回馈乡亲们。贺春又提出要抬高药价,并举出城里医院治个感冒都要花费几百块钱以及同学哥哥给病人抬高药价、夸大病情、兜售假药和

---

① 贺享雍:《村医之家》,四川文艺出版社,2014年,第6页。

过期药等手段发财致富的事例，试图说服父亲将诊所变成"聚钱的磁场"。贺万山对儿子进行批评教育，并对比了城市和乡村的不同情况，试图让儿子心悦诚服以放下急功近利的发财心当个好医生。贺春却并未因此吸取教训，在与父亲决裂后痴心妄想发大财，为此不仅为了节省办证费和税费私开黑诊所，而且还打着父亲的旗号向长期拖欠医疗费的村民收缴，在诊所经营不下去后又做了兜售假药和开贵药以牟利为本的江湖游医。小儿子贺健并非贺万山的亲生子，医科大学毕业后先是与同学合开一家诊所，之后又在岳父投资兴建的私人医院任院长。贺万山虽然潜心于中医研究，但更多是凭借世代累积的经验来从事诊疗，对于现代医疗器械和医学知识缺乏了解，因而在行医过程中也感到跟不上时代步伐，在给苏孝芳诊治时就曾发生误诊。因而单从医术水平而言，接受过正规现代医疗教育的贺健已经超过了养父贺万山，但其本着经济利益至上而对病人冷漠却不由得让人感到寒心。医疗技术的提升固然重要，但医德操守更为重要。贺健在行医之初便见利忘义，自恃医术高明，是诊所的顶梁柱，背着同学私自收受病人的红包。尤为可悲的是，在贺万山指责贺健不应当收取病人红包时，贺健非但不感到羞愧，反倒觉得理所应当，振振有词地为自己辩护，将反常当作正常："那有什么？我只收他一千块钱的手术费和医疗费，给他节约了两千多块，他只送了我五百块钱的红包，我还是给他节约了差不多一半的钱呢！"[①] 贺健与自己的亲生母亲苏孝芳并未相认，在苏孝芳因身患重病需到医院就诊时，贺万山让她去找贺健，头天晚上他再三叮嘱贺健如果钱不够先挂着账，然而最终苏孝芳因凑不齐医疗费而未能住院接受治疗。贺万山原本想要到医院找贺健兴师问罪，并向他说穿身世，但听了儿子名为院长却并无实权的一番苦衷后未再深究。贺健生母苏孝芳的病情由于没有得到及时医治而被耽误，最终为了筹措医疗费，事母至孝的贺健的亲妹妹贺冬梅不得不卖淫救母。贺健因医药费不足拒绝给生母苏孝芳治病确然有其难处，但终究还是将个人私利凌驾于血缘亲情之上，相较于急公好义且注重亲情的养父贺万山而言在道德层面上差距甚远，也违背了医者救死扶伤的道义准则。

---

① 贺享雍：《村医之家》，四川文艺出版社，2014年，第210页。

二

值得注意的是，贺享雍无疑是站在民间立场而非居高临下的启蒙者立场，来反思从集体经济时代向商品经济时代转变所引发的经济伦理新变的，但他并非片面崇信和宣扬传统经济伦理观念的保守主义者或者民粹主义者。迄今已跨越了一个世纪的乡土小说创作，自鲁迅肇始，其主流脉络基本上都是采用的外来者的启蒙视角，唯有赵树理、柳青、莫言等少数根植于乡村生活并充分汲取民间文化养分的乡土小说家采取的是源自乡村内部的农民视角。贺享雍更近于后者，他不仅有着长期的农村生活和工作经历，而且在从事小说创作时本着"为农民立命、为乡村立心"的自觉意识，摒弃了他者视角而以自我眼光来看待和审视农村和农民。贺享雍叙事视点由外向内转换的背后折射出农民自觉精神和自主意识的觉醒，在改革开放大潮来临之际，农民不再像以往那样漫无目的地随波逐流，而是应和着时代语境的转变开始自觉地寻求自身处境的改变。具体而言，贺享雍在《乡村志》中从乡村内部出发，既揭示现代经济观念渗入乡村后所引发的人性变异和道德失范等严峻的现实问题，同时也清醒地认识到讲究效率的现代经济理念能够给沉滞落后的乡村社会带来新风尚，并对此给予充分肯定和褒扬。

乡村在由传统社会向着现代社会转型的过程难免会对农民世代因袭的传统伦理道德观念进行重构，从而导致人心不古。在这一历史进程中，讲究效率和收益的时间意识和金钱观念的渗入无疑是最具根本性的，深层次地改变了农民的经济伦理观念图景，如同经历一场头脑风暴一样将惯于土里刨食的农民掷入现代化的运行轨道。事实证明农民的智慧是不可小觑的，虽然他们有着视野狭窄和只顾眼前利益的弊病，但是农民并不缺乏经济头脑，在能够真正得到实实在在的经济利益时也会迸发出强大的创业热情。少部分农民先富起来对其他农民而言有着强烈的示范效应，能够激发和调动起普遍的物质欲望和财富梦想，原因在于"吾国民之心理，常注重于现在的事实，而于事物之原理，则常忽略之而不顾也"[①]。当然农民对于现代经济观念的接受并非一蹴而就的，而是经由一系列生活细节的微

---

① 杜亚泉：《共和政体与国民心理》，《东方杂志》，1912年第9卷第5号。

妙变化方才逐渐深入人心，从最初的拒斥到转而接受，但一旦完成这样的经济伦理观念转换又是很难逆转的。伴随着商品经济的逐渐推进，人们的思想观念也在不断更新，在《乡村志》中，以贺家湾为代表的农村社会也出现了许多新兴事物，其中对人们思想触动最大的一是贺兴成引进的小型现代农业机械，二是贺世海和贺兴仁到县城发展带动起来的农民进城务工。综而观之，自古以来农民便过着日出而作、日落而息的稳定单调而又循环往复的生活，农业生产不能误农时的特定要求使得农民长年累月地固守在土地上，加之农业生产工具的原始落后，稍有差池便有可能颗粒无收，随着现代化生产方式和经营理念的引入，农民逐渐从繁重的体力劳动中解放出来，而中国社会经济结构的不断调整也给农民提供了除务农之外满足生存需要的致富途径，由此使得农民的思想观念开始发生根本改变。政府在贺家湾推行以抛秧为代表的新的生产技术，贺兴成引入现代农业机械，贺世海和贺兴仁进城承包工程为贺家湾人开拓出务农之外的赚钱方式，贺世凤、毕玉玲夫妇在农村包揽红白宴席等这一系列生活细节的变化，预示着从集体经济时代向着个人经济时代转变之后，农民生产和生活方式产生了根本性的重大转变。

贺兴成将结婚时从父母那里取得的彩礼钱作为资本购置了贺家湾有史以来的第一台手摇脱粒机，将贺家湾人带入机械化农耕时代。虽然手摇脱粒机依然未能彻底摆脱人力，但其所发挥出的工作效率依然让农忙时节长期从事繁重体力劳动的贺家湾人感到震惊不已，原本十天半月才能打完的麦子一天即可完成，节省了大量的时间和精力。然而由于湾里人除了给地主帮工之外，世世代代盛行邻里互助而不计报酬，同时刚刚经历过集体化时代的他们对于付费雇佣也感到十分陌生，一时间难以接受，对此贺享雍在作品中进行了生动描绘，细致入微地呈现出湾里人从排斥到接受现代农业机械以及新经济观念的心理转变过程。一开始贺世凤想要找侄子贺兴成借机械却遭拒绝，原来贺兴成在购买机械之初便计划着用它给湾里人绞麦子挣钱，对于二爸贺世凤，看在亲情面上只能给予优惠但也要收费。贺世龙指责儿子不应该向亲二爸收费，但贺兴成认定人亲财不亲，即使是亲二爸也不能坏了规矩。儿媳为了说服公公和二爸，则算起了经济账，虽然二爸出了钱却能够省时省力，而节约下来的劳力和时间不是二三十块钱能够购买的。贺世龙对此也觉得不无道理，但"一想到亲侄儿给叔父做点事，就向叔父要钱，又有些背理。几千年来，这邻里相助都是不谈钱的，何况还是亲叔侄间？到底是背理，还是在理，贺世龙一时又说不清楚了"①。贺世凤将侄子不肯借机械却要收钱的情形告知妻子毕玉玲后，两口子起初气恼不已，但在盘算一番后又觉得用机械绞麦子比起自己慢慢打还是要更为划算，加上贺世凤经不起灰尘刺激，容易被诱发气喘病，吃药花钱还要耽搁农活，因而第二天一早便主动找到侄子答应付费绞麦子。湾里人听闻贺兴成要收钱绞麦子后也都十分气愤，觉得他太自私自利不仗义，然而在背后将兴成痛骂一番后却又经不住机械绞麦子高效率的诱惑而很乐意地接受了兴成的条件，一家还未打完下一家就等着抬机械了。贺兴成的付费使用机械从饱受质疑到最终得到认可的过程，实际上隐含着的是现代商品经济理念与传统经济伦理观念的矛盾冲突，农民认可现代化机械的同时也一并接受了现代商品经济观念。

现代机械的高成本以及高损耗必须得到持续补偿方能持续发挥作用，进而在保障个人经济利益的基础上不断提升农业生产效率。设若贺兴成也像父亲那样顾及家族亲情不收取任何费用，势必会导致血本无归，进而影响更高效价格也更高昂的现代机械引入的积极性。贺兴成正因为自一开始就秉持着注重金钱实利的商品经济观念方才能够及时地收回成本并获得收益，从而有能力更新机械设备，在随后的市场竞争中立于不败之地，否则的话必然会面临被市场竞争淘汰的危险。然而此时的贺兴成一心想着的是如何尽快收回成本并获得盈利，连他自己也未意识到："正在做的，却是一件意义十分重大的事，那就是把城里市场经济的观念引入了贺家湾，让贺家湾人在一种既恨又爱的矛盾心理中，慢慢改变了过去的观念。使村民们逐渐懂得了时间、效率、金钱，这些和市场经济紧密相连的规则。在日后的生活中，这些市场经济的规则，不断地影响和改变着贺家湾这些芸芸众生的观念。"②贺兴成靠着手摇脱粒机在麦收季节赚了几百块钱，但正当他准备秋季再狠赚一笔时，同村的贺江海也买回一台一模一样的脱粒机准备与他展开竞争。为了在竞争中取胜，贺兴成将刚用了一季的手摇脱粒机淘汰掉又买回一台电动脱粒机，在村子里显眼处张贴广告进行宣传。由于电动脱粒机不需要借助人

---

① 贺享雍：《土地之痒》，四川文艺出版社，2013年，第122页。
② 贺享雍：《土地之痒》，四川文艺出版社，2013年，第123页。

力,更加省时省力,加之贺兴成为了打消村民们的疑虑又在湾里公开宣布哪家的谷子先揿第一天可以免费,很快便有人争着要揿,在选定一家当众验证后很快便让村民们心服口服。反观贺江海却落得下风,好不容易买回的机械只揿了两三户便再无人愿意使用,而贺兴成这边本村和外村请他揿谷子的却排成了长队,仅仅一个秋季便净赚一千余元。贺兴成在尝到甜头后开始致力于引进更多的现代农业机械,先是从城里买来抽水浇地的小水泵,改变了贺家湾人世代延续的戽水的落后灌溉方式,接着又从县里买来微耕机,使得当地养牛耕地的习惯也发生改变。

客观地讲,贺兴成在利益驱动下不断引入现代机械并非多么惊人的壮举,单就乡土小说而言便有贾平凹《鸡窝洼的人家》中的禾禾、王润滋《鲁班的子孙》中的小木匠、周克芹《晚霞》中的小庄等一系列类似的人物形象,但正是这些敢于尝试新鲜事物的农村新人给闭塞落后的乡土社会带来了崭新气象,让农民们直观地感受到现代科技的非凡魔力,而将他们从繁重的体力劳动中解放出来的过程,也正是他们不断经受现代文明洗礼的过程。贺兴成在逐利意识驱动下成为接受外来现代文明的先锋,同时也扮演着现代文明传播者的角色,不仅赚到了钱,也得到全湾人的赞成和拥护。在广大乡村引入现代农业机械真正显现出巨大威力还是在农民进城务工潮兴起之后,随着现代农业机械的普及,土里刨食的农民们开始从繁重的体力劳动中解脱出来,社会经济的发展也提供了大量除农事耕作之外的赚钱途径,随着视野的开阔,农民们的思想观念也在不断刷新,从而真正开启了乡土社会现代化的风潮。单就贺享雍的《乡村志》而言,贺世海和贺兴仁在推动贺家湾人进城务工方面堪称是筚路蓝缕的领路人。

曾经担任过村支书的贺世海在被迫下台后接受同学邀请到城里承包修筑公路工程,他指派侄子贺兴仁到村子里招工,约定25元一天,许多湾里人对此将信将疑,担心工钱无法如约兑现,在得到贺兴仁再三承诺后方才报名。跟随贺世海在县里修路的湾里人在两个月不到的时间里拿到了1000元以上的工资,虽然他们明知因为打工耽搁了农活以致小春粮食势必减产,但短短两个月的打工收入已经远远超过了他们种一年地的收入。务工赚钱和种地收入的悬殊之大促使贺家湾人迅即改变了祖辈相传的靠天吃饭的传统生活观念,"开始对钱以及和钱有关的一切敏感起来"①,而不再将种地作为唯一活路。不仅普通农民如此,在贺世海之后的历任村支书贺世忠、贺春乾、贺端阳等在上任前后都有过外出打工经历,打工赚钱俨然成为湾里人生活中不可或缺的重要组成部分。贺世海当了几十年干部,从未像现在这样受到村民的尊敬和拥护,在跟随他务工的村民眼中俨然如同救世主一样。贺世海作为商人自然有着自私自利的一面,他眼见得进城务工的农民在得到实惠之后兴致高昂,因此在承揽下一个雨污分流工程时,以招标价格被压得很低而质量要求很高且不能偷工减料为由,将工钱从每天 25 元降至 20 元。然而值得称赞的是,贺世海作为私营企业家并未随着事业发展完全沉陷在金钱利益之中,在贺家湾准备修筑公路时慷慨出资 20 万元,虽然他附加了让村里先行集资 30 万元后再马上拨划的条件,但究其根本是为了让捐助的款项真正专款专用,发挥效力以确保完成公路修筑计划。在涉及家乡一些棘手问题的处理上,贺世海也不惜动用金钱铺就的人脉关系协助解决,在保护古树和向乡政府讨要县上拨付的公路修筑款等事宜上都发挥着举足轻重的作用,从而使得他成为村民敬重和仰慕的对象。

三

由于贺享雍对于农村和农民有着深刻的体认和感悟,他并没有因商品经济时代所引发的农民经济意识的新变化而进行廉价的歌颂和赞扬,而是以清醒的理性思维对于农民致富难表现出真诚的关切和由衷的感喟,同时对农民经济意识变化所引发的社会问题进行了深入反思。事实证明,中国绵延数千年的农耕文明并非愚昧落后的代名词,而是应该用辩证的眼光来进行深刻省思,对于其中包含的至今仍让农民背负着沉重精神负担的封建小农意识及落后愚昧的迷信思想,应当予以批判,而对于那些符合人性,有助于人们弃恶从善的优秀思想文化资源,则要继续传承和发扬。与此同时,商品经济时代农民经济意识的觉醒也是一把双刃剑,既在逐利意识驱动下有助于解放和发展社会生产力,同时也使得富于人情味的传统人伦道德观念受到冲击而面临松动和变异。

---

① 贺享雍:《土地之痒》,四川文艺出版社,2013 年,第 151 页。

贺家湾人在包产到户后鼓足干劲很快解决了温饱问题,但致富之路却充满波折,农药、化肥、种子等都在不断涨价,远远超过了粮价涨幅,使得种庄稼已经不划算了。县上针对农民致富难决定进行产业结构调整,支持和鼓励农民大力发展经济作物。较之粮食而言,经济作物的确有可能卖得起更高的价格,但由于缺乏市场调研,盲目地种植经济作物却无销路而导致农民的种植积极性受到重挫。《乡村志》中县上将发展农业经济作物黄姜作为一项政治任务对下属层层施压,乡里和村上签订了责任书,完不成种植任务村干部就拿不到当年的工资。村民对于黄姜种植大都持将信将疑的观望态度,村支书贺世海不得不挨家挨户进行动员,许多村民尤其是贺氏族人碍于情面方才答应腾出土地多少种植一些。贺世龙在贺世海上门规劝时搬出老辈人的"逢贵莫赶,逢贱莫懒"的古训,认为全县都种植黄姜的话势必会导致价钱下跌,不可能像乡干部宣传的那样一亩黄姜比三亩小麦价钱还高,贺世海也认为大哥说的有道理,因而未再进一步坚持劝说,但贺兴成却主张要给幺爸点面子,腾出那块林地来种黄姜。黄姜收获之后果然由于市场上泛滥成灾,结果价格较之往年一落千丈,每斤只有三分钱,连挖黄姜的劳力钱都不够。许多农民将黄姜挖出后直接扔到山坡上、地沟边和草坪里,做了野草生长的肥料。贺兴成忙于给人挞谷子没有时间收获黄姜,干脆放任不管,任其自然荣枯,但却因祸得福。第二年因黄姜种植面积大为缩减而价格一路飙升,去年两三分钱一斤尚无人问津,今年却从土里挖出来就能卖到三角钱一斤,贺兴成从地里刨出的几千斤黄姜卖了一千五六百元。村民对于政府提倡种植经济作物又重拾信心,但响应政府号召种植生姜后却又因重蹈"丰收成灾"的覆辙而损失惨重,自此再也不愿听从政府号令种植经济作物。两年后新来的李书记让农民种植烤烟,虽然宣传声势比起黄姜和生姜来更为浩大,但贺家湾人经历两次失败教训后开始阳奉阴违。他们并不看好种植烤烟的市场前景,虽然迫于压力不得不种,但却又故意让烟苗死去,以此来搪塞政府官员。贺享雍对于农民致富难的感慨是抱着深切的同情之心的,他自己也曾长期务农,因而对于农民的疾苦能够感同身受,无论是对关涉经济的细节描绘还是农民心理的深刻把握都给人强烈的真实感。

众所周知,中国乡土社会是典型的人情社会,在由熟人组成的社会群落中,人与人之间的交往是基于血缘关系的传统人伦道德来维系,注重情义而不以经济利益为考量。放在过去,贺家湾人办红白喜事都是由主家自己操办,本房以及湾里亲近的人届时都会前来帮忙,设若哪位村民家中有事无人帮忙便觉得极丢面子。然而,随着现代时间观念和金钱观念的不断渗入,人们的观念也在不断调整,亲戚也不存在白帮忙了,湾里人在操办红白喜事时开始像城里人那样花钱购买服务,将一应事务统统交给专职操办宴席的队伍,从而免除了人情之累,但由此也使得乡村社会人情味日益淡薄,原本为人们所津津乐道的淳朴敦厚、互敬互爱的乡村道德风尚逐渐消失殆尽。

贺兴仁在受贺世海指派回村招工人修路时将二爸贺世凤也招录进来,结果贺世凤没干几天便因身体有病无法适应高强度的工地劳动,但他仗着自己是老板的哥哥就对其他工人颐指气使发号施令,引发众人不满而被辞退,为此贺世凤对贺世海满腹怨言,兄弟之情也受到影响。贺世海之所以如此,一是担心二哥身体虚弱无法承受繁重的体力劳动而加重病情,二是所招工人都是同乡同宗关系,"有的喊我叔,有的喊我爷,有的呢,反过来,我又该喊他们叔或爷!要是我都讲情面,你说还怎么管理?我都照顾了,自己又挣啥子钱?"① 为了安抚贺世凤,也为了弥合兄弟之间的情感裂隙,贺世海在工程完工后将两千块钱交给他:"弟兄归弟兄,打工归打工,打工就要按打工的规矩办!你干不下来,我就不要你,你偷懒耍滑,我就扣你工钱。哪怕亲爹,都是这样,这就是打工的规矩!可弟兄呢,又是一码事。你有困难,我该帮助的帮助,该支持的支持,这就是弟兄!"② 后来在为贺兴仁筹划订婚宴时,贺世龙主张交给二弟和弟媳来办,却遭到贺兴仁的坚决反对:"不是说二妈手艺不行,我是觉得,找她还不如找外人!反正是给钱,外人一给钱,人情也就了了,不像沾亲带故的人,明明给了钱,还要欠人情!"③ 常言道"肥水不流外人田",贺兴仁之所以如此绝情,与他经历贺世凤被辞退风波后引发的思想观念转变有着直接的关联。贺世龙一方面想借此机会关照身体有病的二弟,另一方面也担心交给别人会引发二弟和弟媳不满,"说弟兄侄子还不如外人"④。然而贺兴仁却不作如是观,他已习惯于不掺杂人情的雇佣买卖关系,

---

① 贺享雍:《土地之痒》,四川文艺出版社,2013年,第158—159页。
② 贺享雍:《土地之痒》,四川文艺出版社,2013年,第159页。
③ 贺享雍:《土地之痒》,四川文艺出版社,2013年,第162页。
④ 贺享雍:《土地之痒》,四川文艺出版社,2013年,第162页。

担心交给二妈来做欠下人情:"他们这个人情好欠,只不过出点力,要是他们今后有事求到我们,我们要还这个人情,就不是出点力的事情了!"① 贺世龙听闻此言不由得感到心凉,感慨儿子这一代人罔顾亲情,算盘打得太精,最后强行自作主张交给弟媳来办酒席。

农民对于社会经济转型所引发的道德变异的认识存在着显著差异,贺世海、贺兴仁、贺兴成、贺端阳等人因商品经济时代给他们带来了实实在在的利益而衷心拥护,而贺世龙、贺世凤等人却对大集体时代充满怀念:"那个时候有,大家都一齐有;莫得,大家都一齐莫得,穷得均匀,富得也均匀,日子都过得差不多,不像现在这样,饿的饿死了,胀的胀死了,富的就富得流油,钱多得花不完,穷的穷得叮当响!""那会儿比现在公平!还有,那会儿也莫得现在这样乱……"② 然而,相较而言,伴随着改革开放成长起来的年轻一代的观念占据了上风。贺享雍《乡村志》中所展现的偏居一隅的贺家湾年轻一代经济伦理观念的转换实际上不单单是经济性事件,同时也是政治性事件,由此昭示着以经济为本位的意识形态已经从城市蔓延至广大的乡村,并引发了人们日常生活的深巨变化。

中国传统社会人的道德观念与经济生活状况是正相关的,如同墨子所总结的那样"时年岁善,则民仁且良;时年岁凶,则民吝且恶"③,而在现代社会语境下却常常表现为负相关。这也是乡村社会从传统走向现代所必然要付出的代价,在现代社会语境下,人们的首要观念是将物质需要视为人际关系最为重要的内容,而人与人之间的亲情却是次要的,"人与物之间的关系高于人与人之间的关系……这是一个决定性的转变,这一转变将现代文明与所有其他文明形式区别开来,它也符合我们的意识形态领域关于经济至上的观点"④。与此相应的是,随着社会经济的不断发展,农民的家园意识和故土观念也逐渐淡漠,农民对以往赖以为生的土地的情感也因成本和收益的考量而发生变化。土地是农民的立身之本,土里刨食是农民数千年来维持自身生存和家族繁衍生息的最根本的方式,因而自

---

① 贺享雍:《土地之痒》,四川文艺出版社,2013年,第162页。
② 贺享雍:《人心不古》,四川文艺出版社,2014年版,第28页。
③ (战国)墨翟著,贾太宏主编:《墨子通释》,西苑出版社,2016年版,第19页。
④ [美]路易斯·杜蒙特:《从曼德维尔到马克思:经济意识形态的起源和胜利》,芝加哥大学出版社,1997年,第81页。

然而然地，农民对于土地有着极其深厚的情感，但随着土地收益的下降和社会经济发展为农民提供了多样化的致富途径，土地逐渐变成食之无味、弃之可惜的鸡肋。

改革开放三十年来，农民对于土地的情感发生了翻烙饼式的巨大变化，经历了从家庭联产承包责任实施之初对于土地的极端依恋到逐渐厌弃以致最后抛却土地的剧烈变化，为数众多的农民不再将土地视为衣食之本，而是迫于生计纷纷选择到城市寻求别样的生活。贺享雍在《乡村志》中对于农民此间心理转变的诱因和过程进行了详细描绘。首先，农民耕种的土地只有经营权而没有所有权，名义上土地归集体所有，但集体又听国家的，因而从根本上而言农民并无法真正主宰自己亲手耕种的土地的命运，加之土地政策又几经反复，致使农民对于土地的热情有所消减；其次，从成本和收益的角度来衡量，粮食价格涨幅过缓而种田成本不断高企导致农民种地的收益越来越微薄，有时甚至会倒贴本钱。

《土地之痒》中贺家湾人闻听消息说国家计划调整政策实行包产到户，准备重新将土地分配给各家各户时欣喜若狂："地呀，地呀，你硬是比那痛心肝的幺儿子还让人牵挂呢！"[①] 从宏观层面来看，农村实行承包责任制后，农民被压抑已久的致富积极性被调动起来，有利于解放和发展生产力。从微观层面而言，在实行包产到户后，土地收益的多少直接关系着一家人的生活质量。贺家湾人经过一年的观望确信土地承包政策不会改变后，纷纷加大对土地的投入，不用政府号召和组织便争先恐后地改良土地，男人们自发地深翻土地，遇到挖不动的地方用钢钎打、镐头刨甚至到城里买回炸药炸，女人们则割青草、铲草皮沤肥。之后又兴起了开垦荒地的热潮，这些开荒出来的土地又被称作"油水地"，因不在承包地面积内而不用交粮纳税，为此许多贺家湾人还发生了争执，甚至发誓今世不再往来。诚然，农民是最能吃苦的群体，但其前提是能够或者有可能带来实实在在的利益，设若无法预见便会敷衍了事或者干脆放弃。现代农业机械的引入提高了劳动效率，将农民从繁重的体力劳动中解放出来，但机械耕地、挞谷麦、浇地等也增加了种地成本，加上化肥、农药的价格上涨以及国家、集体税费的不断增加使得耕种土地的收益越来越微薄。尤其是种地赔本对于农民而言不啻最为沉重的打

---

① 贺享雍：《土地之痒》，四川文艺出版社，2013年，第2页。

击，连带着促使他们开始对于自身所固守的传统生活方式进行质疑和反思。因此为数众多的农民不再像刚刚包产到户时那样将土地视为命根子，开始出现抛荒现象，上级政府为了阻止，专门下文件要征收土地抛荒费。贺世文为了不交土地抛荒费，不仅公粮国税和三提五统由自己缴纳，而且还甘愿每亩倒贴一百元将土地转包给贺世龙。为了扭转这一趋势，中央下文件要继续完善和巩固农村土地承包责任制，耕地承包期延长到三十年，但在主持分地时村民们却不再像上两轮承包土地时那样争来抢去，按照上面要求子女考上大学或者女儿出嫁以及父母过世都要将土地收回再重新分配，但贺世忠为了让土地能够顺利分配下去依旧让其家人耕种。许多人家不愿意要，贺世忠却不管村民愿不愿意，直接把土地丈量了之后将土地承包证书交给这些村民。"土地之痒"中的"痒"字贴切地暴露出农民对于曾经奉若圭臬的传统观念既有所依恋同时又心生犹疑的矛盾心态，恰切地表达出随着现代社会经济的快速发展，而导致农民产生土地能否再像往常那样提供丰衣足食的生活保障的内心疑虑。中央为了减轻农民负担，在全国农村实行"一费制"改革，将农民所有的税费捆在一起不能超过上年人均纯收入的5%，从根本上杜绝了原来"头税轻，二税重，摊派是个无底洞"① 情形的发生，此外，耕地免除农业税并发放经济补贴之后，农民对于土地的热情重新被点燃。

第三节 《乡村志》的政治伦理书写

中国是传统的农业大国，中国共产党领导下的中国革命所走的也是农村包围城市的道路，对于农村和农民的书写自五四新文学诞生之日起便成为重要的创作选材对象。自毛泽东发表《在延安文艺座谈会上的讲话》之后，工农兵方向成为作家创作的主导方向，对于农村和农民的描写成为遵循政治实践探索的"试验田"。无论是描写土地革命所引发的乡村社会剧变的丁玲的《太阳照在桑干河上》和周立波的《暴风骤雨》等革命乡土小说，还是以赵树理的《小二黑结婚》《李

---

① 贺享雍：《土地之痒》，四川文艺出版社，2013年，第215页。

有才板话》等为代表的赞颂党所制定的新政策以及揭示农村现实工作问题的有着浓郁现实主义色彩的乡土小说,无不紧密配合现实政治实践活动。

中华人民共和国成立后,国家在对乡土社会加强政治管控的同时,也在逐渐赋予普通村民以更大的政治参与权利,进入新时期后更为显著。贺享雍的《乡村志》对半个世纪来中国农村基层政权的运行模式以及其中所面临的问题和曾经走过的弯路进行了颇为详致的呈现,从而提示出对村民进行公民权利教育以及培育公民法律意识的重要性和紧迫性。同时也对封建宗法观念在乡村民主生活中所发挥的不可小觑的作用进行了历史性的描绘,从而呈现出客观、真实的乡村基层权力运作图景。贺享雍出身于普通农家,又有着长期的农村基层工作经验,对于社会转型时期乡村社会的政治生态以及伦理观念变革,所引发的新变化有着深刻的体悟,因而能够在《乡村志》中鞭辟入里地揭示出社会环境剧烈变动之下所引发的政治伦理观念变异,以及细致入微地呈现出乡村社会的政治伦理图景。

一

中国传统政治是建构在伦理关系之上的,"凡国家皆起源于氏族,此在各国皆然。而我国古代,于氏族方面之组织尤极完密,且能活用其精神,故家与国之联络关系甚圆滑,形成一种伦理的政治"①。单从古人将"政"释读为道德之"正"便可见一斑:"政者,正也。子帅以正,孰敢不正?"② 作为中国古代处理人与之间关系的道德行为准则的"五伦"之首便是关涉政治领域的"君臣"关系,其次分别是"父子、兄弟、夫妇、朋友"等基于血缘亲情的人伦关系,"中国的传统政治伦理文化的社会基础是以血缘为纽带的宗法社会,绝大多数人口是终身被封闭在自然共同体之中,依照习俗、习惯、经验、情感、血缘等自然经验而生活"③。进入现代社会后,由于中国广大农村聚族而居的生活方式始终未曾发生根本改变,因此农村基层政治也未能从根本上脱离伦理关系的规约,这使得法律道德规范在乡村常常会受到传统伦理道德和宗法观念的牵绊而无法真正落实到

---

① 梁启超:《先秦政治思想史》,上海古籍出版社,2014年,第40页。
② (清)纪晓岚总撰,林之满主编:《四库全书精华:经部》,中国工人出版社,2002年,第174页。
③ 高汝伟、殷有敢:《政治伦理学》,南京大学出版社,2016年,第282页。

位。道德化政治的社会治理目的在于导人向善，通过道德规训和教育感化使得人们能够遵从正义法则，从而达到不必严厉处罚以阻恶的目的。中国传统社会政治伦理化和伦理政治化的长久因袭逐渐使得人们养成重礼轻法的习惯，以"礼"作为维系和协调人际关系乃至为官从政的行动指南，而礼所遵循的指导原则是亲疏远近有别的等差秩序。究其实质仍是以血缘亲情为重，正所谓"异姓则异德，异德则异类……同姓则同德，同德则同心，同心则同志"①，这就使得受到传统观念熏染的农村干部容易在行为处事时依据亲疏远近区别对待。贺享雍《乡村志》中的贺家湾虽然地理位置较为偏僻，但作为置身于特定关系场域中的小社会也不可避免地与外界社会有着千丝万缕的联系，能够以小见大地折射出乡村社会乃至整个中国政治生态的变迁。旁的勿论，单说贺家湾出来的贺明玉、贺东川和郑立德等人在脱离农籍进入供销社系统后，随着职务攀升掌握了一定的权势，正所谓一人得道，鸡犬升天，他们的家人或亲属纷纷受益。尤其是贺明玉在"文化大革命"结束担任书记后凭着权势将留在贺家湾的兄弟姐妹和七大姑八大姨的子女们都弄进了企业和机关，郑立德和贺东川也趁着自己在位时将子女们一个个都弄了出去，退休后回到贺家湾颐养天年，成为与贺世普一样全湾里过得最舒心的老人。

中华人民共和国成立后，贺家湾第一任村支书是土改运动时表现十分积极的贺老跶，虽然在批斗地主过程中也夹杂着贺姓不同房派之间的斗争，但其经由农会主席出任村支书却是根据其运动中的表现获得擢拔的，而并非单纯依恃家族势力。贺家湾真正够得上地主资格的贺银庭早在中华人民共和国成立前便望风而逃，农会主席贺老跶在工作队指令下绕过大房而从人丁稀少但发财的人却多的小房中择取，致使三房的贺茂富被枪决，四房的贺老五上吊自杀。小房与大房素有矛盾，贺老跶非但未能消弭此种矛盾，反倒使得矛盾更趋激化，只不过在土改的特定政治情境下并未公开化罢了。贺老跶为了避免开批斗会时冷场，极力动员给贺茂富家做过帮工的贺茂前在会上当面指控，却遭到贺茂前的断然拒绝。由于贺茂前家里子女多，以前经常靠给贺茂富家帮工来维持生活，因此他对贺茂富非但没有阶级仇恨，反倒对贺茂富给予的帮工机会感恩戴德："多靠二哥你帮衬了，

---

① （战国）左丘明撰，（三国吴）韦昭注：《国语》，上海古籍出版社，2015年，第235页。

要不是你三不打时地让我到你油坊里或地里干点活,我还硬是不晓得怎么养活他们呢!"① 在无计可施时贺老跕威胁贺茂前不来参加批斗会就不分给田地,却不料更加激起贺茂前的抵触情绪,宁可不分地也不参加斗争大会。因贺茂前是货真价实的贫农,工作队和贺老跕虽然对他斗争地主态度消极有所不满,但最后还是按照政策分了地,只不过将原计划分给他的干田扁担丘换成了里面全是巴岩的窝窝地。工作队郑队长喊贺茂前领地契时,贺茂前一来对分给他旱地心怀不满,二来此前说过不要地也不参加批斗会的硬话,因而赌气拒绝认领,最后由他老婆代领。贺茂前白天不好意思,晚上却来到那块分给自己的窝窝地,他感觉好像是抢了原本属于贺茂富的地,在贺茂富坟前倾诉道:"二哥,我是个见证人,晓得你是冤死的!你口积牙攒,平时用高粱米掺饭,就是在农忙时候,你也把萝卜颗颗掺到饭里面,让婆娘娃儿吃,把红苕干饭让给我们下力人吃!好不容易积了点家业,不但没保住,连命也丢了!""你的窝窝地分给了我,我不要还不得行!你放心,我会把地种好。四月清明七月半,腊月三十献年饭,我和婆娘娃儿会念叨着你!"② 贺茂前决心以爱惜土地的方式来告慰贺茂富的在天之灵,在此之后果然不惜体力挖地三尺将原本瘦壳壳的土地变成了一块好地。贺茂前对此仍不满足,又让正上小学三年级的大儿子贺世龙辍学和自己一道将旱田改成水田。不愿接受乃至送还分得地主家的土地的细节描绘在红色经典作品中屡见不鲜,比如丁玲《太阳照在桑干河上》中的农民侯忠全白天分得地契后晚上偷偷给地主送回去,在这其中既有农民土地私有意识作祟的原因,又夹杂着担心地主事后打击报复的因素,而像贺享雍《土地之痒》中贺茂前这样觉得自己抢了原本属于贺茂富的土地的描绘还比较鲜见。合作化运动开始后,贺茂前不仅拒绝入社,而且还有意和合作社展开竞争,他在精耕细作的同时通过扩大边边角角来增加土地面积,每季收获的粮食比入社的人家还要多。在上级政府号召和干部的反复动员下,贺家湾刚分地不久的农民又将地契和牲畜送还村集体,只剩下贺茂前这一家单干户。贺老跕指责贺茂前不走合作化道路是成心和党对着干,却不料贺茂前回应道:"我怎么是和党对着干?我的地未必不是共产党给分的?共产党把土地分给大家了,

---

① 贺享雍:《土地之痒》,四川文艺出版社,2013年,第8页。
② 贺享雍:《土地之痒》,四川文艺出版社,2013年,第10页。

怎么又要归在一起？共产党做事，总不能屙尿的工夫就变了吧？"① 最后，贺老跛以不准贺茂前从合作社的地上过水相威胁，并带人将贺茂前父子修筑三年方才完成的水渠给填平了，但性格倔强的贺茂前越发不同意入社，乡上和区上书记前来动员也一概拒绝。然而人毕竟是社会动物，无法脱离他人和社会存在，虽然贺茂前一家衣食无忧，但三个儿子的个人发展却受到了很大影响，大儿子贺世龙无法加入共青团，二儿子贺世凤在学校里同学们尽喊他单干户，老三贺世海班上每个同学都发了红领巾，唯独他没有，老师说红领巾不能发给单干户的儿子。原本打算将儿子们训斥一番的贺茂前在看到儿子们都在眼巴巴地望着他时不由得突然心生愧疚，意识到因自己与贺老跛斗气耽误了孩子们的前程，最后决定入社。三年以后遭遇灾荒，贺茂前夫妇和唯一的女儿死于饥荒，"他种了一辈子庄稼，一辈子把土地当儿女一样爱戴，像先人一样经佑，到死却成了一个饿死鬼"②。之所以会出现饥荒，原因自然是多方面的，既有天灾也有人祸，在入社之后农民在集体劳动时出工不出力，导致土地产出受到影响是众多原因之一。

令人感到惊异和感慨的是，贺老跛虽然和贺茂前因着分田和斗争贺茂富等问题上意见相左产生过尖锐的矛盾，但贺老跛却并未因此迁怒于其子贺世龙，反倒是关照有加，由此显现出人性的复杂。在饥荒最为严重时，贺茂前夫妇被饿死，贺老跛看贺世龙年纪轻轻却饿得可怜就让他当了生产队长，并告诉他"过两天，公社要开三级干部会，中午要留干部在那里吃一顿好的"③。虽然贺老跛名声不佳且在失势后死在狱中，但贺世龙因着这顿饱饭一直都认为贺老跛是个好人，"为一顿饭，我当时感动得真想对贺老跛下跪"④。

贺家湾小姓的郑锋之所以能够接替贺老跛当上村支书，与其在解放战争时期立下的战功有关，而在此时村级干部是由上级政府直接任命，无须征求村里百姓的意见，客观上极大地限制了基于血缘关系的宗族势力发挥作用的空间。三房的贺世海作为贺家湾第一个高中毕业生，在回乡后担任了大队学习毛泽东思想的政治辅导员，他紧跟政治形势，在组织社会政治学习时带头活学活用，倡导村里的

---

① 贺享雍：《土地之痒》，四川文艺出版社，2013年，第12页。
② 贺享雍：《土地之痒》，四川文艺出版社，2013年，第14—15页。
③ 贺享雍：《土地之痒》，四川文艺出版社，2013年，第27页。
④ 贺享雍：《土地之痒》，四川文艺出版社，2013年，第27页。

年轻人做雷锋式的好青年，要求大家甘当做好事不留名的"无名英雄"，但他自己却在与众青年一起拔棉花秆时故意遗失写有豪言壮语以及如何组织青年做好事的日记本，从而得到支书郑锋的赏识，成为全公社的"有名英雄"，当年冬天便被提拔为大队团支部书记，后来接替郑锋成为村支书。

在中国现代化进程中，伴随着个人权利和价值的兴起，农村也开始出现村民选举等新的政治组织模式，但"个人价值的兴起尚没有达到能使社会成员以个人权益去抗衡国家需求的足够程度，而国家之外的各种类型的'群'——'家''宗族''团体''街坊''社区''地方'等——的利益需要也还不具备抗衡国家利益的足够的正当性"①。选举制度在西方古希腊时期便已经成为社会政治生活的重要运行模式，亚里士多德就曾说过，"在我们想来，公职只应选拔贤能，不管谁愿意或不愿意担任这种职位"②，此种方法有助于表达民意诉求而避免遭受欺蒙。在贺世海下台之后逐渐开始推行村主任选举制度，该制度设立的初衷是为了让真正为农民所信赖的德才兼备者脱颖而出，从而避免了以往由上级政府指定所带来的弊病。关系到贺家湾人切身利益和未来发展的村主任竞选之所以无法依照《村民委员会组织法》进行公平竞争，并非仅仅传统宗法伦理观念发挥作用使然，同时还夹杂着乡上领导为了便于以后开展工作、实现组织意图以及贿选等因素的干扰。按照《村民委员会组织法》明文规定，村主任是由全体村民选举产生的，但实际操作中却基本视乡上和村上党组织的态度而定，个别地方政府以实现组织意图的名义在推荐候选人和投票过程中采取种种措施进行操纵，将选举变成"严肃的儿戏"，让谁选上谁就能选上，使得选举流于形式，"选举是玩笑，上边戴着帽，定了候选人，圈儿画一道"③。此种名不副实的村民选举在地方政府操纵下将党和国家赋予农民的民主权利变成了一种徒有其表的形式，表面看来是在依法办事，实际上却是为了少数人谋取私利。"不民主不好，可假民主更不好！我们宁肯不要民主，也不要假民主，因为假民主比不民主更坏！假民主会伤了老百姓的心！"④

---

① 陈映芳：《行动者的道德资源动员与中国社会兴起的逻辑》，中国社会科学院社会学研究所编：《中国社会学》第9卷，上海人民出版社，2012年，第340页。
② [古希腊]亚里士多德：《政治学》，商务印书馆，2009年，第91页。
③ 贺享雍：《民意是天》，四川文艺出版社，2014年，第27页。
④ 贺享雍：《民意是天》，四川文艺出版社，2014年，第143页。

当然村民选举也并非全然形同虚设，虽然在乡村社会不同宗派和房派势力以及金钱利益干扰下显现出诸多弊病，但是毕竟提供了表达民意的机会，随着农民当家做主意识的不断提升逐渐显露出优势。贺世海任村支书时将三房的贺国华提拔起来担任村主任，两人工作上配合默契。贺世忠将贺世海挤下台后大权独揽，贺国华逐渐有些灰心，工作上态度消极，乡上想要换掉他，但由于此时村主任是经村民大会选举产生的，撤销他也必须经由村民大会同意。在贺家湾村民的思想意识中村干部就是给乡上收钱的"狗腿子"，工作越积极越容易得罪人，干事消极的村干部对于他们而言反倒是更为安全的，而贺国华正是这样最为合适的人选，因此村民不答应更换，乡上对此也毫无办法。除了乡上和村支书指定村干部人选之外，村民选举村主任还受到亲疏远近的宗法观念的影响，小门小户的人家基本无望当选，正如同郑全福所言："毛泽东时代，做干部的吼一声，哪个群众敢不听？别说你是几百人的大姓，就是几千人、几万人的大姓又敢怎么样？可现在不行了，我们小姓怎么争得过你们大姓？"[①] 当过村支书的郑锋对此也深感不满："……毛主席那时在世，看见哪个年轻人能干就让哪个当干部！现在是哪个房里的人多，哪个才当得到干部……贺家湾选了这样几届，哪一届有我们这些小姓的分？都是他们大姓在村里把位子占了……"[②]

在郑锋因思想观念跟不上时代发展需要而被免去村支书后，贺姓大房和小房开始相互争夺轮流执政。起初三房的贺世海接替郑锋成为村支书；大房的贺世忠指使贺国藩以查账的方式逼迫贺世海让位；三房的贺世凤和贺兴成叔侄又因乡上来湾里"拔钉子"一事与贺世忠结怨，在贺世海鼎力支持下写检举信将贺世忠告下了台；大房的贺春乾在乡党委伍书记支持下成为村支书，又将同为大房的贺国藩推选为村主任；贺端阳在参加第三次竞选村主任时当众揭发贺国藩贿选，在争夺作为贿选证据的票箱时大房和小房的人在黄葛树下互相打斗，通过上访宣告此次选举无效，重新选举时贺端阳在小房以及其他对大房不满的村民支持下战胜贺国藩成为村主任；其后因私分制药公司额外追加的10％土地租金东窗事发，乡党委伍书记倒台，贺春乾受到牵连而被免职，由贺端阳接任村支书。

---

① 贺享雍：《民意是天》，四川文艺出版社，2014年，第295页。
② 贺享雍：《民意是天》，四川文艺出版社，2014年，第298页。

此种基于血缘亲情的宗法伦理观念所建构起来的乡村社会管理模式的确有着诸多弊病，村主任能否当选很大程度上并非纯然个人才干以及带领群众致富能力所能决定的，而是由家族势力强弱来决定能否上位。不仅如此，虽然从制度上村支书无疑是村干部的核心，但事实上却并不尽然，起到实质决定性作用的是家族势力，家族组织的大小及是否具有强大的凝聚力和向心力成为乡村政治的决定性因素，村支书和村主任谁的家族势力大获得的支持者多谁就是核心。也正因此，中国广大农村实施的基层民主制度虽然在维护普通农民民主权利和提高政治参与度方面的确发挥了很大效力，但也由于传统宗法观念的根深蒂固难以轻易消除而导致村子中的小姓小户面临着被边缘化的现实境况，难免会遭受处于绝对优势地位的大宗大姓的排挤和压制。具体到《乡村志》而言，自从施行村民自主选举以来，权力争夺基本围绕着贺家湾大房和小房展开，而村里的郑姓等人口较少者无论多么优秀也很难成为村支书或者村主任，由此使得贺家湾的权力争夺始终未能脱离前现代的宗法伦理观念的囿限。《民意是天》中贺端阳在竞选村长的过程中，也颇为真切地感受到大房和小房之间蓄积已久的矛盾所带来的强大阻滞力量，在他参加第三次竞选时从电视里了解到全县实行一票制选举，不再像以往那样提候选人，而是根据村民选票结果得票最多即可当选，由此重新鼓舞起斗志。随着《村民委员会组织法》的深入宣传以及选举的不断实践，农民的民主意识逐渐觉醒，他们认识到民主选举与个人的日常生活息息相关，不愿再充当任人操纵的玩偶，而是要用自己的选票选出自己满意的当家人。贺端阳在县职中学会了果木栽培和管理技术，他在自家地里种植了几十株果树取得成功，在大学生村官带领村民脱贫致富励志故事的启示下，萌生出竞选村主任带领全村人走果树致富的道路的念头，为此历经曲折经过三次竞选最终获得成功。然而令人感到遗憾的是，贺端阳在三次竞选村主任不断遭遇挫折的过程中逐渐蜕变，消磨了理想信仰，忘却了带领乡亲们脱贫致富的初心，"说实话，他现在虽然在竞争纲领上也在说要带领乡亲们脱贫致富奔小康，可实际上连他自己都在怀疑有没有那个能力和雄心了"[①]。

早年间贺端阳堂堂正正地参加村主任民主选举，初次竞选失败后他并没有气馁，依然坚信"真理和正义都在自己一边，法律也站在自己一边，不管什么人也

---

① 贺享雍：《民意是天》，四川文艺出版社，2014年，第198页。

不能阻挡历史的车轮前进"①。贺端阳和贺贵都曾以《村民委员会组织法》为依据指责支书贺春乾指派村主任的做法违法，并进行了上访，然而正如会计贺劲松所料想的那样，无论县上还是村里都没有当回事。贺端阳在竞选失利后遵照舅舅的指点不仅通过打麻将、请客等方式拉拢一批支持者，而且在选举前夜通过直接给选民发烟来收买选票。虽然他最终如愿当选，但却在选举过程中消磨了带领村民致富的理想，其行为动机由原来带领村民们致富蜕变成了为小房争气。在他上台之后发表施政纲领时强调要致力于打破房派之争，在就职演说时他动情地说："我们选民没有从房份和血缘出发！那在以后的工作中，我贺端阳也一定要打破大房、小房、大姓、小姓的界线，把所有贺家湾的人都当成我的亲人……要把贺家湾所有的房份观念、大姓小姓观念，都扔到河里去！我贺端阳不说假话……"②然而贺端阳当政期间在带领贺家湾人修路、盗伐集体林木等事件中却暴露出房派观念依然根深蒂固，包括他本人在内始终无法摆脱房派之分的厚厚障壁，自然也不可能从根本上改变贺家湾的政治生态。尤其是盗伐集体林木事件使得原本对外团结一致的贺氏族人分崩离析，再也无法凝聚起强大的力量。之所以如此，主要是贺氏族人经不起经济利益诱惑，但其肇始却缘于贺端阳在得知贺长军多砍伐了一棵树之后念及他是自己成功当选村长的功臣而有意偏袒。所谓没有规矩不成方圆，盗伐集体林木事件再一次启示人们严格依照法律规范行事的重要性，设若贺端阳不因个人私谊而对贺长军姑息，必然不会引发一连串的连锁反应，因其权威受损无法对村民形成有效的震慑，最终事态逐渐恶化以致无法收拾，在无奈之际求助乡政府领导出面解决，却又给乡政府领导和奸商合伙瓜分村集体林木收益提供了可乘之机，最终利益受损的还是贺家湾。

二

中国传统社会深受儒家思想影响，强调统治者要施行德政仁政，"为政以德"是孔子政治伦理思想的核心，认为执政者的根本要务是要以德化人、以善教人，

---

① 贺享雍：《民意是天》，四川文艺出版社，2014年，第134页。
② 贺享雍：《民意是天》，四川文艺出版社，2014年，第319页。

而不是动辄诉诸暴力或者施以刑罚,其理想状态是"必也使无讼乎"①。然而德政仁政也有着忽视或者无视法律规范的弊病,正如朱熹所言,要"上合法意,下慰民情",地方官在司法实践中可以不拘泥于法律规范:"常屈法以申恩,而不使执法之意,有以胜其好生之德。此其本心所以无所壅遏,而得行于常法之外。及其流衍洋溢,渐涵浸渍,有以入于民心,则天下之人,无不爱慕感悦,兴起于善,而自不犯于有司也。"②因此他主张要"行于常法之外",法律规范在个人意愿面前显得无足轻重。然而法治却是现代政治的价值标志,其源头可以追溯到古希腊时代。古希腊由大大小小的城邦组成,法律被视为维护城邦自然秩序的根本保障,正如同柏拉图所言,设若法律失去尊严而屈从于某种权威,那么势必会导致城邦岌岌可危,反过来,"如果法律统摄着城邦治理,所有的执政者都是法律的仆人,那么城邦中的人就会获得神所赐予的幸福生活"③。在中国先秦时期也有着倡扬法治的法家学派,将法律作为维护国家秩序和规范人与人之间关系的根本手段,"法者,国之权衡也"④,"法律政令者,吏民规矩绳墨也"⑤,然而自汉朝"罢黜百家、独尊儒术"之后,法家学说受到贬抑而未能充分发扬。中国在迈向现代化的进程中也将依法治国作为基本方略,而实现依法治国最终完成国家治理现代化的最大制约因素在基层,如何将权力关在牢笼中以避免乱作为,成为刻不容缓的重要议题。

乡村基层组织在依法行政方面依旧存在着有待改进之处,其中不乏利用政策不透明和信息不对称欺上瞒下继续收取明文取消的税费的现象,不仅严重地侵害了农民的利益,也损害了政府的公信力。贺享雍的《是是非非》中写到,几年前国家为了减轻农民负担就明令取消农民建房的宅基地审批费,需要建房且不违反政策的农民只需到土管所交纳土地占用费,但乡上为了增加收入却仍然在违规收取审批费。乡上的马书记对此了然于心,但为了捞取钱财他不仅没有禁止收取,反倒将收费标准又提升了一倍,仅此一项,全乡每年就能增加70万元左右的收入。为了避免农民上访告状,马书记指示土管所和财政所在收费时给建房户开具

---

① 林定川:《孔子语录》,浙江工商大学出版社,2015年,第237页。
② (宋)朱熹:《大禹谟》,《儒家经典》(上册),团结出版社,1997年,第434页。
③ 转引自周谨平:《社会主义核心价值观的政治伦理内涵》,湖南大学出版社,2016年,第107页。
④ (战国)商鞅著,杨靖、李昆仑编:《商君书》,敦煌文艺出版社,2015年,第125页。
⑤ 郭浩:《管语录》,山东大学出版社,2016年,第195页。

的发票上做文章，一律写"未批先建罚款"或"占用耕地建房罚款"，由此规避了政治风险，建房户不但不敢上告，反倒要尽力帮其隐瞒，因此在违规收费后没有一个农民因宅基地审批费上访的。不仅如此，马书记上任后一门心思地钻政策空子聚敛钱财，他将前任伍书记招商引资过来已在贺家湾开展多年的1000亩中药材种植基地转移到陈家坝，以此冒充新项目，既为自己捞取政绩，同时又借此套取国家专项补贴。马书记又以修建农贸市场的名目低价征收了50亩土地，转手高价卖给开发商，从中落得数千万的差价，为了应付上级检查和掩人耳目，纠集亲信召开所谓的听证会。正所谓欲壑难填，马书记为了捞取钱财还将计划生育国策变成了牟利工具。他了解到上届党委政府对于计划生育工作抓得很严之后，特意交代计生办黄主任将上环和孕检时间从一月一次调整为一季度一次，其目的是变相地鼓励农民超生，之后再利用国家制定的计划生育条例规定的最高标准征收罚款。

  村干部较之乡干部而言法律意识淡薄得多，《乡村志》中，国家免除农业税的同时还给种田人每亩发放几十块钱的补贴，由此引发一些经济纠纷。先前种地赔本时抛下土地给别人的农民眼见得现在种地有钱赚，又想要回来自己耕种，贺世文和贺世龙为此发生争执。贺春乾在调解两人纠纷时在情与法之间更趋向于前者，他十分明了私下转包土地是不合法的，承包人的利益并不受法律保护，但从情感上对于那些有利可图时要回土地的人认为是出尔反尔悖乎情理，因而偏袒承包人一方，在处理类似纠纷时会毫不客气地将回家要地的人批评一番后逼迫他们让步，要么仍将原来一部分转包出去的土地继续由承包人耕种，要么给承包人一些经济补偿。乡党委伍书记在处理此种问题时却是将法律放在首位，他认为贺世文收回土地的要求依据《土地承包合同》是完全合乎法律规定的，因而贺世龙应当将转包的土地无偿奉还给贺世文。

  法治可以有效地防止权力滥用，但要真正落到实处，既有赖于各级党组织、政府提高依法行政和违法必究的法律意识，同时也要大力提升公民的法律观念以起到监督作用，对此马基雅维利曾明确指出："防止腐化，要通过外在事件或内在的主动，时时自我检省。就内在的主动而言，它或是来自对该群体中的人的言行进行督察的法律，或是来自他们中间崛起的贤达，他树立典范，业绩骄人，发挥着和制度相同的作用。"① 中国传统社会在涉及人与人之间的道德关系时也并非纯然通过血缘亲情来作为解决之道,同时也会以社会法制规范来进行调解和强制约束,但相较而言更为倚重的是血缘亲情。但在进入现代社会之后,单纯依靠血缘亲情已经无法适应复杂的现实生活的需要,更多地需要解决法律规范。然而,由于当下中国公民普遍法律意识比较淡薄,要真正依据法律规范行事依旧任重道远。

《人心不古》中的贺世普长期担任县一中校长,在当地颇有名望,堪称当地现代知识精英的代表,信奉法律规范能够解决一切问题。他在退休回乡后致力于向村民普法,其初衷并非鼓励村民通过打官司来解决彼此纠纷,而是要在村民心目中树立起法治观念,在行为处事时依循法律规范,从而将纠纷化解在萌芽状态。"他们不明白以后要杜绝和减少这样的纠纷发生,唯有依法办事……这样才能警示效仿者。只要没人再来效仿,这样的纠纷不是便没有了吗?"起初贺世普在贺家湾内依法调解村民纠纷以及制止捕鸟破坏生态等方面卓有成效,但在他依法上访解决交通局和林业局强挖贺家湾人寄托着深厚情感的黄葛树一事时却一再碰壁。县交通局是响应县领导指示,为树立政绩工程而想要将贺家湾人视作神灵的"风水树"——老黄葛树移栽到刚刚竣工的交通局大院内,为此和闻讯赶来的贺家湾人发生了矛盾冲突。贺世普对于村民保护古树持赞同态度,认为这是在维护合法权益,但对村民躺倒在地上阻拦挖掘机挖树的抗争方式并不赞同,自告奋勇地要依靠法律维权保护古树。贺世普始料未及的是,他将状告信递交之后却迟迟未能等来县上的答复,为此他先是到信访办探听消息,之后又找涂县长理论但却无功而返。涂县长明知交通局和林业局的做法有违法律,但却因他们遵从的是县委的决议而不愿进行阻拦和纠正。贺世普真切地感到依法办事此路不通,所谓学识、道德、声望等在权力面前显得无足轻重。最后由贺世海出面请来省电视台和省报记者,以媒体曝光的方式方才迫使县委县政府不得不给予林业局糜局长和交通局曹局长处分决定,责成他们向村民道歉。村民们在知晓古树移植事件得以圆满解决的真正促成者是贺世海后,不仅贺世普在村民心目中的地位发生动摇,

---

① 陈联营:《马基雅维利论政治腐败》,邓安庆主编:《现代政治伦理与规范秩序的重建》,上海教育出版社,2016年,第49页。

同时连带着对他所宣扬的法律规范也一并予以否定，宣告着贺世普向村民普法的彻底失败。贺世普在妻妹贾佳桂自杀身亡后痛心不已，因其死与丈夫贺世国长期家暴有关，贺世普想要借助法律来对他进行惩治。然而不仅贺家湾人本着"就活人不就死人"的处事原则不赞同他将贺世国送进监狱，而且反倒认为贺世普这样做是在害他的两个姨侄儿无人照顾，岳母和小舅子等亲属也经不住佳桂两个儿子的苦苦哀求不但自愿放弃追责，反过来还跪求派出所释放贺世国。最终贺世普为了让佳桂入土为安不得不作罢，但由此和贺世国结下仇怨。贺世国建房时故意遮挡贺世普家的房屋庭院，虽然贺世普搬出《法律大全》来证实贺世国建房侵犯了自己家房屋的采光权和通风权，但贺世国却以其他村民都是如此建房为自己申辩，反过来认为贺世普是仗势欺人，最终不得不对簿公堂。汪庭长在判决贺世普与贺世国采光权纠纷时并未严格遵循法律道德规范，而是采取"实利主义"的态度，对于有着明文规定的法律条文视而不见，陷入"此亦一是非，彼亦一是非"的利弊权衡，表面上以人为本重视民意，但实际上却是对既定法律规范的无视，使得在城市通行的法律道德规范在农村却不得不屈从于地方习惯。具体而言，汪庭长在判决时不是围绕着法律规定，而是一心要替社会制造出最大利益，秉承的完全是"两害相权取其轻，两利相权取其重"的折中主义的平衡策略，使得法律规范屈从于地方民意，严重损害了法律的权威性，也助长了民众法不责众的心理。之所以会如此，缘于汪庭长混淆了司法和立法之间的关系。"依照 Dworkin 的信念，考虑社会公众利益是民意代表在做立法工作时的事（其实也是行政者的事），而非司法的事；法官一心所念的应该仅仅是依既有的法律该判给人民其法律上既存的权利；法官管的是个人法定的 rights，即宣示既有的法是什么，而不是在制定 policy、在管公众利益如何增大。"[①] 贺世普与贺世国的官司虽然于法有据却并未达成想要的结果，反倒失却了民心，贺家湾人表面上对他依然尊敬有加，但实际上却是敬而远之。反观贺端阳，以违法手段维护了村民利益从而得到贺家湾人的认同和赞赏。贺中华在抓小偷时由于不懂法将其打成重伤，依据法律规定要承担相应责任。贺端阳为了让贺中华免于受到法律惩处不仅假造人证，而且还与派出所所长一道向小偷施压迫使其撤诉。

---

① 林立：《法学方法论与德沃金》，中国政法大学出版社，2002 年，第 18 页。

由于有法不依导致矛盾冲突不断，普通百姓难以切实维护自身的合法权益，上访成为农民不得已的选择。"作为经验判断，行动者也普遍认为，只有'上头'才是可以纠正下面基层官员和职能部门官员错误行为的最管用的权力者。因此，从官方意识形态中寻找观念/政策依据，向上级党政部门提出申诉，通常是行动团体最重要的表达方式。"① 随着农民政治觉悟和法律意识的不断提高，乡政府再想用欺瞒或者专横的态度来哄骗和压制百姓不再像以往那样便利。农民反过来利用上级政府部门强调"稳定高于一切"的指示精神，通过上访的方式来向乡政府施压，从而争取和维护合法权益。曾经担任过村支书的贺世忠在妻子身患重病却无钱医治时，想从乡上要回当年代付的农业税费欠款，却不断遭遇挫折。妻子为了不给家人添负担自杀身亡，在妻子死后，贺世忠携尸到乡政府门口并以跳楼自杀相逼方才要回一万元丧葬费。之后他又利用马书记想要保住信访先进乡的心理屡屡上访，给自己和家人都办了低保，成为上访专业户。贺世忠之所以能够通过上访达成目的，一方面是他有确凿的证据能够证明乡上确曾欠他款，另一方面也是依法行政的大环境使然。正如县信访办廖主任所说："现在又不像过去，可以对老百姓来点狠的，一吓，老百姓就怕了！现在强调法治，说大道理，就是农民的法律意识提高了，说小一点，就是老百姓学精了，不怕当官的了！你现在跟老百姓讲狠，你还没讲，他就可能去告你了！"②

　　农民法律意识的提升有助于维护个人权益，但也使得一些公益事业难以推进。贺春乾在担任村支书之初决心干点实事，他通过在县财政局当股长的战友为贺家湾争取到10万元的修路款，再由村民多少集点资就可以完成修路计划。然而在征地时却遭遇难题，通往乡里的公路不仅要占贺家湾的地，还要占林家湾和张家湾一些，经过乡上伍书记出面协调，林家湾和张家湾的村民们最终同意以4000元一亩的价格补偿被征用的土地。贺春乾原本以为征地问题已经妥善解决，但始料未及的是贺家湾需要征地的村民也想获得4000元一亩的补偿，并以《土地承包证》为依据断然拒绝组内调地，从而使得修筑公路计划搁浅。后来贺春乾故意曲解"三十年不变"的农村土地新政策，让那些添丁加口的人家对阻拦重新

---

① 陈映芳：《行动者的道德资源动员与中国社会兴起的逻辑》，中国社会科学院社会学研究所编：《中国社会学》第9卷，上海人民出版社，2012年，第340页。
② 贺享雍：《青天在上》，四川文艺出版社，2016年，第246页。

调整土地的人家施加舆论压力，原本凭着三十年不调整土地的政策条文而有恃无恐的村民们，却不敢和村里这么多人作对而不得不签字同意。贺春乾之所以故意曲解而重新调整贺家湾人的土地也是为了做一番事业，既解决了增人没增地造成的不平衡问题，又在调地时将计划修筑公路的地块预留出来。"三十年不变"的土地承包经营制度的本意是为了让农民安心种地，但也逐渐成为制约农业规模化和集约化发展的瓶颈，不利于兴修水利或者修筑公路，无法开展一些惠民工程。

三

贺享雍《乡村志》中的贺家湾，自改革开放以来进行了一场场复杂的利益博弈，不仅不断改变着当地的政治生态，而且也是整个中国乡土社会政治伦理观念逐渐发生变化的缩影。对此进行深入而详致的描绘，有助于我们深入认识和理解近半个世纪中国乡土社会的政治伦理图景。

中华人民共和国成立后，在中国共产党领导下，广大乡村实行村民自治，1982年修订颁布的《宪法》第111条明确规定村民委员会是基层群众性组织，贺家湾也不例外，历任村干部基本上都来自本村，离职也不离土，因而在涉及村民利益时大都选择与乡里乡亲站在同一立场，以免得罪人过多而一旦卸任无法在村子里立足。实行选举制度之初，村干部是否能够当选更加倚重家族势力，贺享雍《乡村志》中的小姓由于人单势孤而被自然而然地排弃在权力争夺之外，逐渐形成贺氏家族内部不同房派轮流执政的局面。贺氏大房和小房之间的争斗也并非毫无益处，虽然凭恃家族势力上台的村干部往往会顾及本房私利而无视乃至侵害其他村民的利益，但房派或者宗派斗争客观上也会起到监督和制衡作用，构成宗法伦理观念规约下的权力平衡机制。同时大房和小房内部并非铁板一块，随着商品经济观念的不断渗入，人们的宗法观念也在不断消解，这为小房乃至其他小姓的人走上前台提供了可能。贺端阳在第三次竞选时得知郑全福在贺春乾动员下也要参选村主任后商议对策，决心到大房里做些拉票工作以填补损失掉的郑家塝的一百多张选票，贺兴成对此持有异议："大房的人能做工作的，我们都去做了，只有和贺国藩、贺春乾房份近的人没有去做工作！话说回来，别个是亲房，我们去做也是白做！"① 但贺端阳却不以为然："那不见得！现在是商品经济社会，别说是房支，就是过去的血缘、亲缘关系，也没有原来那么牢固了！现在交朋友，讲的是友情、利益，还有合作关系和说得来……"② 在此之前贺春乾为了阻止贺端阳竞选村主任就曾采取许诺利诱的方式以达到分化瓦解的目的，规劝贺兴成即便将贺端阳推选为村主任也不会对他有什么好处，但设若他当上村委会副主任却有助于经营生意，结果正中贺兴成下怀，从而为了个人私利使得贺端阳苦心经营的竞选阵营瞬间崩塌，最终因力量削弱而导致竞选失败。由此可见，宗族观念在金钱利益面前有时也会失去效力，贺兴成与贺端阳是一个祖上下来尚未出五服的隔房兄弟，但最终也因个人私利的盘算而从贺端阳竞选村主任的有力支持者变成竞争者，加上贺春乾又动员小房里的贺显贵参选村委会副主任，使得小房的选票被彻底分散。

贺家湾不管大房还是小房的人出任村支书和村主任，在涉及村民利益时都不能不有所顾忌，稍有不慎便有可能被抓住把柄而被迫下台，同时也会促使他们在被推选上来之后想方设法地维护村民利益并树立起一些政绩以稳固权势地位。譬如三房的贺世龙在将窝窝地改成水田时遭到大房的贺良毅的阻拦，他想让当村支书的弟弟贺世海去做做贺良毅的工作，但贺世海却表示无能为力，由他出面不仅无法达成目的，反倒有可能适得其反："他们大房人一直对我们三房的人有意见，这阵见我做了支部书记，他们更不服气！所以只要寻到我们三房人一点缝缝，就要拼命钻！我去说，他肯定也不会听，说不定还会说我以权压他们！"③ 贺世龙为了实现改田计划转而请贺凤山居中调解，最后以两倍面积的好地置换贺良毅开垦的荒地方才得以修筑堤坝。实行分税制后县上只给乡干部60%的人头工资，其余的人员工资以及办公费、接待费等都必须从农民那儿收取，否则的话乡里的收支便无法平衡，因此乡下便将催收的压力下放到村干部那里，而村干部在无法从部分村民那里收取款项时为了完成任务只好垫钱或者借钱。自从贺世忠当上村支书之后便面临着税费越来越高，而种田成本却逐渐上涨导致种田收益不断下滑，许多农民整家外出打工而将土地撂荒拖欠着税费不交，因而村支书的权势不仅没能

---

① 贺享雍：《民意是天》，四川文艺出版社，2014年，第300页。
② 贺享雍：《民意是天》，四川文艺出版社，2014年，第300页。
③ 贺享雍：《民意是天》，四川文艺出版社，2014年，第81页。

帮贺世忠为个人谋取私利，反倒成了烫手山芋。贺世忠等几个贺家湾的村干部为了完成上级交给的催收提留款和农业税的任务，每个人都以私人名义借了好几万元，如果无法向欠款的农民收取就变成了个人负债，由此一来村干部就不得不和乡干部捆绑在一起，形成利益攸关的共同体。乡政府为了催收欠税不惜诉诸武力，纠结地痞流氓充当打手实施暴力催缴，经常会组织人到村里开展"大会战""拔钉子"。"大会战"虽然能够达成催缴欠款的目的，但却牺牲了干群关系，甚至会触发暴力冲突。虽然这有助于村干部收回代付款，但却因此会得罪人，所以村干部一般不愿意乡上到自己的村子采取大会战的方式来"拔钉子"。贺家湾支书贺世忠本质上不是狠毒之辈，他不愿因此和村民结怨，每逢乡上"拔钉子"时常常先是假意批评欠款的村民，让他们去借钱，村民拿不出钱又转而向乡干部求情，久而久之，乡上发现他是在与村民演双簧戏便不再买他的面子，而是直接抄家产扒房子。贺世忠见乡上不买自己的账了，当着村民的面又感到尴尬，干脆能躲就躲，但从未主动对村民做过太缺德的事，后来还是因着乡上暴力催收贺世凤的欠款却误将贺世龙家查抄一事受到牵连被撤销职务。县委吴书记在接到贺世凤和贺兴成等人的上访信后，原本因体谅乡上催收欠款的难处而将之抛于脑后，但恰巧接到通知参加了市里传达减轻农民负担的会议，市委书记要求各县按照中央和省上文件精神及时曝光和处理一批典型案件，坚决刹住加重农民负担之风，对于工作不力的还要追究领导责任。县委书记回去之后在上访信上严厉地批了几行字，指示有关部门严查并追究领导责任。乡党委李书记和乡政府张乡长都受到党内严重警告处分并调离工作岗位，赵副乡长因是直接责任人被撤销行政职务，贺世忠被撤销村支书职务并开除党籍。村会计贺劲松为人一向谨小慎微，轻易不得罪人，也正因此贺家湾换了几茬村支书和村主任他却稳如泰山，然而最终成为代理村支书的他还是经不起利益诱惑背着贺家湾人出卖了集体林地，在村主任贺端阳上告县委书记后付出了被撤销职务的代价。

在我国农村基层长期实施的是"村民自治"，村民委员会作为基层群众自治性组织由全体村民选举产生，村一级干部原则上不是由上级委派而是经由村民选举产生，因而和乡镇一级干部有着根本性区别。村干部介乎官与民之间，不属于行政编制，其收入主要来源于村民缴纳的提留款，"乡镇干部与村干部的关系，严格地讲，是指导与被指导，而不是或不完全是领导与被领导的关系"[①]。乡、村干部虽然同属基层，但对于老百姓而言却有着根本性差别。乡干部虽然权势更大，但与老百姓的生活并无直接关联，假如到了村民家里，村民不一定会理睬，只要没有什么过错即便得罪了乡干部也奈何他们不得。村干部却有所不同，都是土生土长相互熟识，许多还是同宗，"除非部分和村干部实在过去不的人，一般的村民都会碍于情面，买村干部的账的"[②]。也正因此，村干部能否留任关键在于是否可以争取到村民的支持和拥护，他们在代表村民利益发声时能够得到村民的拥护和支持，一旦他们代表乡、县政府向村民催缴税赋时却容易招致村民的反感和厌恶，在村民心目中的威信和地位也会随之大打折扣。为了寻求连任，村干部势必会更多地站在村民的立场上来为村集体争取利益，否则的话便会丧失村民支持而导致威信扫地或者投票落选。此外，由于村干部端的不是国家饭碗也就不用承担体制压力，在没有好处可捞的情况下，即便乡上干部施压他们也不愿意为了执行乡上安排的工作得罪村民。沙湾村的廖支书因着家庭经济困难和计划生育等工作压力太大而难以承受，在给乡上李书记写了辞职信后南下打工。贺家湾村支书贺世海在被大房的贺世忠逼下台前，早已对当村干部不是催粮就是收款心生厌倦，还要搞计划生育，为此不免得罪乡里乡亲而萌生退意。

乡镇一级政府作为基层政权组织，在税费收取和计划生育罚款等工作事务方面必须倚仗村干部配合才能顺利推进，但村干部却不愿因此得罪了乡里乡亲，又没有好处可捞，因而不愿配合乡上的工作。为了破解村干部执行工作不力的难题，乡上往往会在选举村干部时授意或者指定村干部候选人，同时也会与村干部结成利益共同体。村支书贺春乾就是由乡上伍书记亲自指定的，这使得他在履行职务时更为注重依照伍书记的指令行事而不太关切村民利益，但在阻力过大而无利可图时他也会打退堂鼓。伍书记为了捞取政绩以获得提升，想向贺家湾引进药材种植项目，贺春乾在召开村民大会商议土地流转时却遭到村民们的群起反对，尤其是对土地有着深厚情感的老年人听闻制药公司租赁几十年时，当场责骂贺春乾胆敢做断子孙饭碗的事就拖着他一起跳岩。贺春乾面对村民的激烈反对有

[①] 孔许友：《论贺享雍长篇小说〈是是非非〉中的乡村政治叙事伦理》，《四川文理学院学报》，2015年第1期。
[②] 贺享雍：《土地之痒》，四川文艺出版社，2013年，第118页。

些打退堂鼓，但在伍书记默许将制药公司增加的10%的土地租赁款由乡上和村里平分后态度马上发生变化，极力促成土地流转。此后贺春乾将村里分得的5%通过各种发票领出来之后与几个村干部瓜分，为了能够吃得长久又分给伍书记一份，几年下来伍书记从中分得一二十万，从而形成荣损与共的利益共同体。法网恢恢疏而不漏，虽然伍书记后来被确定为副县长候选人，但终因贪污制药公司承包土地租赁款案发迅即倒台，贺春乾也受到牵涉被撤销职务。此种由共同利益维系的政治结盟并不鲜见，从村支书任上被迫下台的贺世海，在经商之后非但未能脱离政治环境的影响，反倒因着业务的不断扩大而更加倚重政治权势，这是因为："政府管理部门拥有很大的社会管理权力。有些政府管理人员（尤其是政府官员）为了达到吃拿卡要、贪污受贿的目的，对公民（特别是企业主）肆意刁难，企业主为了自己的生产经营活动不受政府部门刁难从而能够顺利进行甚或还能获取某些不正当的非法的利益，被动或主动地向政府官员行贿，收买政府工作人员（尤其是政府官员）。"[①]贺世海为了避免那些掌管着企业生杀大权的官员随便找麻烦，在老同学的指点下不惜代价成为政协委员。为了能赚取更多的金钱，贺世海将大部分精力都投入到走门子和拉关系上，以金钱铺路的方式打通关节戴上农民企业家和政协常委的帽子，"经营政治一本万利，比往企业里投钱赚得快"[②]。贺世海为了包揽工程一方面不惜重金收买行贿，另一方面对于那些真心拒绝行贿的人却也真心敬佩，觉得这些人才是真正的共产党干部，是共产党的脊梁骨。

但也并非所有村干部都会和乡上干部结成利益共同体，也时常会有村干部和乡上干部针锋相对的情形出现。乡党委书记马前进与同时兼任村支书和村主任的贺端阳从工作职务上而言是上下级关系，但两人围绕着乡和村之间的利益分配问题却常常处于剑拔弩张的紧张对峙状态，借此将矛盾丛生的农村基层政权的政治生态和运行模式生动地呈示出来。作为农民的儿子，马书记对于农民的疾苦深有体会，他在捞取政绩而侵害农民利益时内心也有矛盾，但为了仕途升迁又极力地迎合讨好上级；镇委书记李昌平因违背领导意志而导致卷起铺盖卷走人的前车之

---

① 曾广乐：《试论政治伦理对社会伦理的影响》，《广西社会科学》，2017年第2期。
② 贺享雍：《民意是天》，四川文艺出版社，2014年，第203页。

鉴,也促使他亦步亦趋地听从领导意志行事。贺端阳是完全经由村民选举上台的,虽然上任之后未能像预想的那样带领贺家湾人闯出一条致富路,但他敢于担风险为村里争取应得的权益,同时也没有其他村干部所常见的偷情滥情或者贪污腐化等弊病。贺端阳在关涉村民利益时完全站在村民立场上,在与马书记围绕县上拨付的修路款等进行斗法时坐镇幕后指挥,有组织地让村民们向乡上施加压力,自己又有了回旋余地。贺端阳之所以敢在背后谋划和组织村民一而再地到乡政府闹事,其根源在于他既对乡村基层政治运行体制熟稔于心,同时也抓住了乡政府忌惮群众集体上访损害政绩的软肋,加之贺家湾人在涉及共同利益时能够团结一心,最终屡屡迫使乡上领导就范。在盗伐林木事件中,林木商人郎山利用村民贪恋钱财的心理进行金钱诱惑,使得贺家湾人离心离德,同时又纠结亡命之徒对贺端阳等人进行暴力威胁,致使盗伐林木事态逐渐扩大以至于失控。贺端阳无力阻拦村民盗伐集体林木,又担心林木被盗伐一空自己无法逃脱责任,不得不请乡政府出面解决,不承想乡党委书记马前进、代理支书贺劲松和郎山私下达成三方协议,将原本属于村集体的绝大部分林木收益瓜分一空。贺端阳在从郎山处了解到所谓承包集体林木的内幕之后向县委陈书记告了一状,结果马书记被责骂了一番,贺劲松因此被免去了代理支书、会计和文书等所有职务,贺端阳又恢复了村支书职务,但由此也得罪了马书记,马书记在工作事务中处处给他设置障碍。贺家湾上报了十几户符合低保条件的困难户,但乡上却以名额有限为由一个也没有批,恢复村小学的报告交给乡上后也是音信杳然。然而,令人颇感遗憾的是,贺端阳在站稳脚跟之后非但始终未能集中精力谋划如何让村民走上致富路,反倒利用任职后结下的人际网络包揽工程以谋取个人发家致富,由此也昭示着"曾经在新一代乡民中萌芽的民主政治理念在乡村政治生态中彻底异化与失败"[1]。总而言之,乡村社会良性政治生态的营建依旧任重道远,但随着农民政治意识和思想观念的不断成熟,终究会不断完善而达成这一理想目标。

---

[1] 曾平:《坚守农民身份与本土传统的乡村微观史写作——评贺享雍的系列长篇小说〈乡村志〉》,《当代文坛》,2015年第2期。

第三章　强烈地方气息的文化和审美

第一节　独具特色的地方风俗描绘

　　地域色彩是乡土小说的主要审美特质，而风俗描绘又是构成乡土小说地域色彩的重要方式，因此中国乡土小说自初创之日起便极其重视地方风俗画面的描绘。中国自古便以农业立国，由于不同地域的农民都固守着土地而相对交流较少，因而每个地方都有可能形成独特的风俗习惯，正所谓"十里不同风，百里不同俗"。发端于口头流传故事的中国传统小说自《搜神记》起便颇为注重描绘各种民风习俗，只不过受限于特定的情节模式未能使得风俗描绘成为主体艺术风貌。直到五四时期以鲁迅为代表的乡土小说家极其重视风俗描绘，遂使其成为乡土小说的主体内容，鲁迅在致友人的信中即明确说过："我的主张杂入静物，风景，各地方的风俗，街头风景，就是如此。现在的文学也一样。有地方色彩的，倒容易成为世界的，即为别国所注意。"① 五四乡土小说家为了契合反封建的时代主题更为侧重的是那些带有封建愚昧色彩的陈规陋习，譬如人血馒头、冥婚、典妻、冲喜、驱鬼乃至水葬等不一而足，所呈现出的是带有沉郁阴暗意味的乡土风俗画面。20世纪30年代，以沈从文为代表的京派乡土小说家更为注重借助乡村风俗景观的描摹来展现未受现代商业社会污染的乡间美好纯净的人性人情，即便是在那些略显野蛮的乡土民俗背后，也可以见出人们生命力的泼辣和性情的率

---

① 鲁迅：《致陈烟桥》，《鲁迅全集》第13卷，北京：人民出版社，2005年，第81页。

真。贺享雍在《乡村志》中既承续着现代乡土小说的优良传统，致力于描绘有着浓郁泥滋味和土气息的地方风俗，但又不汲汲于阴暗残酷的陈规陋习的描绘，而是以审美之眼光呈现出一幅幅多姿多彩而又真实可感的乡土风俗画卷，同时融入对农民命运挣扎的揭示。

一

贺享雍的十卷本《乡村志》中涉及大量的地方风俗描绘，呈现出极具深广度的乡土生活风俗画卷。出身于农民家庭的贺享雍有着强烈的底层关怀意识，他立志要以农民发言人的身份为乡土百姓所经历的重大历史变革留下文字记录，地方风俗作为乡土百姓日常生活的重要组成部分自然是不可或缺的，因而在其系列作品中都不乏风俗画面的营造和呈现。他自小就受到民间文化的熏陶，对于乡间所盛行的风俗习惯熟稔于心，有着切身的感悟和体验，因而在从事文学创作时能够信笔拈来而显得妥帖自然，所涉及的风俗事项又极为广阔。

其一，乡村日常生活习俗。

一方水土养育一方人，不同的地理环境会对民俗民情产生直接影响，由此使得居住在同一地域的人们形成相近的文化认同，进而对人们日常生活中如何为人处世乃至性格命运产生规范和化约作用，正所谓风俗造就人，特定的地方风俗和思想方式是一种文化模式，能够对人的精神意识产生无可逃脱的塑造力。与其他地方一样，贺家湾人尤其是老辈人对于民间戏曲有着超乎寻常的喜爱，将观赏"坝坝戏"作为满足精神生活需求的重要来源。此外，《人心不古》中还介绍了渠县颇为独特的饮食习俗，由于主粮产出有限，当地人喜欢往水里加些经饿的红苕、洋芋等杂粮或蔬菜，一锅烩了来吃，因而有着"稀饭县"的称号。虽然平日里多吃稀饭，但在新灶刚砌好后却又有着吃"黄锅巴饭"的风俗，以此来寄寓今后家里顿顿不缺粮食的美好愿望。

贺家湾人在日常生活中严格遵循着尊卑有序、男女有别、内外有分的古训，就连晚辈对于村中长者的称谓也颇多讲究，比如年轻人可以称呼男性长辈"老几几"，但却不敢当面称呼女性长辈"老孃子"。长辈到四十岁起每逢整数的生日，晚辈们无论穷富都要进行隆重庆祝，否则便会招人非议。《盛世小民》中还介绍了祝寿时"内外有分"的"夜席"风俗，在贺兴成、贺兴仁等晚辈们给母亲操办八十寿辰庆祝时头天晚上不招待外客，而是自家人一起坐"夜席"，让寿星第二天接受外客祝寿前先接受自家儿孙们的祝福。虽然贺家湾人的宗族观念极为浓重，但在分家立户时为了维护子辈的利益却又将娘舅请来主持分家事宜，而本村的头面人物只是充当见证，由此便不难想见长辈对于子辈的体恤关爱以及当地民风的淳朴。贺家湾人闲来无事时经常会聚在一起"日白"（聊天）或打麻将，俨然成为当地的日常生活景观，在"日白"或打麻将时也谨遵男女有别的传统文化习惯而很少闹出绯闻，同时根据脾气秉性的不同各有各的圈子，形成相对固定的人际交往网络。打麻将在贺家湾人看来并非恶习，而是日常交往联络情感的重要方式。贺兴成和贺端阳起初都没有打麻将的爱好，但一个为了拉生意，一个为了参加选举，都不得不加入打麻将的圈子，否则的话人际交往便无从展开。

中国传统乡土社会基本上都是聚族而居，极其重视宗族观念，由此使得地方风俗也浸染着封建宗法意识的烙印，既有着相互扶助和相互支持而让宗族成员感受到家族温情的正面效应，同时也容易导致愚昧、盲从、奴性、排外等病态文化心理。贺家湾人在传统宗法观念浸淫下极其重视子嗣，没有子嗣者即便有权有势也在人前矮三分，没有主持调解村人矛盾纠纷的资格，《盛世小民》中贺世禄就因着没有儿子而自觉在贺家湾人面前低人一等。早年间父母双亡的贺万山不堪忍受后爹虐待逃回家乡，幸得村民们帮助才得以存活，后来成为乡村医生的他也怀着报恩之心给村人治病，无钱付药费时可以赊欠而从不催讨。贺家湾人虽然源自同一祖先，但各房之间尤其是小房和大房之间有着极深的矛盾，但在涉及贺家湾的整体利益时却能够迅速捐弃前嫌一致对外。贺家湾人在农忙时节或红白喜丧时有相互帮工的习俗，倘若开罪了乡邻而人缘变坏便有可能让自己陷入孤立无援的境地，因而贺家湾人在相互之间发生矛盾冲突时往往会有所顾忌而不会将事情做绝，这在一定程度上有助于维护当地的和谐稳定，但也会有碍于法律规定的落实，当地方风俗与法律规范发生龃龉时经常会将地方风俗凌驾于法律规范之上。《村医之家》中由于贺万山的儿子贺春不负责任导致贺建春的老娘被医死，事故发生之后经过村支书贺世忠调解仅仅赔偿一万元了事，不但没有追究贺春的医疗责任，贺建春兄弟三人倒反过来安慰贺万山。贾佳桂之所以喝农药自杀身亡与其长期遭受丈夫家暴有着直接的关联，贺家湾人对于家暴平时视作家务事不管不顾，待闹出人命后又秉持着"就活人不就死人"的观念大事化小、小事化了，千方百计地想让贺世国逃脱法律惩处。

其二，超自然的鬼神信仰。

贺享雍《乡村志》中地方风俗的神秘气息与当地鬼神信仰盛行有关，贺家湾位于交通闭塞而观念相对保守落后的区域，因而远古时代便已产生的鬼神信仰在当地民众心目中依然留有重要的位置。贺家湾人有着拜土地神的习俗，无论大病小灾还是生活中有了疑难不决之事都会到土地神那里虔诚地祭拜，以此来寻求精神安慰。对于那些接受了现代文明洗礼的年轻一代而言，因科学观念的渗入和视野的开阔对鬼神崇拜失却了虔诚之心，而是秉着好奇心将之视为可以赏玩的传统风俗。

地方风俗原本就是当地民众集体创造和不断传承的民间文化样式，受限于农民科学知识素养的欠缺，难免会对未知世界充满恐惧而传播一些带有封建迷信色彩的鬼神信仰。对此也不能简单地将之归于封建迷信而予以完全否弃，作为古老的民间文化传承，因其不断融汇农民世代积累的生活经验，也并非全无可取之处，最起码能给农民提供一些必要的情感抚慰和精神安慰。也正因此，贺享雍《乡村志》中的贺家湾人虽然经历了几十年的革命洗礼和科学教育，但依旧从骨子里笃信风水和崇信鬼神，尤其是"文化大革命"期间许多与鬼神信仰有关的地方风俗被冠以"破四旧"的名义严令禁止，然而在农民心目中所留存的印迹却无法轻易消除，待"文化大革命"结束后迅即复活。《土地之痒》中贺家湾人在"文化大革命"刚结束后过新年时又恢复了抬土地菩萨游湾的风俗，在腊月三十这天将土地公公和土地婆婆安放在两把古香古色的木椅上，由村里的小伙子们抬着游行，一众善男信女虔诚地敲鼓奏乐，既庄重肃穆又充满喜庆气氛。待到神位上落定之后又将一只红公鸡宰杀后将一腔鸡血喷在土地菩萨身上，烧纸焚香祭拜，以祈求土地菩萨佑庇贺氏族人繁衍昌盛。不仅如此，每遇修房造屋、婚丧嫁娶、罹患疾病、分家立灶乃至外出办事等都要请贺凤山父子相看，遇到其他疑难杂事时也是如此，由此使得鬼神信仰俨然成为贺家湾人的生活常态。《土地之痒》中，贺世龙在烧制砖瓦前请贺凤山在箍窑的地方祭土，之后又在土地庙前宰杀一只红公鸡，将鸡血洒在土地公婆身上以乞求菩萨保佑烧出一窑好砖瓦。贺世龙在与大儿子贺兴成分家立灶时不仅要请贺凤山选定黄道吉日，而且还必须请至亲做客来"旺灶头",以此来热闹灶神以求得分家后家庭兴旺。在起灶之前先将一块红布挂在厨房门口以"启利市",在屋后取回土后李春英听从贺凤山的安排端着一碗米一边在屋里撒一边念起安神咒安神以祈求平安。

当过县中校长的贺世普并不相信鬼神,但对于风水学却深信不疑,他认为自己之所以能够取得成功与老祖宗留下的宅基地有着一定关联。这与他从小受到父亲的启蒙教育有关,在他还是小学生时父亲便给他讲过当年他的祖父选定宅基地时曾经请好几个风水师看过,预测子孙中是要出状元的,而贺世普后来果然成为重点中学的校长,似乎印证了这一说法。为了保留祖宅,贺世普不仅拒绝了许多买家,而且坚持将妻子贾佳兰的户口留在农村以名正言顺地保住这处风水宝宅。也正因此,他才会对贺世国建房过高挡住了自家风水而耿耿于怀,以至于借影响"采光权"之名与之对簿公堂。

其三,婚丧习俗的描绘。

贺家湾与其他深受儒家文化影响的地区一样长期实行包办婚姻,青年男女的婚恋自由度十分有限,但其传统婚姻习俗却也有着鲜明的地方特色。《土地之痒》中就对当地独特的婚俗进行了介绍,在正式订婚前当地有"访人户"的习俗,李红的母亲就在媒人陪伴下借口找贺万山看病而悄悄来到贺兴成家,在亲眼看到未来亲家打了许多砖瓦坯准备烧制以建造新房后当即答应这门亲事。贺家湾与其他地方一样,在新婚当晚有闹新房的风俗,但特别之处在于平辈的兄弟、姑嫂、老表和姊妹等人还要闹新娘的公婆。只见他们像腌制鱼、肉、菜那样将食盐、米粉、面粉、豆粉等物撒在公婆的脑壳上,边撒边问:"咸不咸?"公婆则大声喊道:"不咸!不咸!"在当地方言中"咸"和"寒"谐音,"不咸"即"不寒",以此来提醒公婆要像亲生子女一般对待儿媳妇,不能以外人视之故意冷淡。此外还有"抬椅轿"的风俗,前来贺喜的老表和平辈兄弟将贺世龙夫妇按在竹椅上抬起来在空中晃荡,边晃边问:"落不落轿?"贺世龙夫妇边惊叫边回答:"落轿落轿!"此处的"落轿"谐音是"落教",意在告诫公婆不要对儿媳妇挑三拣四。此种婚俗可谓别开生面,有着浓浓的人情味。中华人民共和国成立后大力宣扬移风易俗,虽然也取得了一些成效,但并未能根除农民对于传统风俗的心理认同,只不过暂时被抑制或者由明转暗罢了。《村医之家》的贺万山和郑彩虹同为赤脚医生,他们两人结婚时由于公社领导也到场祝贺,所以白天婚礼变得"革命化",

但到了晚上闹洞房时却又回归传统,而在贺家湾人看来闹洞房才是真正的婚礼。贺家湾中的贺氏族人同根同脉,因而严格奉行"同姓不婚"的婚俗禁忌,但却有着丧偶独居的大伯子和兄弟媳妇转房的风俗,《盛世小民》中的贺世龙和兄弟媳妇毕玉玲就在贺兴仁的极力撮合下共度晚年。此外,结婚生子后还有"打三朝""吃满月酒""过百日"的风俗,当地还流行给新生儿取"狗儿"等贱名的风俗,以为如此便能欺骗鬼怪而让小孩躲过鬼怪作祟存活下来。

与西方社会重生轻死而丧事从简的习俗有所不同,中国人自古就有着事死如生和重死轻生的文化传统,对于丧葬礼俗极为讲究。由于中国乡土社会是典型的熟人社会,村民之间都十分熟悉,因而有着"人死众人伤"的风俗,生者厚葬死者也主要是让活人看的。中国传统丧葬仪式往往充斥着各种繁文缛节,所有的人都像演戏一样认真地扮演自己所担负的角色,否则便会被视为不孝不敬。贺享雍在《土地之痒》中也对丧葬习俗进行了重笔描摹,呈现出鲜明的地方特色。贺世凤因自己身体长期有病而兄弟们安然无恙,遂归咎于父亲当年埋的位置不对而提议迁坟,待请贺凤山选定风水宝地后将父亲贺茂前的遗骸重新下葬。一干儿孙在新坟前跪拜时,按照习俗应由人给他们撒粮米,谁接到的粮米越多谁发的财就越大。依照千百年来传承下来的风俗,办丧事时要做"抢水饭",前来帮忙的、吊唁的或者是瞧热闹的都要给人家饭吃,讲究"吃得快,发得快",没有固定的吃饭时间,随来随吃。从前贺家湾人在父母亡故后必须守丧三年,在进入现代社会之后随着生活节奏的加快,守孝时间已大为缩减,但做儿女的最低限度也得过了两个或三个"七"之后方能离开,否则便会被视为不孝而遭人唾弃。《盛世小民》中贺兴仁的母亲突然亡故,在办过丧事之后他虽然急切地想要回城,但因不愿背负逆子之名而不得不遵从当地风俗留下来。

按照当地风俗,一旦从外面嫁过来的媳妇发生非正常死亡,娘家人便会到夫家大吃大喝并借机寻衅,一来以示惩戒为家族挽回颜面,二来也是借此释放因亲人非正常死亡所郁积的内心愤怒。《民意在天》中,二十余年前贺贵的第三个老婆上吊自杀,娘家族人一天三顿都要贺贵买肉招待,否则便要砸东西。贾佳桂喝农药自杀后也激起了娘家人的愤怒,怒气冲冲地要来打闹,村支书贺端阳对此早有预料,事先将贺世国家中的电器和值钱物品全部转移出去,方才未造成财物损失。

其四，节日庆典习俗。

节日习俗是地方风俗最为重要的载体和集中体现，由于中国幅员辽阔，不同地域的节日习俗也迥然有异。中国人在日常生活中由于受到诸多伦理道德规范的制约，往往显得刻板有余而活泼不足，带有狂欢色彩的年节习俗和竞技民俗，使农民们得以暂时摆脱单调重复的繁重劳动而获得身心愉悦。贺享雍在《乡村志》中对此也有所反映，"文化大革命"结束后曾被长期禁止的民间节日表演活动迅速恢复，透过对农民在观赏表演时的热烈喜庆氛围的描绘，能看出农民对于改革开放后开启的新生活的热烈赞同和衷心拥护。

众所周知，中国乡土社会是典型的人情社会，极其重视亲戚之间的往来走动，贺家湾人在逢年过节时也有着"走人户"的习惯。《民意是天》中对此有过详细描述，正月初一贺家湾人在湾里相互拜年，初二则依照外公外婆、舅舅、姨妈、姑姑、老表等次序"走人户"。

俗话说"民以食为天"，农民们在欢庆节日时的许多习俗都与饮食有关，对此贺享雍在《乡村志》中有着诸多的描绘。不仅如此，贺家湾人在年终岁尾还有"杀年猪"的习俗，"养鸡为油盐，杀猪为过年"，农户们对于那些不养猪而拿钱买肉者是非常看不起的，杀不杀得起年猪关系到一家人的"面子"，尤其是家中有到了婚龄的儿子却杀不起年猪便有可能会无人提亲，所以即便是在"割资本主义尾巴"的大集体时代，贺家湾人也要想方设法养上一头猪。吃杀猪饭不仅是为了犒劳辛苦劳作一年的家人，同时也要借此机会相互邀请以联络和加强彼此之间的感情。当地人在杀年猪时还衍生出许多风俗，首先杀年猪前必须找阴阳先生挑选适合杀生的黄道吉日，其次必须雇请技艺精湛的杀猪师傅，因为在杀猪时必须一刀毙命，否则的话便会给主人带来凶险，最后必须请家族长辈或者重要人物吃年猪饭，倘若请了不到主人便会因失了面子而与其断绝来往。也正因此，整个腊月，贺家湾几乎每天家家户户都在吃转转会、坐流水席，使得农闲时节变得异常繁闹，营造出过年的喜庆氛围。《人心不古》中的贾佳兰虽已跟随丈夫贺世普定居县城多年，但在每年腊月初八这天依然遵循着吃腊八粥的习惯，当地做法与别处有所不同，常将青菜萝卜等混到米里一锅烩。贺家湾人还喜欢在腊月三十这天中午做很多酥肉、丸子和油炸食品，吃不完就用饭钵、鼎罐装起来慢慢吃，认为剩菜剩饭吃得越久来年的日子便会越好。大年三十早上很多人家在熬稀饭时加入几个汤圆,在其中一两个汤圆中包上一分或一角的硬币,谁吃到谁在来年就会交上好运。中午一家老小聚在一起吃团圆饭,按照传统要请逝去的祖先入席先吃,将杯筷摆好斟满酒后全家人站在一边,当家人恭敬地对桌子说上一句:"过年了,请列祖列宗入席!"① 全家人等候两三分钟后再按照尊卑长幼顺序入席就座。同样,剩的菜吃得越久越好,寓示着年年有余。大年夜全家人围坐在一起边烤火边谈笑来守岁,当家人借此机会将一年来的收支情况和人情世故向家人做一汇报,并对来年情况进行展望。此外,贺家湾人在过年时有打扫阳尘的风俗,《民意为天》中贺世普和马书记等人便因势利导地充分利用这一风俗号召村民整治村容,从而收到极好的成效。

二

综上而论,贺享雍从农民的凡俗生活入手,对其中所蕴含着的民风习俗进行了细致入微的描绘,从而传神地展现出乡土社会的世态人情;其所描绘的地方风俗具有极大的历史深广度和极强的现实包容度,举凡节日礼俗、婚丧仪式、饮食习惯、日常交往、神话传说、民间信仰等都有所涉及,呈现出全景式的乡村风俗画面。然而值得注意的是,贺享雍在《乡村志》中的地方风俗描绘并非单纯地"为风俗而风俗",在赋予作品地域情调外不仅肩负着推动故事情节发展和塑造人物形象的功能,而且还有着异常鲜明的特质。

首先,在地方风俗描绘中熔铸着带有烟火味的生活质感经验。

贺享雍《乡村志》中的地方民俗描绘既不溢美也不掩饰,而是原原本本地呈现出生活的真实面目,毫无虚饰和生造之感,"不是空想出来的事实,而是到处发生着的事情"②。归根结底,地方风俗是由农民创造的,也是由农民世代传承和付诸实践的,因而必然会有着浓郁的烟火味。曾经在农村长期生活工作过的贺享雍自然而然地受到熏染,加之他最为关切的是普通百姓的人情世态,因而《乡村志》中的风俗描绘也浸透了带有烟火味的生活质感经验。地方风俗原本就是人们

---

① 贺享雍:《人心不古》,四川文艺出版社,2014年,第120页。
② 瞿秋白译:《马克思、恩格斯和文学上的现实主义》,《瞿秋白译文集》,译林出版社,1999年,第395页。

日常生活中不可或缺的重要组成部分，"是人类各集团的共同生活里具有普遍性和重要性的一种社会现象"①，此种带有生活质感经验的地方风俗描绘不仅可以让读者开阔眼界、增长见识，而且也可以触发审美兴味，有助于增强作品的可读可感性。相较而言，贺享雍的《乡村志》不太注重对于乡村自然景观的描摹，而将注意力集中于人物描写和故事讲述，大量带有浓郁时代色彩和生活质感经验的地方风俗的融入，有助于赋予作品强烈的生活实感性，让读者感受到乡村生活原貌的同时，也能够进一步体悟到乡民凡俗生活中所蕴蓄的审美情调。

虽然贺享雍有志于在《乡村志》中呈现全景式的乡村日常生活画卷，但他并未将风俗描绘视作地方风物的简单罗列，而是将其视为农民日常朴质生活的一部分，有机地融合进小说文本中，与小说所要表达的时代主题和人物形象塑造紧密结合在一起。由此使得地方风俗描绘脱离了传统风俗志聊资谈助的功能囿限，不仅有着推动情节的叙事功能，同时本身就是故事情节的有机组成部分。在推动情节方面最为典型的是《民意是天》中贾佳兰与儿媳妇之间围绕腊八粥产生的矛盾冲突，这直接促成贾佳兰下定决心和丈夫一道到乡下居住。贺享雍《乡村志》中的地方风俗描绘并非以游历者的眼光来呈现地域图画，带给读者新奇之感，因其长期浸润其中而更加瞩目于对于人物命运挣扎的呈现，使得风俗描绘与所要展现的主题以及人物塑造紧密缠绕，避免了"为风俗而风俗"的创作倾向。文学创作的大量事实证明，不以人为中心的风俗景观描绘往往会使得风俗成为游离于作品主题之外而纯粹炫人耳目的闲散笔墨，成为硬性拼贴而缺乏血肉联系的两张皮，只有以写人为中心方才能够瞬间激发起灵感火花，融合成有机的整体。

其次，具有史诗意味的全景式风俗画面呈现。

曾经有论者认为注重风俗描绘的小说无法成就史诗性的鸿篇巨制，事实并非如此，同为风俗画描绘大师的巴尔扎克和托尔斯泰的作品便是确证。巴尔扎克的旷世巨作《人间喜剧》中三大组成部分的重点即为《风俗研究》，之所以如此，乃是缘于他期冀着"能够写出一部史学家们忘记写的历史，即风俗史"②，托尔斯

---

① 钟敬文：《钟敬文民俗学论集》，安徽教育出版社，2010年，第372页。
② 谢光政：《简明外国文学词典》，河南教育出版社，1992年，第88页。

泰更是将"基于历史事件写成的风俗画面"① 称作"小说家的诗"。风俗凝聚着地方百姓千百年来社会生活的历史积淀，因而其变迁也时常被当成见证历史发展演变的年轮。中国乡土社会之所以具有超稳定性与安土重迁的农耕生产方式，和家族聚集的生活模式有着紧密的关联，"乡村里的人口似乎是附着在土上的，一代一代地下去，不太有变动"②，此种代代相承的生产生活方式使得风俗民情也世代相传。因而地方风俗凝结着祖祖辈辈的历史记忆，留存着岁月的痕迹，通过代际传承的方式又将此种记忆绵延不断地传递下去，从而散发出古老悠远的历史气息。虽然地方风俗都有一个逐渐沉淀定型的过程，但一旦形成便有着超强的稳定性，非剧烈的外部环境变动无法促成其发生根本变化，正如同黄遵宪所言："风俗之端，始于至微，……及其至成，虽其极陋甚弊者，举国之人，习以为然。上智所不能察，大力所不能挽，严刑峻法所不能变。夫事有是、有非、有美、有恶，旁观者或一览而知之，而彼国称之为礼，沿之为俗，乃至举国之人辗转沉锢于其中，而莫能少越，则习之囿人也大矣！"③ 文学作品对于地方风俗的大量描绘不仅可以增强作品的乡土气息和地方风味，而且有助于作品获得历史的厚重感和沧桑感，同时作者也能够摆脱时代囿限而从更高的历史文化层面上对于乡民的文化心理进行深入剖析。贺享雍在《乡村志》中即透过风俗描绘这一独特视角，对改革开放四十余年来乡村社会所走过的历史进程进行了深刻揭示，使得作品呈现出史诗性品格。

再次，地方风俗描绘具有鲜明的时代症候。

"上导之为风，下行之为俗，形成习惯，世代传承，是为风俗"④，由是观之，地方风俗也并非纯然农民自发的产物，而是与外在的社会政治语境有着紧密的联系。风俗的形成和变异既受制于当地所特有的自然环境和物质条件，同时也会受到社会政治制度和经济体制变革的影响。实际上风俗的变迁时常不是渐进式的，而是剧烈的时代环境变动所引发的，因而借着风俗的变化能够反映出时代精神的

---

① [俄]托尔斯泰：《日记》（1865年9月30日），《古典文艺理论译丛》（第1册），人民文学出版社，1960年，第200—201页。
② 费孝通：《乡土中国》，北京：三联书店，2013年，第3页。
③ （清）黄遵宪：《日本国志》（下卷），天津人民出版社，2005年，第820页。
④ 胡朴安：《重印〈中华全国风俗志〉前言》，《中华全国风俗志》，河北人民出版社，1986年，第1页。

变动。贺享雍在《乡村志》中并不满足于对乡村静态地方风俗的描绘，而是瞩目于随着时代演变所发生的动态变迁，透过对于贺家湾这个位于巴山蜀水间的小社会变化着的风俗景观的描绘，见微知著地折射出时代风云变幻。贺享雍《乡村志》所描绘的乡村社会正处于朝着现代化剧烈变动的历史进程中，他自觉地将风俗变换与政治时局变动联结在一起进行反映，不仅透过对地方风俗的细致描绘勾勒出或阴郁、低沉或明朗、欢快的风俗画面与其所处的时代政治语境相谐和，而且透过地方风俗的流变折射出时代政治影响下的人情世道浮沉，使得风俗描绘传达出深刻的政治思想内涵。因此，读者在阅读贺享雍的《乡村志》时不但可以真实地体味到乡土社会的真实风貌，而且也可以感悟到鲜明的时代色彩，贯穿起来组合成极具动感的乡土生活风情画卷。

贺享雍在《乡村志》中所描绘的风俗习惯有着鲜明的时代烙印，而不是像以往尤其是沈从文、汪曾祺等京派乡土小说家那样瞩目于逝去了的年月里的逝去了的生活。因而透过他的风俗描绘能够见出时代前进的步伐，具有明确的时代特征。《土地之痒》中贺家湾人早年间娶媳妇送的彩礼不过是些谷米粮食，但随着经济条件好转却水涨船高，贺世龙夫妇为了给儿子贺兴成娶妻，除了盖好房屋之外还不得不东挪西借五千元做彩礼，婚后分家另过，这笔巨额债务完全由老人偿还。因而，旧时担心公婆欺负新儿媳妇的"落轿"等风俗实际上早已是徒有其表，真正处于弱势地位的不再是儿媳妇而是公婆。在政府支持和倡导下得以恢复的"彩亭会"也与时俱进，表演时在一个天真可爱的小孩头上挂上"责任制好"的宣传标语。地方风俗作为调节和规范特定社会文化区域内农民人际关系和伦理秩序的模式，也会因着外在社会文化环境的变化而发生改变，这也正是人们所常说的"移风易俗"。贺享雍《乡村志》中的贺家湾毕竟经受过新社会的洗礼，因而呈现出的地方风俗神秘却并不野蛮，诸如沉潭之类的野蛮风俗早已消逝在历史深处。早年间贺兴成出于经济利益的考量打破了传统的帮工习俗，对于亲叔叔也要收取费用，其子贺华彬更是大胆地向同宗同姓的贺冬梅求婚，由此打破贺家湾同姓不婚的婚恋禁忌，他之所以敢如此，缘于在他背后有着《婚姻法》的许可和支撑。然而地方风俗也会因其遵循惯性轨迹而调整有所滞后，从而导致乡村民俗与现代法律的博弈，这集中体现在贺世普与贺世国之间围绕贾佳桂之死及"采光权"所爆发的矛盾冲突。虽然中华人民共和国成立后设立了种种法律规范，但贺家湾人为人处世所依循的依旧是代代相承的传统习俗，包括村干部在内处理关涉人命的矛盾冲突时习惯于沿用"就活人不就死人"的传统习俗，"死人有再大的冤屈，也没人替他们说话"①，这与现代法律规定不相谐和。贾佳桂自杀与丈夫贺世国的家暴确然有着一定的因果关系，且在此之前他曾经长期实施家暴，依照法律规定贺世国必然要承担相应的责任，但由于他并没有逼迫贾佳桂自杀的主观故意而获得贺家湾人的原宥。虽然他们也从道义上谴责贺世国，但却依照传统习俗企图将一切责任归咎于死者身上，而想方设法地帮助贺世国逃脱罪责，以使其免于法律惩处。公安执法部门明知事情的来龙去脉，但依然秉着"民不告官不究"的态度消极处理，在贾佳桂娘家念及两个外甥的健康成长而请求从轻发落之后便草草了结。当然村民所秉持的传统习俗在法律规定面前也并非总能占据上风或者说获得支持，比如依照贺家湾的传统风俗，家中女子不享有财产继承权，贺中华借此强占了弟弟贺建华死于煤窑事故获得的五万元抚恤金，最终贺世普依据法律规定主持公道帮助小慧母女俩争得了大部分，使得法律规定战胜了传统风俗。另如按照贺家湾人的传统习俗，女性附属于男性，村民们普遍认为虽然贺世普妻子依旧是农村户口，但因着贺世普已在城市定居便不能再在村里跟村民争夺利益，基于此，他们认为贺世普针对贺世国建房过高而影响其"采光权"是倚强凌弱的违背风俗之举。汪庭长在法庭审理时依照法律规定明确支持贺世普，因其妻子户口尚在贺家湾而具备维护自家房屋"采光权"的法律主体资格。然而村民们为了维护自身利益一边倒地支持贺世国，认为在自家宅基地上建房不存在侵害别人利益的问题，反而将贺世普视作传统习俗的破坏者加以排斥，从尊敬有加变为敬而远之，如此一来便使得他从神坛上跌落下来而成为贺家湾人的异己者。包括法院在内的地方政府部门，为了避免严判可能引发更多村民之间关于"采光权"的纠纷而极力地想要大事化小，从而使得当地风俗凌驾于法律规范之上。

农村合作化运动和"文化大革命"期间许多有益无害的民风习俗也遭受不应有的过度压制，被冠以反党反社会主义的帽子而被厉行禁止，使得"残存的民间社会的空间已经彻底丧失，祭神与祭祀活动被各种群众大会取代，而集体组织的

---

① 贺享雍：《人心不古》，四川文艺出版社，2014年，第261页。

会演则成了社火与演戏的替身"①。"文化大革命"结束后,许多地方风俗复苏的背后实际上是民间社会空间的重新确立,与之相应的是乡村宗法观念的复苏。新时期实行家庭联产承包责任制后集体经济迅即土崩瓦解,无力再组织各种集体组织的会演,基层政权的管控力也极大削弱,在此基础上民间传统节庆风俗得以迅速恢复。贺享雍《土地之痒》中的"彩亭会"就是当地流行的民间传统民俗活动,由于集无数能工巧匠技艺之精华而颇具观赏价值,也曾给当地民众带来了无穷欢乐,但在"文化大革命"期间却被当作"四旧"停办,直到改革开放后方才在当地政府倡导和支持下成为川东北一带最具影响也最负盛名的民俗文化而大放异彩。

总而言之,《乡村志》中贺家湾地方风俗的浮沉变迁并非一时一地所独有的现象,在与全国其他地域发生联动效应时既有特殊性又有普遍性,由此便使得《乡村志》中风俗的时代变迁有着广泛的代表性;贺家湾一地的风俗变迁史的描绘,也可以视为整个中国乡村民俗风情随着时代政治语境变化而经历的曲折反复变化的缩影,从而超越了一时一地的狭隘地域性经验而成为全国的普遍性经验。之所以如此,乃缘于贺享雍有着明确的自觉理性认识,他在创作《乡村志》时反复告诫自己"注意,注意,千万注意,你是在写中国,而不是'贺家湾'"②。

三

贺享雍的《乡村志》之所以在地方风俗呈现上有着鲜明的特质,要而言之与其有着长期的农村生活经验以及自觉的理性精神是分不开的,根植于乡土的成长经历使得他在描绘地方风俗时能够入乎其内故有生气,而自觉的理性审视又让他能够出乎其外故有高致。

首先,贺享雍有过长期的乡村生活经历,因而他对地方风俗认识的熟稔程度以及那种异常真切的体验感触不是走马观花式的短暂生活体验所能比拟的。

地方风俗原本就是由当地民众集体创造和世代传承的一种生活文化,交织着

---

① 张鸣:《乡村社会权力和文化结构的变迁:1903—1953》,陕西人民出版社,2013年,第239页。
② 向荣、贺享雍:《方志意识在小说创作中的自觉追求与艺术表达》,《痛并笑着的乡村叙事》,中国文联出版社,2016年,第303页。

集群文化和地域文化的双重质素，在其中浸透着当地人独具特色的生活方式、生存模式和文化心理。地方风俗的形成往往与当地独特的自然条件和社会环境息息相关，"凡民函五常之性，而有刚柔缓急，音声不同，系水土之风气，故谓之风；好恶取舍，动静亡常，随君之情欲，故谓之俗"①，因而透过乡风民俗可以折射出当地所特有的文化心理。乡土社会的外来者在以他者眼光对地方风俗进行观察时往往有着先入为主的偏见，习惯于以现代文明世界作为参照系，从而烛照出地方风俗背后所内蕴的愚昧、落后、腐朽的传统思想观念。与五四时期偏重回忆重组来描绘地方风俗有所不同的是，贺享雍对当地的民风习俗熟稔于心，这就使得他对于乡村地方风俗的描绘不是猎奇式的外在观照，而是浸透了真实的生活体验，能够营造出一种身临其境的在场感和亲历感。

正因为贺享雍对于乡村地方风俗极为熟悉，因而能够对"快乐的传承"和"痛苦的传承"同时并重，以相对客观的态度将此呈现给读者。荷兰学者胥金珈在《游戏人间》中，依据风俗之于人所产生的心理作用将其划分为"快乐的传承"和"痛苦的传承"，前者是带有"游戏、玩耍的，娱乐、开心的消费性传承"，后者则是"说服的、管理的、强制的、规范的、指令的甚至是灾难的、工作性和生产性的传承"②。"快乐的传承"往往凝结着人们对于美好幸福生活的期盼和对于真善美的追求，因而能够带给人们审美愉悦和精神享受，尤其是那些极具欣赏价值和狂欢色彩的民间社火表演，以及传统戏曲等更是老百姓喜闻乐见的地方风俗。此类"快乐的传承"的地方风俗堪称农民集体创作的生活抒情诗，在乡土小说中对此进行深入开掘，既可以展现寻常百姓闲暇之际休闲放松的生活画面，同时也可以增强作品的审美意蕴。"痛苦的传承"所映衬出的精神实质是对弱者的无情摧残，其所极力维护的往往是落后于时代的社会规则，尤其是对青年一代生命活力的摧残和自由选择权利的干预，因而有悖于改革开放的时代思潮而被归于有待清理之列。贺享雍在《乡村志》中的风俗描绘并非为了满足人们的好奇心而有意择取那些奇风异俗来炫人耳目，而是生动地展现出随着农民民主意识和法治观念的逐步提升，风俗"痛苦的传承"在逐渐削弱，与此同时"快乐的传

---

① （汉）班固：《汉书·地理志》标点本第 6 册，中华书局，1962 年，第 1640 页。
② 乌丙安：《民俗学原理》，辽宁教育出版社，2001 年，第 326 页。

承"因其娱乐属性所衍生出的经济价值而日益受到人们推崇的历史进程。

其次，贺享雍始终将文学之根深扎在故乡的土壤之中，对于家乡父老抱持着难以割舍的深厚情感，因而他在《乡村志》中不是以俯视的或者批评的眼光来对其中蕴藉着的封建愚昧成分进行否定性展现，而是更多地从农民自身的视角来进行平实言说。

同样是对地方风俗进行理性审视，贺享雍与五四乡土小说家相比也有着很大的不同。他是自觉地以农民发言人的立场来从事乡土小说写作，并非像五四乡土小说家那样秉承着自上而下的思想启蒙意识对乡土风俗进行批判式的理性观照和反思，而是以平实的心态进行客观描绘。因而与五四乡土小说家着意对残酷、阴暗和充满血腥味的地方风俗进行批判有所不同的是，他对于那些带有封建愚昧、落后荒诞的地方风俗也往往能够给予同情之理解，将之视为乡民日常生活自然而然的组成部分加以客观呈现。实质上乡村出身的小说家在描绘乡土民风习俗时常常会陷入矛盾心境，一方面他们以现代眼光进行理性审视时会清醒地认识到许多地方风俗实质上是由人们保守、落后、愚昧和腐朽的思想观念促成的，另一方面这些民风习俗又曾经给他们带去过无数挥之不去的美好童年记忆，成年之后依旧会不时地心生怀恋。贺享雍对于乡间风俗以及在其背后所附着的文化传统也并非一味认同，但他更多地会动用作家自由选择的权利着重选取那些不会造成严重人性戕害的风俗进行细致描绘。贺享雍所描绘的乡土风俗中自然也不乏对愚昧、落后观念的暴露，但他能以悲悯之心给予同情之理解，能够精准地捕捉和传达出隐匿在落后风俗背后农民的文化心理，而非纯然地以理性观念来对此进行批判式的审视。乡村中的老者无疑是带有封建迷信色彩的传统地方风俗的主要崇信者，这从贺世龙为代表的年长一代和贺兴成为代表的年轻一代在抬土地菩萨游湾时的不同态度便可见一斑，前者是毕恭毕敬唯恐神灵怪罪，后者则抱着戏谑赏玩的心态，然而老一代农民对于土地所怀有的深情却也让人不由得为之动容。包蕴着地方风俗在内的数千年农耕文明在现代文明冲击下逐渐走向衰落，这无疑是历史的进步，但与此同时却也使得美善朴质的人性人情随之发生堕落和变异，曾经习见的人与人之间的脉脉温情被染上了铜臭味。

再次，贺享雍《乡村志》中的地方风俗描写还受到四川方志文化的影响。

四川自汉以降便极其重视对于包括地方风俗在内的区域文化的记载，逐渐形成修撰地方志、风土志和民俗志的传统，不仅有着中国最早的地方志《巴郡图经》，而且其数量在中国现存保存完好的地方志中也位居第一，这对四川作家的文学创作也产生了潜移默化的影响。1928年四川作家陈铨就以风俗志的写实手法在《天问》中细致描绘了川南家乡的民俗风情画卷，此后另一位川籍作家李劼人的"大河小说"更是被郭沫若称作"近代的《华阳国志》"，在百科全书式的鸿篇巨制中展现了四川尤其是成都地区的诸多风俗。

贺享雍本人也有着明确的方志意识，他"非常喜欢阅读方志"[①]，有意识地将方志作为充实各方面知识的途径，创作《乡村志》伊始便计划采用"志书式的实录方式"[②]。他不仅将那些从百科全书式的方志中汲取的民风习俗等地方性知识融入作品中以彰显地域特色，而且还从中感悟到方志文化所蕴藏的文化精神。当年他举家从乡村迁到县城后初次阅读到新版《渠县志》时，便不由得为那些介绍家乡历史沿革、山川走向和风土民俗的翔实记载所震惊，如同哥伦布发现新大陆那样一下子真正地了解了家乡，而且"后来这些物和事，都陆续融进了我后来的作品里"[③]。自此他开始迷恋收藏和阅读地方志，仅《渠县志》就有清乾隆、嘉庆、同治、民国以及改革开放后等多个时期的版本，这些志书在他手里"有的已经翻卷了边，有的翻脱了线，有的上面画了一道道杠杠"[④]，此外还陆续收藏有《万源志》《宣汉志》《开江志》《大竹志》《达州志》《巴中志》《通江志》《邻水志》《南充志》《广安志》等种类繁多的方志。透过这些志书贺享雍了解到包括家乡在内的川东北地区的诸多风俗习惯、神话传说以及宗教信仰等民间文化，在创作《乡村志》时自然地融会其中，不仅赋予作品鲜明的地方色彩和乡土气息，勾勒出一幅幅乡情风俗画卷，同时对于有着深厚历史渊源的风俗习惯的描绘也使得作品呈现出史诗性品格。贺享雍在创作《乡村志》时还继承了"秉笔直书"与注重"地域特色"的方志精神，使得作品呈现出生动隽永而又真切自然的风貌。

---

① 向荣、贺享雍：《方志意识在小说创作中的自觉追求与艺术表达》，《痛并笑着的乡村叙事》，中国文联出版社，2016年，第297页。
② 向荣、贺享雍：《方志意识在小说创作中的自觉追求与艺术表达》，《痛并笑着的乡村叙事》，中国文联出版社，2016年，第293页。
③ 向荣、贺享雍：《方志意识在小说创作中的自觉追求与艺术表达》，《痛并笑着的乡村叙事》，中国文联出版社，2016年，第298页。
④ 向荣、贺享雍：《方志意识在小说创作中的自觉追求与艺术表达》，《痛并笑着的乡村叙事》，中国文联出版社，2016年，第299页。

21世纪以来由于城市化进程的加快，数以亿计的农民告别土地到城市谋生，由此使得乡土风俗传统风俗习惯呈现出日渐衰弱之势。新成长起来的"80后""90后"作家对于乡土风俗的记忆较之长期根植于乡村大地的前辈作家而言要薄弱得多，由此使得乡土小说的风俗描绘呈现出弱化之势，这势必会对乡土小说地方特色和乡土气息的表现产生影响。因而有必要大力倡导乡土小说家深入发掘和整理地方风俗，在这方面贺享雍的《乡村志》中的风俗描绘无疑具有示范作用。

第二节　带有悲剧色彩的田园守望

农民群体长期被忽视，古代史书堪称帝王将相的家谱，不可能对底层百姓的苦难遭际进行真实摹写和客观呈现，直到五四时期，乡土小说方才把农民当作核心进行描绘，将其悲剧生活呈示给读者，从而让人们得以了解农民的真实情状的同时也引发对于社会不公的反思和喟叹。贺享雍有着长达四十年的农村工作生活经历，其个人成长经历及其生活背景决定着他对于乡土社会有着极为深厚的情感，始终无法割舍对于田园的深挚情愫，对于乡土百姓的生存境遇以及乡土社会的存在形态都有着明晰的认识，因而能够对乡村百姓的命运遭际抱以深切的同情。与此同时，贺享雍在理性意识指引下，对现代语境下农村的衰落以及善良朴质的农民身上所具有的劣根性都有着真切的体悟和认识，因而在其作品中交织着深邃的眷恋和深刻的批判，使得作品呈现出悲剧的审美形态，有着"含泪的笑"的审美特质。他在《乡村志》中接续起中国现代乡土小说所蕴蓄的悲凉感伤色彩，在总体基调上显露出鲜明的悲剧意味，无论是土改运动、集体化时期，还是改革开放后等各个历史阶段的叙事，都有着悲剧色调，着意营造的是充满苦痛磨折的乡土景象。

一　乡土百姓的生存悲剧

无论古今中外，人类的生存问题始终是文学作品关注的焦点之一，中国古代先贤将饮食和男女视为人类生存繁衍的基本需求而经常相提并论，正所谓"食色,性也",西方心理学家马斯洛的需求理论也将生理需求视作人类最为根本的需求,一旦无法得到满足,不仅可能危及生命,而且也会导致人的心理向着一定程度的畸形方向发展。20世纪80年代后期兴起的新写实小说对于人尤其是底层百姓的生存问题给予了特别关注,其中能够称得上生存悲剧的主要有刘恒所著的《狗日的粮食》和《伏羲伏羲》,这两部小说从食和色这两类关乎人类生存繁衍根本的问题进行了深刻描绘,从而展现出生存的残酷本相。《狗日的粮食》中的瘿袋命运多舛但十分要强,终因购粮证丢失而无法自我原宥,遂吞下苦杏仁自杀身亡,而《伏羲伏羲》中的杨天青因乱伦遭到儿子杨天白的报复,最终溺水而死。相较而言,贺享雍的《乡村志》更为关注乡土中国的历史变迁以及对于乡土百姓命运遭际的思考,加之他并未接受过系统的正统教育,因而较少受到抽象理论思维的束缚,更为注重原生态的生存状况以及生命意义的表达。自古至今,生存都是人生的第一要义,渴望过上衣食无忧的富足生活是每个人都有的生活期许。贺享雍《乡村志》中所描绘的农民生存景观自然不像五四时期那样沉浸于衣食无着的境地,诸如许杰《惨雾》中的香桂姊、彭家煌《陈四爹的牛》里的陈四爹、王任叔《疲惫者》中的驼背运秧等人完全被抛出了正常的生活轨道,陷入基本生存权利被无情剥夺的凄惨境地而又无法解脱。贺享雍《乡村志》中的贺家湾人除了集体经济时期之外已然摆脱了衣食无着的穷困生活的困扰,改革开放后实施的家庭联产承包责任调动起贺家湾人的干劲,从而在极短时间内便摆脱了赤贫状态。然而已经基本摆脱衣食困扰的贺家湾人也面临着时代变化所引发的新问题,贺享雍在《乡村志》中秉承对于农民的深切同情和关爱之心,对中国社会现代转型所引发的乡土社会经济、文化、伦理等多重形态的矛盾冲突进行了深入反思。其作品中的悲剧主人公不是"十七年时期"所常见的英雄,而是有着平民化的特点,从而真切地呈现出发展过程中所难以避免的乡土社会个人以及农村整体所面临的历史的悲剧命运。实际上中国乡土社会除非类同陶渊明《桃花源记》所描绘的带有浓烈"乌托邦"意味的与世隔绝的世外之境,基本上不可能保持纯然自在自为的生活方式和文化习俗,必然会受到外界社会语境的影响而产生或多或少的变异。中华人民共和国成立前后进行的农村土地改革运动、农业集体化以及家庭联产承包责任制等,因其与中国传统农业文明有着显豁的异质性差异,因而从根本上改变了乡土社会的文化版图和道德规范,在解放和发展生产力的同时也显现出无法调和和融合的方面。贺享雍本着民间立场对于土改时期夹杂着宗派矛盾而导致的乱象鸣不平,贺老踮顺应土改队在贺家湾真正地主贺银庭携家出逃后树立批斗靶子的现实需要,将平素与大房有矛盾的小房的贺茂富和贺老五作为批斗靶子,最终导致并无民愤也够不上地主资格的两人一个被枪毙一个自杀的悲惨结局。"大跃进"之所以造成全国性的严重灾难并不单单是"左"倾冒进的结果,同时农民自身也有着一定的责任,经历过饥荒之后方才晓得浮夸是要付出惨重代价的,经此教训之后农民不仅不再浮夸,反倒千方百计地隐瞒部分土地以尽可能地减少需要缴纳的赋税,遇到建房、修路和兴修水利时占用的土地如实上报,而新开垦出来的田地却隐瞒不报,以便在饥馑降临时用来救命。改革开放后,贺家湾人起初积极响应政府号召,先后种植过黄姜和生姜等经济作物,但在获得丰收之后却因无销路而损失惨重。农民也并非全然地听从号令行事,在失却信任之后也会充分发挥生存智慧阳奉阴违。

伴随着中国改革开放的不断深化,城市文明逐渐取替乡土文明成为当代社会的主导,在城市现代文明的强力冲击下,乡土文明日益凋敝乃至走向没落,不断上演着的是乡土文明日趋消亡的悲剧。改革开放后开启的中国社会转型时期现代文明不断渗入乡土社会,既破解了许多早已滞后的陈旧伦理道德规范,同时也对优良的乡土伦理道德规范及传统文化造成了强力摧毁的负面效应。长期受到乡土文化熏染的贺享雍对于此种社会文化现象有着深切的感触,由此赋予《乡村志》悲剧的审美基调,正如同鲁迅所言,悲剧是将有价值的东西毁灭给人看。虽然他从理性上明确地认识到现代化是中国实现伟大复兴的必然趋势,但由于长久经受传统乡土文明的浸染而从情感上对于昔日乡村充满着饱蘸深情的留恋。

自18世纪英国工业革命开启的现代化文明相较于传统农业文明而言有着压倒性的优势,中国在实施改革开放后城市规模不断扩大,不仅乡村的生存空间相对城市而言在日益缩减,而且乡土社会世代传承的道德规范也在现代文明观念的逐渐渗透和侵蚀下慢慢坍塌,原本习以为常的淳朴人性也在不断销蚀。大刀阔斧的城市化进程使得边塞偏僻的乡土社会也受到冲击,随着城市趋向繁荣,土里刨食的传统农耕生活模式不再被农民尤其是年轻一代奉为圭臬,乡村人的价值观念和生活方式也发生了根本性的变化,尤其是广大农村青年经受不住城市生活的强力诱惑纷纷向城而生。由来已久的城乡二元体制统治架构使得农民无法在中国现代文化进程中掌控自己的命运,由于话语权的缺失而只能被动地适应社会发展的现实状况,却很少有机会做出主动的调整。因此农民在进入城市之后普遍缺乏归属感,失却精神家园后的他们陷入灵魂无所依托的尴尬境地,既不愿回归乡村也无法彻底融入城市。事实上中国现代城市的繁荣不仅仅是城市自身发展的结果,在其中也伴随着对乡村社会人力物力财力的褫夺,原本用于农村的大量资源被转移和集中到城市建设上来。城市得以发展的同时形成对于乡村社会的掏空效应,具体表现为城市越繁荣而乡村越凋敝。因而在城市文明的强势挤压下,农民的生存状况面临着巨大的困境和挑战,大量的资源向着城市集中的过程难免会侵蚀和挤压乡土百姓的生存空间,迫于无奈不得不背井离乡到城市谋生,以至于农村开始逐渐空心化,原本人气颇旺的贺家湾"像是垂头丧气一样呆立在月光温柔的大网里,毫无一点生气,给人一种既模糊又空幻的神秘感觉……有人的房子是少数,更多房子的主人全家都外出打工去了,现在那些房子都和自己房子一样空着,白天装空气,晚上是虫蝎鼠蚁的乐园"①。因此,贺享雍《乡村志》中的悲剧书写不仅是农民个体的悲剧,也是社会的悲剧,身为地之子的贺享雍以略带幽怨的笔触为乡土文明的消逝谱出了一曲挽歌。随着社会经济发展模式的转变,农民依靠土地维生变得日益艰难,刨除土地成本后收益甚微,为了求得生存,对于土地的观念也发生了根本变化,不再将土地作为衣食之来源。不愿再沾染土气也就无法再称之为农民,随着越来越多的农民举家搬至城市,农村自然呈现出破败之态。

  远古时代人类便面临着严峻的生存困境,衣食温饱几乎成为生活之全部内容,不仅要面对凶禽猛兽的攻击,而且为了种族的繁衍生息还必须经常面对与其他部落之间的战争。因而个体要想独自为生几乎是不可能的,唯有依附于群体方才有求生之可能。对于群体的依赖心理既使得个体因着群体的庇护获得安全感,同时也必然会对个体自由造成挤压,从而使得个体的正当欲求无法得到满足。尤为严峻的是,大量的农村女青年为了能够在城市立足而在男女婚恋时往往会更倾向于选择城市人作为择偶对象,即便是选择农村男青年,也会以在城市里购房作为必备条件,由此造成许多由于爱情婚姻引发的悲剧。由于改革开放前绝大多数

---

① 贺享雍:《盛世小民》,四川文艺出版社,2017年,第112页。

农民没有多少积蓄，单凭城市打工难以支撑起立足城市的巨额成本支出，因而在男女婚恋方面许多农村出身的青年受到了经济条件的制约而屡屡受挫。《盛世小民》中的贺世跃夫妇历经千辛万苦终于建起了颇为气派的楼房，只有一个独生子的两人原本以为可以凭此给儿子贺松娶妻成家，但世事难料，贺松所谈的对象要求必须在城里有房才能够结婚。贺世跃在妻子去世后为了给儿子在城里买房主动请求参加与拆迁户的械斗，在打斗时抱着获得赔偿金的决心率先冲了过去，结果被砍成重伤。贺世跃在贺世海兑现诺言给付赔偿金时，提出想要用这笔钱为儿子买一套房，在以儿子贺松的名义办妥购房手续后回到家乡跳塘自杀。贺松起初听闻父亲打斗负伤致残的消息后不由得对父亲心生怨恨，觉得给自己添了累赘，因而在父亲住院养伤期间始终未曾探望过，当他得知真相后方才体悟到父爱的深沉和伟大，陷入自我谴责之中。

二 几乎无事的悲剧

贺享雍《乡村志》中的主人公都是普普通通的凡俗人物，他们身上所引发的悲剧自然不属于英雄悲剧，而是归属于鲁迅所言的"几乎无事的悲剧"。此种悲剧虽然不像英雄悲剧那样惊心动魄能够引起诸多关切，但由于更接近于生活常态而同样有着震撼人心的悲剧力量，毕竟"人们灭亡于英雄的特别的悲剧者少，消磨于极平常的，或者简直近于没有事情的悲剧者却多"①。在沉滞闭塞的乡土社会中，有时即便付出生命的代价也很难激起多大的涟漪，唯其如此，"无事的悲剧"便不可能真正地在乡土社会中绝迹。贺享雍在《乡村志》中之所以致力于揭示"无事的悲剧"，其目的是揭出病苦以引起人们的关注，从而将习焉不察的乡村日常生活悲剧呈示出来，进而引起人们的警醒和反思。

中华人民共和国成立以来，原本有法可依的乡村民主选举却因着种种因素变成了"严肃的儿戏"②，乡上在选举开始之前便已内定好当选人员名单，"拿来让老百姓画几个圈。有的什么代表，老百姓连人都没见过，可叫你画你就得画"③，

---

① 鲁迅：《几乎无事的悲剧》，《鲁迅杂文全编》下册，陕西师范大学出版社，2006年，第1019页。
② 贺享雍：《民意是天》，四川文艺出版社，2014年，第22页。
③ 贺享雍：《民意是天》，四川文艺出版社，2014年，第36页。

久而久之农民对于此种"党委定人选，村民画圈圈"①的选举方式早已习以为常，连带着对于手中的选票也漠然处之。贺端阳当年刚从县职中毕业后受到电视中播放的大学生村官带领村民走上致富路的新闻的刺激，决心利用自己掌握的果木种植技术效仿大学生村官在村里建果园、办企业以带领村民致富，这其中也自然夹杂着名利思想，"倘若真能做个村主任什么的，即使不能像电视里那个大学生，当个什么代表，多少也有一点面子，不枉做了一世人，且又遂了母亲的愿"②。但他的竞选村官之路却充满曲折，贺春乾和贺国藩等大房人处心积虑地进行阻拦，为此贺端阳还被他们指派的打手打成重伤。随着贺端阳不断成熟而逐渐接近梦想，虽然第三次参加竞选也遭遇了一些波折，但最终在上级党委政府的主持下如愿当选，从边缘走向了中心。后来贺春乾因与伍书记等人共同瓜分制药公司给付的土地补偿金东窗事发而被罢免村支书职务，贺端阳同时兼任村主任和村支书，原本具备了他梦寐以求的带领村民共同致富的条件，且在药材基地转至别的村子后业已建起了1000亩的果园，但他却忘却了当年的理想，最终走上了利用村主任职务的便利条件到处承揽工程，只顾自己发家致富的道路。在贺端阳之前，贺春乾也曾有过类似的蜕变过程，他在上任之初也是一心想着如何能有一番作为，为了修筑公路积极联络在财政局工作的战友获得了10万元的修路款，但在征地时却遭遇难题而搁浅，此后他听从乡上伍书记的安排，招来了九环制药公司承包1000亩地种植药材的项目，但经不住利益诱惑与伍书记等人将制药公司追加的10%土地补偿金瓜分一空，此种精神的变异和理想信仰的缺失，对于原本有着梦想追求的村干部们而言无疑是最具悲剧性的。

改革开放后许多人通过经商或者经营实业致富，但在富裕之后为了寻求地方官员的保护和支持以扩展自身利益，同时也可以免受地痞流氓的捣乱，因此许多企业家开始走向官商勾结以获利的道路，正如同《民意是天》中贺兴仁针对幺爸贺世海为何在已当上县政协常委后还要积极争取戴上市人大代表的顶子时所言，"经营政治一本万利，比往企业里投钱赚得快！要是幺爸能当上市人大代表，那我们公司的钱就会像流水似的涌来"③。之所以如此，缘于无论是政协委员还是

---

① 贺享雍：《民意是天》，四川文艺出版社，2014年，第41页。
② 贺享雍：《民意是天》，四川文艺出版社，2014年，第10页。
③ 贺享雍：《民意是天》，四川文艺出版社，2014年，第203页。

人大代表不仅是政治荣誉，而且也可以通过开会发言经常接触县上领导，如此一来地痞流氓便不敢前来骚扰，而那些掌握企业生杀大权的官员也多少有所忌惮，不像以往那样耀武扬威，只因贺世海担任了政协常委便瞬时发生身份翻转，"原来我们在他们面前是孙子，甚至比孙子还孙子，可现在像是全倒过来了，我们都成爷了"①。

《男人档案》中的贺世亮和王茵、《大城小城》中的贺华彬和贺冬梅之间的爱情故事虽然都是大团圆结局，历经磨难后最终幸福地生活在一起，但却依旧难掩其中的悲剧意蕴。王茵下乡当知青时居住在贺世亮家里，用一堵墙隔开，原本相安无事。一天深夜，贺世亮在王茵孤身一人在屋外纳凉时产生性欲冲动，王茵当时虽然惊醒过来，但并未进行反抗。两个月后贺世亮被以"破坏知识青年上山下乡"的罪名公开批斗，公社孙书记在发表讲话时冠冕堂皇地慷慨陈词，认定："贺世亮一贯流氓成性，先是采取多种手段，对来到本大队的女知识青年王茵加以引诱，试图达到诱奸的目的。被王茵拒绝以后，趁王茵熟睡之机，加以强奸，严重地破坏了毛主席的知青政策，给知识青年特别是王茵造成了巨大伤害。因此，我们必须严厉打击这种破坏毛主席革命路线的行为，对知识青年特别是对女知识青年进行保护！"②公开批斗之后，贺世亮被送到县上拘留所，之后县城又召开了声势浩大的公捕公判大会，判处他有期徒刑十年。然而，事实上在此之前，王茵因想要回城已经被公社孙书记奸淫并怀上了身孕，她到城里堕胎时因医生要求必须由大队和公社提供证明才能处理，并且通知了县上知青办，在知青办的一再逼问下她为了防止日后遭受打击报复，刻意隐瞒了被孙书记奸淫并怀上身孕的事实，而将与贺世亮发生关系的事说了出来。贺世亮刑满释放后专程到重庆找王茵探察当时的事实真相，方才得知孙书记借王茵急于回城之机奸淫导致她怀孕这一事实，但王茵为了不让现在的丈夫知道而打乱平静的生活阻止了贺世亮上告讨要说法。《大城小城》里的贺冬梅之所以卖淫并非为了满足个人金钱欲求，而是缘于母亲患病无钱医治而走投无路，不得不卖身救母。几千年来传承下来的邻里互助不谈钱的习俗到了商品经济时代也发生了变异，人与人之间的亲情开始变得

---

① 贺享雍：《民意是天》，四川文艺出版社，2014年，第203页。
② 贺享雍：《男人档案》，四川文艺出版社，2018年，第90页。

淡漠，即便是亲侄儿贺兴成给叔父贺世凤做点事也要收钱，也无怪乎贺健毫不顾及父亲贺万山的一再叮嘱，拒绝给缺少医药费的亲生母亲办理住院手续。

改革开放后农民的经济意识开始觉醒，贺兴成利用当年结婚时从父母手中索要的彩礼购买了小型现代农业机械，从而使得贺家湾从原本自给自足的自然经济形态走向现代化，从根本上改变了贺家湾的经济伦理图景，原本世代延续的团结互助习俗也被金钱雇佣所取替。与此同时，农民对于土地的观念也开始发生变异，对于土地的情感较之以往有所淡漠，随着城乡差距的逐步扩大，加之农业种植成本的提升，土地产出已经无法再支撑他们的生存需求，大量农民背井离乡到城市谋生，从而导致乡村呈现出荒凉衰败之相。《土地之痒》中贺世文夫妇因进城帮儿子看护孙子不得不将一家三口的土地撂荒，但并不愿意彻底舍弃土地承包权，当开始征收土地抛荒费后，为了让贺世龙转包自己的责任田，他不仅愿意担负起"皇粮"国税和三提五统费用，而且还愿意每亩地倒贴一百元的肥料钱。贺世海在城里站稳脚跟之后也想将田地转包给大哥贺世龙，贺世龙在贺世海答应不让他交农业税和三提五统费后方才答应下来。之所以出现如此怪异的现象，一方面是缘于化肥、种子、农药等价格高昂，而粮食却卖不起价，设若承包人缴纳农业税和三提五统势必会毫无所得；另一方面贺世文和贺世海之所以愿意出钱让别人转包自己的责任田，乃是想给自己留条后路，以便日后在城里混不下去时可以回归乡村。贺世龙早年像父亲一样对土地有着深厚的情感，农村实行土地承包责任制，他在分得土地时犹如哑巴捡到一坨金子一样兴奋得夜里睡不着觉，对于土地"硬是比那痛心肝的幺儿子还让人牵挂"①。由于不晓得土地政策是否会像以往那样再变动，贺家湾人都拿不准主意是否要挖地以改善土质。贺世龙起初也有些犹疑，但他想到农民原本就是土里刨食的命，不管政策是否会变也下定决心要将地先挖出来，即便集体收回也不过是损失一点力气。之所以如此，缘于贺世龙见识过"三年困难时期"包括自己父母和妹妹在内的庄稼人被饿死的惨烈景象，因此潜意识里对土地的感情也源于对那个饥荒年代的恐惧。在经过一段时期的观望之后，贺家湾人也都像贺世龙那样开始加大对土地的照料和投入，掀起了挖大翻身的热潮，遇到挖不动的地方甚至跑到城里买回炸药来炸。在投身于挖大翻身

---

① 贺享雍：《土地之痒》，四川文艺出版社，2013年，第2页。

和大积肥之后又开始垦荒以扩大耕地面积，为此村民间还发生了许多矛盾纠纷，由此便不难见出农民对于土地的热情。贺世浩为了侵占别人的地竟然同时移动几家人的界桩，越过紧邻的地侵占别人的地，自以为天衣无缝却最终还是被贺华平发觉。贺世浩之所以如此，乃是因他太喜欢土地了，为此才做出损人利己的事来。贺世龙在贺世浩引起地邻边界纠纷时充当和事佬进行调解，但他来到自家田地时却忽然发觉原本他们一母同胞的三兄弟均分的土地却自家最少，而二弟贺世凤家最多，经过仔细丈量后方才明白贺世浩侵占别人田地的手法在自家也上演了。

  贺世龙在父母双双过世后担负起"长兄为父"的责任，三弟兄挤在一张床上抱着睡觉，他对于两个弟弟不仅有着手足之情，还有着养育之恩。他在将两个弟弟贺世凤和贺世海养大成人后还给他们娶妻成家，分家之后还念及骨肉亲情无私地帮助两个弟弟家干些农活，但他得到的回报却是二弟贺世凤为了个人利益侵蚀自家的田地，做出了忘恩负义之事。受此打击贺世龙不仅认清了弟弟自私自利的真实面目，而且连带着对于所谓的亲情伦理也开始产生质疑和否定，最终在村支书贺世忠调解下两家田地之间筑起了一条两尺宽的埂子，弟兄之间自此再也不像往日那样亲密。亲兄弟之间围绕土地尚且剑拔弩张，其他村民之间更是可想而知。农民基于原始的平均主义思想往往会对于个人勤劳致富者心存嫉妒而有意设置障碍，《土地之痒》中贺世龙将实行家庭联产承包责任制后重新划归自家三兄弟的土改时期的"老祖业"——窝窝地集中在自己家后费尽心力水改田，在投入巨大的人力物力后最终获得成功，然而由此却引起村人们的嫉妒，因为原本分地时每个人只有三分水田，而贺世龙改田成功后自家凭空多出来几亩水田，因此在推行两田制时将这块刚刚改好的田收归队里做公田，最终贺世龙落得一场空。然而随着土地收益的下滑以及土地政策的几经反复，贺世龙对于土地的态度也有了根本性变化，对土地的热情开始淡化。然而与土地打了大半辈子交道的贺世龙又无法真正离开土地，在妻子去世后二儿子为了尽孝心将他接到城里生活，但他却始终无法适应，最终独自一人偷偷地回到村里，并对找寻而来的二儿子说死也不肯再离开。

三 乡土民间的启蒙悲剧

启蒙就其本意而言是要让人们摆脱蒙昧状态以树立自主意识,"启蒙的纲领就是要唤醒世界,祛除神话,用知识替代幻想"①。五四时期的思想启蒙者为了唤醒民众而摇旗呐喊,为着拯救深陷危机之中的祖国,他们也提出了许多诸如"全盘西化""思想意识救国论"等不切实际的观点,但总体而言有助于彻底否弃和砸烂传统观念束缚,促进中国社会摆脱封建蒙昧而趋向现代化。实际上,虽然在五四运动初期许多思想启蒙者倡导过"全盘西化",但在此之后却又有着"整理国故"等反向举动,也即表面上是全盘西化,但究其本质依然未完全摆脱传统文化。贺享雍《乡村志》中也塑造了贺世普和贺贵这两个乡村启蒙者形象,由于他们身上都有着难以磨灭的传统文化烙印而未能全然走向现代化,加之传统乡土习俗有着强大的惯性,因而他们的启蒙之路并不顺遂。

贺世普一辈子从事教育事业,他两袖清风而又清高自赏,既不媚官也不媚俗,但结果在退休回乡后初而顺利后来却一再受挫。贺世普原本踌躇满志地要提升村民的道德文化素养和法律意识,结果却铩羽而归。他在家乡进行启蒙教育的初衷是为了让村民摆脱传统观念,从而树立起以法律意识为支撑的现代道德规范,试图借此从根本上解决乡村社会中所经常出现的矛盾纠纷。然而他的启蒙并未能真正地发挥效力,初期之所以在调解村民矛盾时卓有成效,实际上并非他们服膺法律规范的结果,而是源于对贺世普担任过县一中校长和县政协常委的身份地位的崇敬心理,在他面前不敢造次。但当他们知悉在保护村里古树的过程中主要是贺世海发挥了作用,而贺世普虽然为此也曾东奔西走但却无能为力的事实真相后马上便对他从恭敬变为轻视,贺世普失去威势之后再也无法像以往那样让村民们心存忌惮。由是观之,贺世普刚刚回到家乡时村民们之所以对其尊敬有加实际上抱持的是遵从权威的实用主义态度,期冀着他能借助自己的人际交往网络给村人带来实惠。此后贺世普与贺世国围绕着贾佳桂之死要诉诸法律,这原本是无

---

① [德]霍克海默著,渠东、付德根等译:《霍克海默集:文明批判》,远东出版社,2004年,第43—44页。

可厚非的应然之举,但却与村民们世代遵循的"就活人不就死人"的生活习俗相违背而遭到村民们的一致反对,虽然采取的是拒绝参与贾佳桂下葬仪式的消极方式,却给贺世普造成了巨大的心理压力,以至于最终不得不放弃依照法律规范追责。此后贺世国出于报复心理在建造房屋时有意遮挡住贺世普低矮的祖屋,贺世普为了维护自家的风水和采光权与贺世国对簿公堂,然而不承想由此触发全村人的反对。原来贺家湾由于宅基地面积狭小而在建房时普遍不会顾及采光权,只要是在自家宅基地上就可以随意修建,因此村民们担心一旦法庭做出对贺世国不利的判决势必会影响到自己,为此联名上书要求法庭做出倾向于贺世国的判决结果。最终民心战胜了法律,法庭迫于村民们的舆论压力以及为了维护地方稳定,最终做出了偏向贺世国的判决结果。贺世普心灰意冷之下决定离开家乡返归城市,随着他的离去,启蒙也彻底宣告失败。值得注意的是,贺世普在准备和贺世国打官司时先到县法院去找自己担任副院长的学生,由此可见他对于法律规范能否维护自己的权益实际上也是多少抱着犹疑态度的,并不能确信自己的合法权利能够得到法律的切实保障。作为贺家湾人法律意识启蒙者的贺世普尚且如此,又如何能让信奉"衙门自古朝南开,有理没钱莫进来"的普通村民信赖法律规范能够维护自身权益呢?此外,贺世普之所以启蒙失败也并非全然贺家湾人冥顽不化所致,他自身也对腐朽的传统文化缺乏内在自觉,而非恩格斯所言的,以理性为衡量一切社会现实的基本标尺:"那些从事开导民众的启蒙运动者们,他们本身都是非常革命的。他们不承认任何外界的权威,不管这种权威是什么样的。宗教、自然观、社会、国家制度,一切都受到了最无情的批判,一切都必须在理性的法庭面前为自己的存在作辩护或者放弃存在的权利。"[①] 贺世普的最大弊病在于他在宣扬法律规范时抱持着的是于己有利而存之、于己无利则否之的实用主义态度,而非追求永恒的正义和真理。当他以法律为武器指向村民时迅即引发起村民们敬而远之的态度,使得村民们对于他以及其所推行的法律视为异质性存在而一并否弃,最终迫使他不得不离开乡村回归城市。贺世普在宣扬现代法律规范的同时又对传统文化信仰抱着暧昧的态度,实质上将自身推向悖谬的境地,在维持旧传统的前提下想要进行彻底的反传统的改革无疑是虚假的。也正因着他本人对

---

① 《马克思恩格斯选集》第 3 卷,北京:人民出版社,1972 年,第 56 页。

风水观念深信不疑，方才导致他对贺凤山所宣扬的封建迷信思想抱持着包容的心态，而无法昌明科学反对愚昧。更为严重的是，他因为对风水观念笃信不已方才对贺世国建房过高进行阻拦，在制止无效后对簿公堂，由此引发众怒，法律虽然在他一方，但却失却了民心，从而将自身陷入孤立无援的境地。

贺贵如同鲁迅《狂人日记》中的疯子一样有着清醒的理性认识，却不被人所理解，其疯言疯语实质上是包含着真知灼见的启蒙话语，但除了贺端阳之外其他村民却毫不认同。贺贵因对于村主任选举过程中所存在的现实弊病的深入认识，决定给国家主席写信反映情况，但却因邮局接到上级部门通知严查公民寄往北京各部、委的信件，凡是涉及上访和反映情况的一律禁止寄出。贺贵为此和邮局工作人员发生了争执，在信访办以侵犯通信自由权利的名义要求责成邮局营业员赔礼道歉并恢复他的通信自由权利，信访办的领导却一点也不惊诧，反倒对于他信件的内容产生了兴趣。信访办干部与贺贵围绕选举权几次交锋下来无言应答，遂假意收下信件要代他转发出去，贺贵信以为真，但他刚一离开，信件就被塞到碎纸机里化作了纸屑。

综而观之，贺享雍在《乡村志》中的悲剧书写不以情感浓烈见长，也不以英雄末路或者壮怀激烈的故事来打动读者，而是以平实的客观写实态度描摹出以生活真实为本的乡土悲剧故事，赋予其悲剧书写平实真挚的审美特质。贺享雍对于乡土民间总体上抱持着同情之理解的态度，对于农民充满苦难的命运遭际进行了客观呈现，同时对于现代化语境下乡土社会的没落表现出惋惜之情，展现出有着悲剧意蕴的田园守望情结。

第三节　本真的乡村情感与乡土经验

贺享雍的乡土情感和乡土经验是带有原生性的，而并非后天形成或者刻意寻求的结果，自从事乡土小说创作伊始，他便有着自觉根植于乡土本真情感和经验的思想意识，所谓本真性就其词源而言有着"我自己"或"属于我的东西"之意，单就文学创作而言乃是要彰显出自身的独特性。贺享雍的《乡村志》不仅真实地描绘出农民的日常生活情状,而且也有着强烈的"川味"特质,展现出为川东地区所独具的历史风貌、语言习惯和气质禀赋,因而有着独特的认识价值和审美价值。

一

较之浅尝辄止式的乡土民间采风而言,出身乡土的作家往往能够更加自然也更加深入地把握和展现农民的情感世界,尤其是当前城市化如火如荼的时代背景下,像贺享雍这样有着长期农村生活工作经历的作家更是有着显著优势,因为他原本就是农民群体中的一员,因而对于农民思想情感和价值观念的体察和把握方面了无障碍,往往能够鞭辟入里地加以呈现。

在当下经历过急剧膨胀的城市化进程之后,也逐渐开始暴露出难以掩盖的诸多问题,许多人在厌倦都市繁华和快节奏的生活之后开始重新渴望回归那恬静悠闲的田园生活,如同闲云野鹤般享受大自然的馈赠。城市出身的人们往往倾向于将乡村想象为田园牧歌的所在,每当感受到现代化气息所带来的憋闷和乏味以及快节奏的都市生活所带来的紧张感和压力感之时,便会想到离开城市到乡村闲居。他们乐于欣赏的乡村景致也多是荷塘月色、袅袅炊烟、田埂香草、飘香果园,然而这些只是乡村生活的一个方面,与此同时乡村还有着深切痛楚的生活重负的另一面。伴随着中国城市化的历史进程,乡土出身的作家们也基本上都在城市生活,无论从身份地位、思想理念还是价值观念等各个方面都在迅速地"城市化",与此同时与乡村农民的情感却在不断地淡化和隔膜,因而乡土小说创作偏重于对于乡村往事的回忆重组,所呈现的是经过主观意识过滤或者虚饰的乡土情感和乡土记忆。贺享雍虽然也经历了此种身份的转变,通过个人不懈努力抓住时代机遇最终摆脱农民身份成为国家干部,但由于他有过长期的农村生活和工作经历,一直将创作之根深植在乡土农村的土壤中,与家乡之间的血肉联系始终没有中断,因而他对于农民以及土地的情感是真挚的,也是鲜活的。贺享雍不仅对于当下农民的生活状况有着不间断的持续关注,而且对农民的遭遇也能抱同情之理解,他在《乡村志》中除了对贺良毅等三兄弟持完全否定的态度外,其余人等都是善恶交织的复杂形态,即便是贺老跕这样的也不乏良善之心。贺享雍既对乡村和农民有着真挚的热爱,同时也以历史发展的眼光揭示出乡村过去、当下和未来所面临的问题,表现出深沉的忧思,使得其《乡村志》同时兼具浓烈的情感和理性的审视。贺享雍笔下的乡村不像沈从文那样以审美的眼光着意展现乡村纯朴情形的人性人情之美,也未将乡土社会描绘成世外桃源,而是将创作的根植于泥土之中,揭示出农民在历史浮沉中的命运遭际。《乡村志》中的乡土社会断不是景色优美的所在,也并非供厌倦了城市生活的人们消遣放松的农家乐园,也不是承载着人生理想的乌托邦,但也并非纯然愚昧落后的封闭世界。这里的农民与中国其他星罗棋布的乡村百姓一样有着苦辣酸甜的凡俗日常生活,也有着不懈的命运挣扎,期盼着有朝一日能够过上幸福安康的日子,其生活虽然毫无诗意但却透着人间的烟火味。与"十七年时期"乡土小说热衷于塑造英雄气质的主人公相比,贺享雍《乡村志》中的主人公沉湎于日常经验的世俗生活之中,但却由此更能体现出乡土百姓毫无伪饰的人性本真状态。乡土社会由于有着聚族而居的生活方式和邻里互助的传统,相较于城市而言人与人之间的人情味更加浓郁,彼此间知根知底,构成典型的熟人社会,其弊端是缺乏对于人的隐私以及个性化生活方式的尊重。

贺享雍既以饱蘸深情的笔触描绘出氤氲着温情和暖意的乡村生活画面,同时也揭示出农民所遭遇的内心痛楚。他在《乡村志》中不是按照政治标准来进行叙述的,而是本着民间朴素的情感来进行全新的讲述,从而与"十七年时期"的正统叙事有了明显的分野。中国自古便以农业立国,因而无论朝代如何更迭,农民对于土地的情感始终是极其浓烈的,这也是农民的立身之本。农民对于土地的情感是乡土小说中最具原发意味也最具根本性的,然而进入现代社会之后,随着中国开始朝着工业化和城市化方向强力推进,农民对于土地的情感却在逐渐变得淡漠。贺享雍在《乡村志》中对此也进行了深入揭示,呈现出农民随着时代语境的变化所导致的对于土地情感缓慢但深巨的变化。

在两千年前孟子就提出了希望人能够回归本真的观点,以"仁义礼智信"作为自觉的价值追求,而不因利忘义。《土地之痒》中的贺茂前就是本着此种传统价值观念以及平日里与贺茂富交往时所建立的深厚情感,不愿意为了获取土地落井下石。土改运动前,种了大半辈子土地的贺茂前始终靠给人当丘二来维持一家人的生活,在他名下没有一寸土地,因此能够拥有一厢地成为他最大的心愿。土改时贺茂前一家不仅分得了近三亩的"窝窝地",而且还有山林。然而贺茂前对此却感到十分内疚,原因是这些田地和山林原本属于贺茂富,他感觉自己像抢了人家的似的。贺茂前原本有望分得土质更肥沃的土地,但在贺老跶和工作队动员他斗争贺茂富时予以拒绝而失去了这样的机会,甚而哪怕不分给土地也不愿上台批斗。这缘于他在此之前多赖贺茂富的关照才养活了一大家子人,同时贺茂富对于雇佣的短工非但并不苛刻,反倒予以特别照顾。贺家湾人也都知道被划为地主的贺茂富和贺老五都不是恶人,他们所拥有的土地也不是靠着欺压良善或者残酷剥削得来的,加上两人在村子里也没有什么民愤,反倒还有一些口碑,因此工作队和农会在批斗之前也担心到时没有人上去斗他们而导致冷场。虽然贺茂前认定贺茂富是冤死的,但也无力阻拦事态的发生,他所能想到的安慰死者的方式除了四月清明七月半,腊月三十献年饭之外,便是将原本贫瘠的窝窝地改造成土质深厚的土地。然而将土地当儿女一样爱戴的贺茂前最终没能躲过大饥荒,种了一辈子庄稼到死却成了一个饿死鬼。自从实行家庭联产承包责任制后,贺家湾人对于土地的热情再次迸发,不仅深翻土地和争相开荒,甚而还侵蚀地邻土地,由此导致邻里矛盾不断。然而,随着土地税赋的增加以及种地成本的不断攀升,农民对于土地的热情发生逆转,许多农民将自家的承包地转给其他村民耕种。及至城市打工兴起之后,一些举家搬至城市的农民既无时间也无精力亲自耕种,又不愿放弃土地承包权以给自己留下退路,加之土地收益微薄也无人愿意承包,因而许多土地被撂荒。透过半个世纪以来农民对于土地情感的变迁过程,不难见出乡土社会随着城市化时代的到来正在逐渐走向没落。

二

  本真指向人性的自由表达,作家可以本着内心真实来抒发思想情感,将真实的内心体验传达给读者。众所周知,想象力是作家从事文学创作进行形象思维的一种必备能力,没有文学想象的参与,便不能产生充分的创作成果。然而文学创作的事实也一再证明,作家的生活经验越充足,所获取的文学表象也就越丰富,在此基础上运用文学想象对生活素材进行加工重组才能够塑造出丰满立体的人物形象,描绘出真切感人的生活画面。贺享雍所生活的川东地区有着丰富的巴文化历史遗存,这为他的乡土小说创作提供了深厚的思想资源,同时对于曾经休戚与共的乡亲们日常生活经验的熟稔,也给他的创作提供了持续的动力,进而以发言人的身份将农民的命运遭际展示给读者。

乡土经验不仅是浅层次的乡村生活经历,而且也是深层次的关于生活、生命的感触和认识,后者远非走马观花式的下乡生活体验所能涵盖的,而是长久浸染所自然生成的。这对于作家的影响也是至为关键的,正如同巴尔特所言:"经验不仅是话语的一种叙事模式,它根植在作者的生存之中。经验和写作往往不能同时在场,而经验无疑影响了写作。这是因为,经验关涉人的具体生活状态,这种状态既具有普遍性又具有个体性。说他是个体的,因为每个人都有着不同的禀赋和对生活的理解能力。"① 乡土社会出身的人即便在城市站稳脚跟,但依旧无法彻底割裂与乡村的血肉联系,也无法彻底抹去乡土生活所留下的印记。这不单单是外在的行为举止和言语习惯,同时也涉及内在的价值观念和心理习惯,前者是很容易改换的,但后者却不是那么轻而易举能够完全消除的。

具有鲜明地域色彩的乡土经验的生成就其产生渊源而言,实质上是乡土生活的封闭性和保守性使然,长期居住在封闭空间内的农民与外界长期隔绝而无法进行及时有效的交流,加之封建宗法观念根深蒂固有着强烈的排外性,从而能够形成并延续独特的日常生活习俗和文化观念。然而乡土经验的彰显却并非不证自明的,作家唯有在获得现代城市生活经验和情感体验之后方能获得对于乡土生活经验自觉而明晰的认识,贺享雍自然也不例外。他在《乡村志》中描绘乡土世界时实质上是以现代城市文明作为参照系的,对于乡村传统观念的蒙昧和落后之处也进行了展现,这乃是缘于"想象中的一切来自于想象之外,这意味着想象不是自我生成的,而需要外部的刺激"②。进入商品经济时代后,农民尤其是青年一代纷纷离开土地向城而生,从而打破了乡村空间的封闭性,使得异质性的城市经验开始渗入乡土世界,由此改变了乡土经验自然延续的传统样态。因此与乡土小说家习惯于构建诗意乡土有所不同的是,贺享雍笔下的乡土世界始终是充满着苦难印迹的,无论是对于逝去或者当下乡土景象的描绘都有着浓烈的感伤色彩和悲凉意

---

① [法]罗兰·巴尔特著,李幼蒸译:《写作的零度》,中国人民大学出版社,2007年,第65页。
② [德]沃尔夫冈·伊瑟尔:《虚构与想象:文学人类学疆界》,吉林人民出版社,2011年,第209页。

味。尽管现代文明深层次地改变了农民的传统观念,但乡土性依旧是中国经验最为核心的部分,绵延上千年的传统伦理道德规范也并非全然都有碍于时代发展进步,在被现代文明和都市商业文化浸染的同时也呈现出向着传统道德规范回归的趋向。中国人自古就有叶落归根的情结,外面世界虽好但终不如家乡那样让人感到亲切自然,尤其是长期生活在乡村的老一代农民更是故土难离。无论现代科技多么昌明,中国人的生存归根结底还是离不开土地,只不过生产方式会有所变化而已,因而中国乡土社会的生存经验和道德观念依旧不可能从根本上被完全消解和否弃。然而即便如此,对于那些生于斯长于斯的乡民们而言,家乡依旧是难以割舍的,贺世龙在被二儿子贺兴仁接到城里养老时物质生活优裕,但他却始终无法融入其中,最终选择回归乡土以颐养天年,其他诸如贺世普、贺世海、贺世亮等源自贺家湾的社会成功人士依然对故乡牵肠挂肚而难舍难分。

三

中国乡土文学自从五四时期诞生之后的百年间始终占据着非常重要的位置,为数众多的作家投身其中,取得了举世瞩目的成就,如同不断变换着的生活本身一样,"也没有一成不变的'乡土文学',就像人间并没有世外桃源一样。不管多么偏远的地区,人民的生活,也在不断变化"①。回顾中国乡土小说的早期发展历程主要有两条线索,一是20世纪20年代由鲁迅开创的启蒙传统,二是20世纪30年代以沈从文为代表的审美传统,在此之后随着抗战军兴和革命斗争时代的来临,乡土小说的意识形态内涵逐渐得到强化。

"文化大革命"结束后,文学创作开始进入多元化时代,伴随着商品经济的繁荣,城乡之间的界限不再像以往那样泾渭分明,人们的乡土经验也在现代观念不断渗入后发生了变化。贺享雍在《乡村志》中敏锐地展现出改革开放后所带来的乡土社会崭新气象,不仅农民摆脱了长期的温饱困扰而有了更高的追求,而且许多农民也抓住机会实现了身份转换,成为行业中的佼佼者。其典型者比如贺世海和贺兴仁,作为早期的进城务工者他们通过承揽工程而不断发展壮大,最终成

---

① 孙犁:《关于"乡土文学"》,《孙犁文集》第4卷,百花文艺出版社,2002年,第332页。

为在当地具有极大影响力的企业家；相较而言，贺世亮的成功道路充满波折，曾经因与知青王茵的一夜情而招致长达十年的牢狱之灾，等他重获自由后面临着无地可种的局面，但这也促使他转而寻求土里刨食之外的生存方式，经历磨难后成为西南地区赫赫有名的日化大王。

贺享雍也并非一味地赞颂改革开放后所带来的农村新变，而是以细腻的笔触大胆揭示出乡土社会所蕴蓄的各种矛盾。首先，在现代经济观念渗入乡村之后，原本古朴的乡风民俗开始发生变异，秉持着金钱观念的农民开始逐渐舍弃邻里之间无私帮助的传统习俗。《乡村志》中贺家湾人原本谁家有红白喜事邻里之间都会免费提供帮助，但在商品经济时代却逐渐被金钱雇佣关系所取代。贺兴仁在举行订婚仪式宴请宾客时为了不欠二叔二婶的人情，宁愿多花钱聘请外人来操办宴席，在父亲贺世龙的一再坚持下方才作罢。其次，随着农村经济体制改革和社会结构的调整，实实在在地减轻了农民的经济负担，但同时基层政府与农民之间的矛盾却在不断激化，乡村与城市之间的差距也在不断拉大。

现代性观念在渗入乡村社会之后深度改变了人们对于传统乡土的记忆，但其摧毁的也并非全然优良的乡土传统观念，同时也对那些有碍于人性自由和经济发展的落后观念进行了深度清理。五四时期一大批青年在五四新文化运动影响下开启了自我放逐的人生历程，他们纷纷离开乡土走向都市，其中涌现出许杰、王鲁彦、彭家煌、蹇先艾等被鲁迅称作侨寓者的乡土小说家。他们从死寂腐浊的乡村来到都市寻求别样的生活，然而都市并未给予他们实现理想的机遇，陷入苦闷彷徨之中的他们也不愿回到故乡，因失望转而以西方的城市文明观念批判那黑暗的乡土世界，试图在现代观念指引下描绘乡土社会的荒芜破败以及人性的扭曲变异，同时对于蒙昧无知的农民进行思想启蒙。王鲁彦的《黄金》中沾染了现代金钱观念的农民不再质朴，而是显露出利欲熏心的功利色彩；蹇先艾的《水葬》中的乡民们将无以为生而被迫偷盗的阿毛施以水葬，可怜那毫不知情的老母亲依旧翘首以盼儿子归来；许杰的《赌徒吉顺》将妻子像物品一样典当出去，毫无人格尊严可言。但在社会主义时期，乡土社会整体面貌已今非昔比，农民对于现代城市及其道德观念的认可和接受更为积极主动，从而呈现出崭新的景象。同样是描写现代农业机械引入乡村，茅盾《秋收》中的老通宝因着现代工业化大生产对于自给自足的农耕传统模式的巨大冲击而导致破产心存拒斥，但后来为了抗击旱灾不得不花费重金使用效率更高的抽水机，显现出当时农民接受现代农业机械的矛盾心理。贺享雍在《乡村志》中则是以平实而客观的态度来看待现代观念以及农业机械的引入，对于现代性并非一味拒斥。乡土百姓对于以营利为目的引进的现代农业机械一开始持否定态度，认为破坏了邻里互助的传统道德规范，但经不住现代机械高效率的诱惑，同时开放搞活也为节省下来的人力和时间找到了赚钱的路径，因而农民逐渐接受并欢迎现代农业机械。贺兴成出于牟利的目的将现代农业机械引入贺家湾，展露出将乡村引向现代化的积极意义，贺家湾人从初始抗拒到最终接受，细致地呈现出农民对于时间和效率优先的现代观念的接纳过程。设若贺兴成因循守旧，依然抱持着传统的邻里互助的观念，那么一方面不可能产生自掏腰包购买现代农业机械的念头，另一方面即便购买过一次也会因无法收回成本而不可能进行更新。在贺兴成的带动下，其他村民也开始购置现代农业机械以获取利益，由此使得农民有了更多的选择，在相互竞争中也有助于拉低使用成本。贺兴成为了在竞争中能够保持不败之地，不仅大力引进更为先进的机械，而且较之以往更为注重人际交往。

城市现代观念的引入打破了乡土社会固守千年的传统观念，从而使得农民的思想观念和价值理念发生了根本性变化。原本安土重迁的农民在明了城市打工较之土里刨食的传统农耕生产可以获得更为丰厚的经济回报后，纷纷舍弃固守土地的传统观念，向城求生成为农民自觉的生存选择，不待政府号令和组织便自动地拥入城市，看似牢不可破的传统观念迅即土崩瓦解。农民别离土地到城市打工不仅使得乡土生活状态发生了根本改变，而且也因着受到城市现代观念的熏染深层次地改变了思想观念，原本世代因循的传统观念受到强力冲击，许多农民尤其是年轻一代不再将乡土社会作为精神栖息之所，而是一心渴慕能够在城市生活。离乡不仅是农民追求现代物质文明的一种必然选择，而且也同时在接受现代思想观念的熏染。随着农民进城后思想观念趋向现代，加之教育的叠加效应，他们也开始自觉地接受包括法律规范在内的现代社会运行法则。贺世普在退休回乡后致力于向村民们宣扬法律以减少邻里纠纷，但却收效甚微。相较而言，步入城市的贺华彬在与贺冬梅恋爱受阻时却自觉地拿起法律武器来捍卫自己的婚恋自由，依照法律规范破解了绵延千年之久的"同姓不婚"的传统婚姻伦理。

农民大规模地从乡村流往城市也必然会引发一些负面效应，比如乡土社会逐渐显露出荒凉破败之相，越是如此越缺乏吸引力，因而陷入恶性循环之中。原本期冀着当上村主任后能够有一番作为的贺端阳后来之所以忙于承包工程以个人发家致富，其中也有着大量村民离开贺家湾而导致人力物力财力匮乏的因素，不可能像以往那样集合起来发展乡村。另外许多农村女青年在进入城市之后经不住城市现代生活的诱惑不愿再回到乡村，有些通过婚姻来融入城市，有些则会在农村男青年求婚时提出在城里买房方能结婚的要求，凡此种种，直接影响到农村家庭的生活。但这些问题是在社会经济发展过程中产生的，也必然会在进一步的发展中得到化解。贺享雍在《乡村志》中本着生活真实对于上述问题进行了切实的反映，他凭着对乡土生活的熟稔和乡土经验的丰富，没有像有些乡土小说家那样一味地廉价讴歌商品经济时代到来后所引发的农村和农民新变，而是进一步揭示出随着农民经济状况好转所触发的观念嬗变所导致的传统伦理道德规范的变异，这有助于人们对农村乃至整个中国社会经济变革有更为全面而理性的认识。

第四章
四川乡土小说史上的贺享雍与《乡村志》

第一节
本土性的浓郁与多元：贺享雍与李劼人小说比较研究

一

四川有着颇为独特的地理环境和人文传统，因而其区域文化显露出极为特殊的韵味，对生活于其间的作家们自然而然地产生着潜移默化的影响，从性格气质、思维模式、审美情趣以及表现手法等众多方面都有着强烈的型塑作用。四川作家往往有着强烈的本土意识，不仅其作品基本围绕着巴蜀地域空间来展开叙事，而且也有着强烈的本土传播和接受意识，这在贺享雍和李劼人身上都有着极其鲜明的体现。

要而言之，李劼人和贺享雍的小说创作有着诸多相似之处。其一，他们都对四川独特的风俗文化和人文景观进行了细致描摹而赋予作品鲜明的川味审美特质。其二，他们都受到四川方志文化传统的深刻影响，分别致力于川西城镇和川东乡村的书写而取得丰硕的成果。其三，他们在创作时都与时兴的文学思潮和政治思潮保持着疏离的姿态，从而展露出独立自主的创作态度。其四，李劼人和贺享雍的作品都有着鲜明的史诗性品格，李劼人"从一九二五年起，便起了一个念头,打算把几十年来所生活过,所切感过,所体验过,在我看来意义非常重大,当得起历史转折点的这一阶段社会现象,用几部有连续性的长篇小说,一段落一段落地把它反映出来"①,他自1935年5月辞职回家后用了两年时间创作完成有"小说的近代史"之称的"大河小说"(《死水微澜》《暴风雨前》《大波》),所描绘的时间范围自甲午战争直到辛亥革命前后,跨度长达近二十年,从地理空间而言虽然以成都和天回镇为主,但却是以此为原点辐射全川及全国。贺享雍更是以十卷本的规模来创作长篇系列小说《乡村志》。

在作品具体内容呈现上,虽然李劼人和贺享雍所表现的领域有所不同,一为城镇一为乡村,但翻阅他们的作品都能让人感受到浓浓的四川风土人情:四川方言土语的大量摄取,摆龙门阵的叙事方式以及独特的地域风俗描绘等无不显露出鲜明的"川味"特色。早在1989年,沙汀谈及李劼人的作品时就曾说过:"李劼人把川西坝写活了,方言俚语都很考究,那是道地的四川的东西……研究不够也是个问题,理论、评论注意不够,没有宣扬。"巴蜀地域文化一直有着重视吃喝用度等现实生活的人文精神,换言之也即生存伦理较之其他伦理道德规范而言起着决定性作用,此种精神在李劼人和贺享雍的小说文本中都有着异常鲜明的体现。在创作姿态上李劼人总是以平民面目自居,而贺享雍由于有着长期扎根农村的工作生活经历,因而对于乡土民间的真实生活情状了然于心。正因为李劼人和贺享雍都有着深入的生活体验,且都受到传统文化的滋养,两人的作品都显露出浓郁的人间烟火味,展现出鲜明的民间立场,有着中国作风和中国气派。

二

李劼人和贺享雍在塑造人物形象时都受到现代小说观念的影响,注重人物形象的非英雄化和欲望化书写,同时人物往往有着多个层面的复杂性格特征,而并非传统小说中所常见的单一性格特征的扁平人物,更为贴近现实生活原貌。

首先,人物的非英雄化。

李劼人和贺享雍着力塑造的都是普通人物形象,而并非像传统历史小说那样

---

① 李劼人:《死水微澜·前记》,《李劼人选集》第1卷,四川人民出版社,1980年,第3页。

以塑造英雄人物为核心，显现出明晰的民间立场和底层关怀意识。李劼人和贺享雍都对人的世俗化存在颇为青睐，即便偶有男子汉气概和英雄品格的人物也刻意将其还原成凡俗人物。

李劼人《死水微澜》中的罗歪嘴多少显露出一些草莽英雄的本色，但其身上的匪性气质更为浓郁，而非正统意义上的英雄气质，天性不安分的蔡大嫂之所以愿意委身于他也正是被他那狂放不羁、敢于反抗的匪性精神所打动。由于他打小便在社会上闯荡，也沾染了许多恶习，吃喝嫖赌样样俱全，为了获取利益设下赌局"烫毛子"，诱使土粮户顾天成误入陷阱损失惨重，之后两人又在上元节狭路相逢发生斗殴，致使原本家境富裕的顾天成家破人亡，妻子气病交加离开人世，女儿招弟也在混乱中不知所踪，顾天成本人多亏洋人救治方才捡回一条命，从而使得顾天成和他结下了难以化解的仇怨。李劼人不仅对于有着男子气概的罗歪嘴有意彰显其世俗本相，而且对于那些当时曾经参与轰动全国的保路运动和辛亥革命的真实历史人物比如蒲殿俊、夏之时、罗纶、尹昌衡等也没有赋予英雄色彩，而是将之还原为本色的人物形象。

贺享雍《土地之痒》中的贺老踮和郑锋都曾出任过大队支书，也都为解放事业和社会主义建设做出过贡献，在"十七年"乡土小说中往往将他们作为英雄人物对其先进事迹大书特书，但贺享雍秉持着民间立场将其去英雄化，以世俗的眼光来还原其本真面貌，"将英雄人物从神性殿堂拽回平实的大地之上"①。贺老踮在土改运动时因表现得非常积极而得到工作队的赞赏，先是被擢拔为农会主席，之后又出任大队书记。但在作品中透过贺茂前的讲述却将贺老踮非英雄化，在参加土改运动前贺老踮有着颇为不堪的过往，原本是个道德败坏的二流子，到处坑蒙拐骗，不是一个正经的庄稼人。贺老踮还因着房派之争挟私报复，出身大房的他将小房的贺茂富和贺老五指认为地主召开斗争大会。不仅如此，他还悖逆天理地将与之一起生活的亲侄女强奸，侄女有孕在身后因偷摘贺茂富家种的黄瓜遭到贺茂富妻子一番羞辱自尽身亡。土改运动时为了洗白自己，贺老踮在批斗贺茂富时公开诬陷是贺茂富强奸了自己的侄女并将其逼死，由此导致贺茂富被当场处决。郑锋在参加解放军后与国民党军队作战时十分勇敢，立有军功，中华人民共

---

① 田丰：《1980年代乡土小说的神性复魅与祛魅》，《社会科学》，2018年第4期。

和国成立后转业到县政府保卫科,但由于他心直口快在反右倾时被解职回家,担任了大队支书。在《土地之痒》中,郑锋起初被国民党拉壮丁与解放军打仗时也很勇敢,被俘后方才加入解放军,由此便消弭了他在转投解放军后的英雄壮举,在成为解放军后之所以作战勇敢并非革命意识驱动的结果,而是纯属天性使然,其小名就叫"郑二球"。同样他在极左时期处处都杠直巴锤也并非思想意识有多么超前,而是心直口快的个性使然。

其次,人物的欲望化。

由于四川处于四面都是高山的盆地区域,自古便有着"蜀道难,难于上青天"的慨叹,因此其民众的文化心理和思想意识较少受到封建正统观念的禁锢,在男女情爱上所受到的封建礼教钳制也较为薄弱。尤其是当地女性一向以泼辣大胆不屈从传统礼法的"川辣子"性格著称于世,在男女情爱关系上不愿安守本分,主动寻找情欲满足的对象,虽然她们并无追求个性解放的自觉意识,但确然是富于主见、敢于决断,勇于突破贞操自守的古训陈规以追求个人欲望的满足。她们不墨守封建伦理道德规范,为了满足个体欲望敢于向传统世俗观念发起挑战,甚而上演不伦之恋。看似"放荡"的行为与蜀地泼辣豪放的民风习俗是相契合的,人们并不把男女之间的私情视作伤风败俗之事,而是将之视为生活中的常态予以包容,这在贺享雍和李劼人的小说作品中都有所显现。同时此种超出常规的爱恋虽然常常遭人讥笑和诟病,被认为其悖逆人伦而有伤风化,但从人性角度而言,却因其本自男女青年的彼此爱慕而值得同情和肯定。众所周知,李劼人的小说创作深受法国自然主义的影响,早在法国勤工俭学期间,他就曾撰文予以褒扬和推介,但对左拉等人"太枯燥太冷酷,太不引同情"也持有异议,在他从事文学创作时对于小说中的人物尤其是女性寄予着深切的同情,揭示出这些所谓"荡妇"身上所具有的反抗精神以及隐匿在其背后的人情人性美。也正因其本着同情之理解,李劼人以擅长塑造女性人物形象著称,这些女性不同于五四新文学中所常见的,在五四精神感召下,敢于突破封建观念束缚大胆追求个性解放和婚姻自由的现代型女性形象,也不同于传统观念拘囿下唯唯诺诺、逆来顺受的传统型女性形象,而是在生命原欲驱使下不安分的"荡妇型"女性形象,《死水微澜》中的蔡大嫂、《暴风雨前》里的伍大嫂、《大波》中的黄太太等堪称代表,其中蔡大嫂与罗歪嘴、黄太太和楚用之间上演的都是不伦之恋。李劼人对于这些性观念颇为超前的女性人物抱有深切的同情和诚挚的赞美，不仅不予以道德谴责，反倒对这些女性偏爱有加，使得作品呈现出文化叛逆的意味，这是缘于他在现实生活中类似蔡大嫂这样的典型"看的很多，很亲切。她们的生活、思想、内心、境遇我都熟悉"①。

其中在蔡大嫂身上交织着包法利和潘金莲等中西小说人物形象的影子，是中西融合的产物。有论者针对李劼人对这些"品行太差"甚至寡廉鲜耻的女性人物的偏爱而认为其小说格调低下，此种论断显然并不符合作品实际并有失公允。李劼人在小说中对于人物的情欲世界进行了深入开掘，鞭辟入里地揭示出由于人的生命原欲所触发的悲喜故事，其卓异之处在于超越了阶级论的囿限而直指人性。表面上李劼人对于人的生命原欲的肯定契合了"人的解放"为主导的五四精神，但实际上却并非受到五四时代风气的熏染使然，而是爱慕虚荣以及追求个人享受的原始本能欲望催发的结果，加之蔡大嫂天生丽质风情万种自然不乏追求者，因此在她身上既显露出蔑视世俗观念而任由不可抑制的原始生命活力肆意迸发的积极方面，同时也有着一味追求爱情刺激而略显粗俗的消极方面。究其根本，李劼人通过蔡大嫂自在自为的生命原欲的书写来肯定人性之美善，正如同周作人所言："我们相信人的一切生活本能，都是美的善的，应得到完全满足。凡有违反人性不自然的习惯制度，都应排斥改正。"② 蔡大嫂在尚未出嫁之时听邻居韩二奶奶讲述成都安逸富足的生活后心生向往，渴盼着有朝一日成为城里人。到了婚嫁年龄她遵从父母之命嫁给比她大十余岁的蔡兴顺，对于此种包办婚姻她并没有显露出丝毫不情愿，这主要缘于她贪恋城镇的繁华富贵，一心渴盼着借助婚姻走出农村。自小便备受父母宠爱的她个性张扬、坚持己见，没有乡村女子所惯有的小家子气，对于认准的生活方式表现得极其执着，哪怕是到城里给富人做妾她也心甘情愿。蔡大嫂本着强烈的欲求驱使，敢于大胆冲破讲究忠贞节操的传统观念束缚，她之所以自愿嫁给为人老实的蔡兴顺以及改嫁顾天成，主要都是为了寻求物欲的满足，而与罗歪嘴的婚外情则是为了满足情欲。蔡大嫂在婚姻尚存续期间与丈夫的表哥罗歪嘴上演了毫无遮拦的肉欲狂欢，她之所以敢如此恣意妄为，缘

---

① 李劼人：《李劼人谈创作经验》，《草地》，1957年第4期。
② 周作人：《人的文学》，《中国现当代文学作品与史料选》（上册），浙江大学出版社，2012年，第236页。

于被能说会道、威风八面的罗歪嘴所散发的雄强男性气质所吸引，毫不顾及罗歪嘴和丈夫蔡兴顺"血亲老表"的关系而公然同居一处。然而蔡大嫂与罗歪嘴之间的不伦之恋并非真正意义上刻骨铭心的知己之爱，而是源于游戏意味的原始本能，正如同刘三金所言："蔡掌柜真老实得可以，你倒尽可以老实不客气地跟他挣几顶绿帽子，怕啥子呢？"① 蔡大嫂和罗歪嘴满足于"不是正经夫妻"的偷情所带来的身心愉悦而并无结为正式夫妻的打算，就在两人情感炽热之时，蔡大嫂面对陆茂林的挑逗起初也有些心猿意马，只不过碍于怕罗歪嘴责怪才予以拒绝。罗歪嘴与蔡大嫂相爱后虽然不是以婚姻为目的，但仍投注了真情，彼此难舍难分，深切地体味到爱情的滋味，任由生命活力自然绽放，以至于"酽到彼此都发了狂""全然没有理智的相扑，相打，狂咬，狂笑，狂喊"②，并且蔡大嫂毫不隐讳地竟敢于当着张占魁等人的面与罗歪嘴打情骂俏，甚至坐在他的怀中。不仅如此，有时甚至还把傻子拉去做配角，"把傻子也教坏了，竟自自动无耻地要求加入"③。虽然她对罗歪嘴不乏真情，但在洋教势力崛起而袍哥遭受打压之后她迅即做出决定改嫁顾天成，过上了较之以往更为富足的生活，"放着一个大粮户，又是吃教的，有钱有势的人，为啥子不嫁"④。从爱情专一的角度衡量蔡大嫂，她无疑称不上善女人品行。"女人品行的变化体现社会的变化，写女人实现情欲的方式和胆识，也就成为我们考察历史变迁与文学发展的一个重要视角，它同样体现了文学创作的一种规律。显然，正是蔡大嫂这个形象告诉我们，中国历史从封建社会进入了近现代社会。"⑤

《暴风雨前》里的伍大嫂起初因丈夫长期不在家生计无着，为生活所迫成为多名男性的情人，但她并不甘于被男性任意摆布，主动勾引儿子的老师郝又三以满足情欲，在她的团弄下，仅仅三四次交易，郝又三年假尚未曾过完便已经把什么都忘怀了，维新、革命、国家、人民，这些念头当然也挤不进脑子里。伍大嫂的儿子对于母亲与众多情人交往并不怪罪，之所以如此，缘于生活穷困的下莲池

---

① 李劼人：《死水微澜》，四川人民出版社，2017年，第80页。
② 李劼人：《死水微澜》，四川人民出版社，2017年，第235页。
③ 李劼人：《死水微澜》，四川人民出版社，2017年，第235页。
④ 李劼人：《死水微澜》，四川人民出版社，2017年，第265页。
⑤ 蓝棣之：《从女人的品行，写历史的转捩——长篇小说〈死水微澜〉的深度模式》，《文艺研究》，1993年第1期。

人几乎每家都有靠卖淫为生的妇人，因此早已习以为常而不以为怪。《大波》中的黄太太生性泼辣又精明能干，未出嫁时是远近闻名的龙二姑娘，与姐夫孙雅堂有过私情，嫁到黄家后很快便独揽大权。在革命动乱时黄家男子们乱作一团、慌了手脚，而镇静自若的黄太太敏锐地依据时势准确做出预判，成为黄家的主心骨。她审时度势又有识人之明，筹措四五千块支持吴凤梧成为标统，吴凤梧得势后将其丈夫黄澜生擢拔为军需官，顺便还让其情人孙雅堂做了书记官。黄太太为人处世精明能干，在及时行乐思想的驱使下放纵无忌："认定女人从十四岁到二十岁，算是一朵花，这时节，才应该风流放荡，才应该得到男子的迷恋，和享受男子的奉承。过此到二十八岁，算是花已盛开，只有一些狂蜂浪蝶，偶来照顾，如其女人本身还存什么妄念，那就该鄙薄了。"① 同时她在男女私情上也有着极强的占有欲和玩弄欲，对小她八岁的夫家侄子楚用肆意撩拨而又不让他轻易得手。当她与楚用有了不伦之恋后，为了长期保持情人关系竟将自己的三妹许给楚用，在楚用回家娶亲时约定第一不能泄露两人的私情，第二必须在完婚后尽快回到她的身边。黄太太之所以对情人楚用有着如此强烈的独占欲，究其根本乃是效仿男性追求平等的结果，而并非鲁迅《伤逝》中子君那样"我是我自己的，他们谁也没有干涉我的权利"② 的个体独立自主意识，因此她所进行的反抗并非要寻求摆脱旧式家庭，而是在不破坏家庭完整的前提下寻求身体欲望的满足。在她看来："妇女家真值不得，偷了人就要着人耻笑，说是失了节。胆小的只好忍耐到害干病死，发狂。我就胆大了，可是也只好偷偷摸摸的，敢同男人家一样：只要有钱，三妻四妾，通房丫头，不说了，还能在外面随便嫖，嫖女的，嫖男的？大家还凑合他们风流。会做诗的，还要古古怪怪做些来跟人家看，叫啥子情诗艳体。我不信男女既都是一样的人，为啥女子就该守节？人人都不明白这道理。一般妇女更可恨，她们一说到那个女人失了节，偷了人，便都摆出一派鄙薄的样子来，好像自己才正经，别的人就不尊贵了。其实，我看得透，鄙薄别人的只由于嫉妒。嫉妒别人有本事偷人。"③ 此种放荡不羁的爱欲狂欢完全与"存天理，灭人欲"的宋明理学背道而驰，客观上起到了冲破封建贞操观念的积极作用。然而即

---

① 李劼人：《大波》，《李劼人全集》第4卷，四川文艺出版社，2011年，第190页。
② 鲁迅：《伤逝》，《鲁迅小说散文初刊集》，上海书店出版社，2016年，第230页。
③ 李劼人：《大波》，《李劼人全集》第4卷，四川文艺出版社，2011年，第96页。

便是这些有着雄强个性的女子们敢于蔑视封建伦理道德，大胆冲破礼教桎梏，但却难以彻底摆脱遭受歧视和侮辱的弱势群体的地位，表面上她们游刃有余地周旋于多个男子之间，但并不能真正地把握自身的命运，依然是男性垂涎和猎取的欲望对象。

贺享雍在《乡村志》中也热衷于人物的欲望化呈现，且与李劼人一样也描绘了不伦之恋，但两者又有着明显的差异。《土地之痒》中的贺老跷就曾与自己的亲侄女有着乱伦关系，但其侄女完全是被强迫的，最终因尚未出嫁有孕在身遭人羞辱而自杀身亡。《男人档案》中贺老跷在担任合作社社长兼支书时还与由他任命的会计、有夫之妇代明淑有着不正当关系，并生有一子贺世宏。贺家湾人笃守着"宁说一坝、不说一胯"的处事原则并未当面说破，但却因贺世宏与贺老跷长相、腔调乃至走路姿势都十分相似而得以确证。《民意是天》中的贺春乾在担任支书之前便与被人唤作"杨贵妃"的贺国藩的妻子胡琴有着私情。胡琴有着凄惨的身世，六岁时父母双亡，由叔叔婶婶养大，婶婶因自己的亲侄子贺国藩三十岁尚未娶亲便想要将胡琴嫁过去。胡琴对于这门婚事并不情愿，但因叔叔婶婶对她有养育之恩又不好拒绝。在结婚后她对长相英俊的贺春乾心动不已，借机主动投怀送抱，与贺春乾有了私情。由于两人行事隐秘，因而一二十年间一直保持着情人关系却并不被外人所知。贺春乾为了报答胡琴，在同意担任村支书时向乡上伍书记提出让贺国藩出任村主任。贺良毅也和贺广全的女人"貂蝉"有染，结果一天正当他赤身裸体要钻进"貂蝉"的被窝里时，被早有所准备的五六个汉子暴打一顿。此外，曾经担任过村支书的贺世忠也在早年间与贺桂花有过私情，但因不敢公然违背"同姓不婚"的传统婚姻习俗而不得不分手。贺华彬和贺冬梅则倚仗着法律所赋予的自由婚姻权利大胆地突破了"同姓不婚"的陈规陋俗，从而昭示着现代观念正在取代传统观念。相较而言，贺享雍作品中的女子除了胡琴之外，在男女爱情关系中往往处于被动状态，而不像李劼人作品中那样明显呈现出"女强男弱"的态势。

再次，人物的多面性。

李劼人和贺享雍在塑造人物形象时都倾向于塑造那些有着复杂性格特征者，譬如李劼人《微水波澜》中的罗歪嘴亦正亦邪，身为天回镇哥老会的二号人物他出入公门包揽词讼、催收账款、开设赌场、玩弄妓女，但又秉承江湖道义在为人处世上有着雄强的男子气概。他也并未完全沦为道德败坏之人，父母早亡的他承蒙姑父的照料方才长大成人，因而对于表弟蔡兴顺始终关怀有加，正是借着他在当地的影响力，老实本分的蔡兴顺不仅没有人敢欺辱，而且生意一直比较兴盛。即便是对于那些与自己毫不相干的人他也多行善举，为了搭救佃农他不惜得罪有钱有势的土粮户，在公园里游玩时阻止流氓无赖调戏妇女。此外罗歪嘴还有着朴素的爱国意识，对于洋人和官府勾结一处欺压良善、作恶多端心生痛恨，不顾个人安危敢于和洋人及官府斗争。罗歪嘴"嫖得很有分寸，不是卖货，他绝不下手"[①]，对于貌美如花的表弟媳蔡大嫂他早就萌生爱意，但起初顾及亲情伦理而刻意压抑情欲，直到在刘三金撮合下明了蔡大嫂对自己也心有所属方才有了越轨之举。罗歪嘴与蔡大嫂的相爱虽然违背了传统伦理道德，但却也确乎是两情相悦付诸真情，平日里言语粗鲁的他对于蔡大嫂却极其温柔体贴，在与顾天成斗法失败后不得不潜逃外地，但在临行之前的危急时刻依然不忘和蔡大嫂道别。

贺享雍《乡村志》里的贺春乾在担任村支书后做了包括贪腐在内的恶事，但他在上任之初也曾有过干一番事业的理想抱负，为了修筑贺家湾通往外界的公路，他利用战友在财政局担任股长的机会争取到 10 万元的修路款，但却因本村及外村需要被占土地的村民漫天要价，迫于无奈不得不作罢。之后他又以调换田地的名义为日后贺家湾修筑公路预留了土地，从而减少了贺端阳在任时修筑公路的阻力。贺春乾借着流转土地种植药材的机会与乡上伍书记沆瀣一气，将原本属于村民所有由制药公司追加的 10％征地补偿款瓜分一空，致使村民利益受损，但在粮食买卖市场化收购改革后，对外地商人采用缺斤短两的方式榨取贺家湾人钱财的不法行为予以严厉训斥。此外，长期担任村会计的贺劲松一直以来都是兢兢业业、业务娴熟，也正因此连续更换几任村支书他都稳如磐石。他为贺端阳竞选村主任出谋划策，自己对村主任的位置毫不动心，但在代理支书期间却为了获取个人利益背着村里与乡上马书记和林木商人郎山签订了协议，致使村里集体林木被低价抛出。

---

① 李劼人：《死水微澜》，四川人民出版社，2017 年，第 26 页。

三

历史上四川因交通闭塞长期与外界隔绝，因而逐渐形成颇为独特的社会风俗、话语方式、文化心理和生活规范，具有鲜明的川味特色。李劼人和贺享雍同为四川籍作家，都受到巴蜀传统文化的熏染而使得作品呈现出相近的况味，但由于他们所描绘的地域分属川西和川东，且有着城镇和乡村之别，加之时代语境也有所不同，因而在地域风俗的呈现上也有着显豁的区别。

首先，李劼人和贺享雍的乡土小说作品都极其注重对于方言土语的摄取，使得作品在言语风格上呈现出鲜明的"川味"审美特质。

李劼人和贺享雍都致力于采用方言土语来表现原生态的民众生活，因而在作品中融入了大量的方言词汇，使得作品显现出地域色彩和川味特质。尤其是李劼人称得上现代四川籍作家作品中率先使用方言的鼻祖级人物，他不仅让作品中的人物讲原汁原味的以成都语音为基础的川西方言，而且还主张要让人物的语言贴合时代。1962年在接受韦君宜访问时，他曾说过："所写的生活距离现在已经五十年了，要写得使自己的心神完全走进那五十年前的'古人社会'才行，决不能让当时的人讲现在的语言，穿现在的服装，用现在的器物。这类细节必须认真，不能潦草。"[①] 四川方言土语不仅像其他地域一样有着生动鲜活的生活气息，而且由于人们生活在天府之国，生活压力相对较轻而逐渐形成幽默、诙谐的话语特质。四川方言土语的大量摄入有益于增强作品的土气息和泥滋味，不仅对于四川本土读者而言感到异常亲切，而且省外读者也得以借此体味到川味方言土语的独特魅力。

由于四川省内较之与外界而言交流较为紧密，因而呈现出巴文化和蜀文化深度交融的态势，往往并称为巴蜀文化，但由于古巴语和古蜀语原本是两种不同的话语体系，加上历史上有过多次大规模的移民，因而四川省内不同地域方言土语之间也存在着一定的差异。李劼人和贺享雍分别归属于成都片区和达州片区。达

[①] 韦君宜：《最后访问——悼念作家李劼人》，《记忆中的星光：光明日报65年文艺作品选萃》，光明日报出版社，2014年，第96页。

州方言中经常出现"哈"字,从词性上可以兼做动词、量词、名词和语气词等,具体用法多达 12 种。对此在贺享雍中的作品中也有所体现,比如:《民意是天》中"裤裆里打麻将——哈不开了"[1],哈不开意指扒拉不开,"哈"用作动词;《盛世小民》中贺世跃:"但你哈哈也不必打得像是二踢脚的大炮竹——一声比一声还高"[2];《男人档案》中王茵妈对贺世跃说:"行,你们先在家里摆到龙门阵,我一哈儿就回来!"[3]一哈儿也即一会儿,此处为时间名词。李劼人的小说中却没有此种用法,川西方言最具特色之处在于大都与当地的动植物或者农业生产以及日常生活用具有关,通过比拟、联想的方式生动形象地呈现出象征意蕴来,不仅有着鲜明的蜀地韵味,而且也有着诙谐幽默的特质。李劼人"大河小说"中有着诸多今天依然在沿用的"龟儿""儿娃子""巴适""安逸""耙耳朵""要得""咋个晓得"等成都方言,这些地方话语除了"耙耳朵",单从语意上并不算特别冷僻,即便是从未到过四川的外地人也能基本明白其大致含义。另外一些方言语汇却相对较为难懂,譬如李劼人《死水微澜》中郫县土粮户顾天成携带二十亩田的抵款到成都捐官却未能办成,百无聊赖之下到赌场解闷,却赢了几百两银子,但随后陷入罗歪嘴、张占魁伙同刘三金设下的赌局,不仅将赢得的钱连同捐官银子输了个干净,还倒欠了五百两的借款,直到此时他才恍然大悟罗歪嘴等人"不硬挣,耍了手脚,烫了他的毛子"[4]。"烫毛子"也叫"整猪",原本是指杀猪时用开水将猪毛烫掉,在蜀地方言中借指赌博时用不正派的手段将他人的银钱赢光。袍哥行话则近乎江湖黑话,比如肥猪(被绑架的人质)、搭手(帮忙)、水涨了(情势危急)、撒豪(蛮不讲理、恃强凌弱)、戳到锅铲上(碰到硬茬而有后患)等。《死水微澜》中长相一般的蔡兴顺迎娶了貌美如花的蔡大嫂,一时间引起围观的人们调侃的兴致,将之比作"一朵鲜花插在牛屎上"[5],而蔡大嫂的父母长相并不出众却能有如此美貌的女儿也被众人调笑,"谁也料不到猪能产象"[6]。曾先生往日里群困潦倒,但自从迎娶了与洋人离异颇有家资的曾师母后生活大为改观,一下子

---

[1] 贺享雍:《民意是天》,四川文艺出版社,2014 年,第 291 页。
[2] 贺享雍:《盛世小民》,四川文艺出版社,2017 年,第 179 页。
[3] 贺享雍:《男人档案》,四川文艺出版社,2018 年,第 113 页。
[4] 李劼人:《死水微澜》,四川人民出版社,2017 年,第 86 页。
[5] 李劼人:《死水微澜》,四川人民出版社,2017 年,第 24 页。
[6] 李劼人:《死水微澜》,四川人民出版社,2017 年,第 23 页。

"从糠筴里头跳到米筴里头了"①。上述口语均与生活事象紧密相关，因而生动形象、通俗易懂，同时也有着诙谐幽默的意味。此外李劼人爱给小说中的人物起绰号，有时依照相貌体态特征比如罗歪嘴（《死水微澜》）、周秃子（《大波》），有时则依据行为品性比如蔡傻子（《死水微澜》）、赵屠夫（《大波》）。言语风趣的成都人往往通过起绰号的方式来揶揄对方或者表达憎恨，正如同《暴风雨前》中田伯行所言："比如说，他恨你这个人，并不老老实实地骂你，他会说你的俏皮话，会造你的谣言，会跟你取个歪号来采儿你。这歪号，越是无中生有，才越觉得把你采够了，大家也才越高兴。"② 贺享雍在《乡村志》中对于歇后语的大量摄取也有着鲜明的特色，而李劼人的作品中较少采用此种话语方式。

总而言之，李劼人和贺享雍在方言土语的摄取上都用力颇深，使得作品笼罩着浓郁的"川味"。相对而言，由于贺享雍的方言土语直接来自乡村底层社会，因而显得更为朴质也更为本色；李劼人自幼便在私塾中接受系统的传统文化教育，之后进入四川高等学堂分设的中学堂求学，因而打下了坚实的国学基础，其小说语言呈现出方言土语和文言语汇交融的特质。美中不足的是，方言土语因其有着强烈的地域性，也会在一定程度上形成阅读障碍而导致传播范围受限，因此李劼人和贺享雍在省内外的传播和影响都有着巨大的反差，不如川味色彩不那么浓郁的郭沫若、巴金等川籍作家那样有着全国性的受众和影响。

其次，李劼人和贺享雍都热衷于在作品中展现四川本土的风土人情，对巴蜀地域文化风俗进行了浓墨重彩的描摹，使得读者感受到浓郁的地域情调，但也存在着一定的差异而各具特色。

众所周知，民俗是有着强烈地域性的文化模式，一经形成也会反过来对于当地民众的日常生活、精神气质、文化心理等产生强大的型塑和规约作用。法国文艺理论家丹纳认为地理和气候等自然环境因素以及文化观念和思潮制度等社会环境，对于作家有着巨大的型塑作用，"因为人在世界上不是孤立的，自然界环绕着他，人类环绕着他，偶然性的和第二性的倾向掩盖了他的原始的倾向，并且物

---

① 李劼人：《死水微澜》，四川人民出版社，2017年，第101页。
② 李劼人：《暴风雨前》，译林出版社，2014年，第152页。

质环境或社会环境在影响事物的本质上,起了干扰或凝固的作用"①。也正因此,作家不是孤立的个体,其审美趣味往往和它所处的社会环境和自然环境相契合,"作品的产生取决于时代精神和周围的风俗……不管在复杂的还是简单的情形之下,总是环境,就是风俗习惯与时代精神,决定艺术品的种类;环境只接受同它一致的品种而淘汰其余的品种;环境用重重障碍和不断的攻击,阻止别的品种发展"②。茅盾对于丹纳的文艺观念极其服膺,在其基础上归纳总结出文学作品往往有着强烈的地方色彩:"人物有个性,地方也有个性;地方的个性,通常称之曰:'地方色彩'。但我们决不可误会'地方色彩'即是某地的风景之谓。风景只可算是造成地方色彩的表面而不重要的一部分。地方色彩是一个地方的自然背景与社会背景之'错综相',不但有特殊的色,而且有特殊的味。"③ 具体到李劼人和贺享雍的作品而言,虽然一为川西城镇一为川东乡村,富庶程度有着较大差异,但都体现出"地大物博,俗好娱乐"的地域文化特性。李劼人和贺享雍在作品中都展现了大量具有鲜明四川本土特色的民俗景观,举凡饮食习俗、娱乐消遣、节日礼仪、服饰穿着、交通建筑等都有所涉及,使得读者可以清晰地感知具有川味特点的日常生活画卷。

四川自古便有摆龙门阵的生活习惯,闲暇之时谈古论今、品评人物、神吹海侃而怡然自得,贺享雍和李劼人自幼便受到此种日常文化习俗的浸染,在小说中也汲取了此种为四川所独具的话语叙述方式,"一是讲究故事的来龙去脉,二是不时夹进相关插曲,三是众人对同一主题或氛围的参与"④。由此不仅有助于故事充实完整,也使得小说结构散而不乱、灵活自如。李劼人"大河小说"中涉及诸如百日维新、义和团运动、保路运动、辛亥革命等重大历史事件,设若全部展开必然会使得情节枝蔓丛生,而通过众人围坐茶馆摆龙门阵的方式予以讲述便可收放自如。李劼人《死水微澜》中的许多故事细节就是通过"摆龙门阵"的方式道出的,比如教民与袍哥之间水火难容的矛盾冲突,就是经由罗歪嘴和蔡大嫂摆龙门阵来加以呈现的。贺享雍的《男人档案》更是通过贺世亮与"我"以及其他

---

① [法]丹纳:《英国文学史·序言》,伍蠡甫主编《西方文论选》下卷,上海译文出版社,1979年,第237页。
② [法]丹纳著,傅雷译:《艺术哲学》,生活·读书·新知三联书店,2016年,第50页。
③ 茅盾:《小说研究ABC》,上海世界书局,1929年,第102页。
④ 秦弓:《李劼人历史小说与川味叙事的独创性》,《西南师范大学学报》,2002年第1期。

当事人摆龙门阵的方式,来讲述贺世亮从一文不名到身家巨万背后的故事,将此种原生态的话语交谈方式发挥到极致,具有极强的独创性,成为整部小说叙事的主体结构模式,不仅增强了故事的在场感和真实感,同时使得叙事呈现出别具一格的巴蜀风味。

  李劼人笔下的成都居于天府之国腹地,富庶了几千年,不必为了衣食过度烦忧的当地居民逐渐养成了悠闲自如的生活态度,举凡青羊宫庙会、东大街灯会等节庆游乐活动烘托出热烈的节日气氛。各种节日庆典活动更是热闹非常,《死水微澜》中的新年夜,整个成都最为繁华的东大街张灯结彩显得富丽堂皇,不仅牌坊灯色彩斑斓,而且每家铺面上都张贴着出自名家之手的朱红京笺的对联和彩画,在拜年时还备有梅红名片。自除夕到破五燃放的鞭炮渣子不做清扫越积越厚,划拳赌饮之声喧闹异常,街上观看花灯礼炮的人潮涌动,营造出浓郁的蜀地节日喜庆气氛。即便是祭祀逝去亲人的清明节也因着郊外踏青而不显得那么凄冷和悲伤,清明扫墓既缓释了人们对于已故亲人的怀念之情,同时也成为久居城市的民众饱览田园风光的绝佳时机。元宵节时,"全城人家,并不等什么人的通知,一入夜,都要把灯笼挂出,点得透明。就中以东大街各家铺户的灯笼最为精致,又多,每一家四只,玻璃彩画的也有,而顶多顶好看的总是绢底彩画的。并且各家争胜斗奇,有画《三国》的,有画《西厢》《水浒》或是《聊斋》《红楼梦》的,也有画戏景的,不一定都是匠笔,有多数是出自名手,可以供雅俗之赏。所以一到夜间,万灯齐明之时,游人们便涌来涌去,围着观看。"[①] 天回镇由于紧邻成都也显得热闹非凡,赶场时各种买卖场所分门别类,家畜市设在场外树林中,杂粮市在关帝庙,米市在火神庙,杂货摊则沿街设立,赶场的叫卖声、吆喝声此起彼伏,夹杂着吵骂声,可谓人声鼎沸、热闹非常。位于成都西南隅城墙外的青羊宫庙会更是摩肩接踵、人海如潮。

  贺享雍《乡村志》中贺家湾人的节日要简单质朴得多,人们更为注重的是借着节日之际改善生活,但却充满着浓浓的人情味。作为典型消费性城市的成都当下以火锅著称于世,但在民国时期却是以茶馆文化最具代表性,喝茶泡茶馆成为闲散安逸不用过于为生计操劳的成都人须臾不可缺少的日常生活内容,在李劼人

---

① 李劼人:《死水微澜》,四川人民出版社,2017年,第141页。

的"大河小说"中经常会细致描绘茶馆,将之作为描绘重大历史时间的重要背景:"茶铺,这倒是成都城内的特景。全城不知道有多少,平均下来,一条街总有一家。"① 而且茶馆并非单纯饮茶品茗的消费场所,同时还兼具着社会交往空间的功能:"一种是各业交易的市场;一种是集会和评理的场所;另一种是普遍地作为中等以下人家的客厅或休息室。"② 但在贺享雍的《乡村志》中因故事的发生地主要是在贫瘠的乡村,人们没有更多的闲暇和余钱来培养此种雅好,因而也就不像李劼人作品中那样到处弥漫着茶馆文化,从而显现出鲜明的地域差异来。四川美食文化自古便闻名遐迩,李劼人本人又是一位美食家,善做、善吃也善品。他15岁时便因父亲亡故母亲残疾而担负起家庭重担,每天烧煮饭菜学会了制作地道的川菜,从选料、持刀到下锅翻炒均操练甚熟。为了提高厨艺他还曾经专门搜集菜谱,20世纪20年代还一度开过一间饭馆,正因为有着如此深厚的生活基础,他在其作品中也对川菜进行了大量细致描绘。譬如《大波》中黄澜生家在宴请客人时便有火爆虾仁、三塌菇等川菜佳品。此外李劼人还在"大河小说"中展现了种类纷繁的市井小吃,诸如烧腊卤菜、鸡丝豆花、抄手、凉粉、糖炒板栗、糖酥核桃、白糖蒸馍、橘子青果、黄豆米酥芝麻糕、三河场姜糖、熟油辣子大头菜、红油笋片、凉粉担子、筱面担子、抄手担子、素面甜水面担子、马蹄糕担子、蒸蒸糕担子、鸡丝油花担子、豆腐酪担子、茶汤摊子、油茶摊子、牛舌酥锅盔摊子、烧腊卤菜摊子、鸡酒摊子、蒜羊血摊子等特色小吃让人目不暇接,从中不难见出成都饮食文化的多样性和丰富性。然而沉浸在饮食和茶馆中的成都人也有着耽于享乐而不思进取的气质秉性,在行为处事上有时反倒不如贺享雍《乡村志》中的贺家湾人那样锐意果敢。

  李劼人和贺享雍都不满足于描绘静态的传统风俗习惯,而是透过婚丧嫁娶、饮食文化的变迁来反映时代的新变,从而收到见微知著的功效。中国各地传统婚俗中往往对于妇女再嫁比较轻视,但也并非全然简单处之。李劼人《死水微澜》中蔡大嫂在改嫁给顾天成时虽然是娶进门做妾,但为了不愿被人看低,她执意要求顾天成"六礼三聘,花红酒果,像娶黄花闺女一样,坐花轿,拜堂,撒帐,吃

---

① 曾智中,尤德彦:《李劼人说成都》,四川文艺出版社,2007年,第285页。
② 曾智中,尤德彦:《李劼人说成都》,四川文艺出版社,2007年,第285—286页。

交杯，一句话说完，要办得热热闹闹的"①。出身于官绅家庭的郝又三在迎娶表妹叶文婉时虽然因是至亲彼此知根知底省却了许多环节，但依旧充满着各种繁缛礼节。虽然郝又三是受到维新思想感召和影响的新派人物，但在定亲结婚以及婚礼习俗上还无力摆脱传统礼教束缚，而不得不像提线木偶那样听任家人安排，从邀媒说亲、合八字到筹备嫁妆、过礼、回礼、花宵、花轿迎亲、拜天地、撒帐、入洞房、揭盖头、老长亲传授性知识、谢客、婚宴、闹洞房等各个环节都有讲究。当花轿从女方家抬到男方家时"照例先搁在门口，等厨子杀一只公鸡，将热血从花轿四周洒一遍，意思是退恶煞，而习俗就叫这为回车马"②。《大波》中周宏道和龙幺妹在结婚时受到社会新潮的影响而不再完全遵从传统婚礼仪式，开始尝试着新的样式。除了遵从龙太太的意愿在出嫁时新娘子依旧坐花轿外，几乎全是照着新式婚礼的形式来进行，由介绍人演说、来宾致辞和新郎演说等代替了传统的繁文缛节。透过婚俗的变迁，可以见出现代文明观念已然渗入社会文化的深层肌理之中，不仅改变了人们的思想观念，同时也是社会历史发展变化的见证。四川虽然偏居一隅，但也不可避免地受到现代文明的影响，从而带来新的气象。李劼人"大河小说"中"电报"已经取代文书，不仅郝公馆这样的显贵人家开始出现牙刷、牙膏、洋胰子等生活用品以及留声机器、相片、八音琴等娱乐消闲品，而且普通人的生活也受到深入的影响。天回镇的集市上也开始出现洋布洋针之类的洋货，洋人也在市场上收买猪毛、瘟猪皮和猪肠子之类过去基本上被当地人遗弃的东西，卖木版画的摊位上也开始出现打洋伞的时装跷脚美人画。贺享雍《乡村志》中贺家湾人的婚俗也随着时代变迁而发生了重大变化，早年间娶媳妇送的彩礼不过是些谷米粮食，但随着经济条件好转，不仅索要彩礼，而且有些还提出必须男方在城里有住房，否则的话便难以娶亲。

综而观之，李劼人"大河小说"中的风俗描绘较之贺享雍的《乡村志》而言，无论涉及的范围还是出现频次都要更大一些，但也有着过于琐碎的弊病，颇有为风俗而风俗之嫌。连篇累牍的地方风俗描绘以及相关的历史典故叙述游离于主题之外，使得故事情节不够紧凑、文字不够简洁洗练，同时也导致叙事节奏过

---

① 李劼人：《死水微澜》，四川人民出版社，2017年，第264页。
② 曾智中，尤德彦：《李劼人说成都》，四川文艺出版社，2007年，第309页。

于舒缓。比如《死水微澜》中楚子材和同学在公园喝茶聊天，由此引出公园的来历以及成都曾经有两个城的历史等无关主旨的长篇铺陈就，多少给人以冗余拖沓之感。《大波》较之《死水微澜》而言更是过于沉滞于风土人情、婚丧礼仪等生活细节的描绘，虽然有助于展现地域文化，但过于琐碎却也容易导致读者审美疲劳而适得其反。对此李劼人后来也有所认识，在中华人民共和国成立后修改旧作时曾对其中的风俗描绘进行了大量删改。不过值得称道的是，李劼人和贺享雍作品的风俗描绘不仅勾勒出地域风情画卷，而且还将民俗融入故事叙事脉络之中成为有机组成部分。李劼人《死水微澜》中，元宵节东大街花灯会上顾天成与罗歪嘴狭路相逢引发了一场斗殴，结果顾天成落败而逃，仓促间将爱女丢失，从而导致他与罗歪嘴之间结下了难以化解的仇怨。贺享雍《乡村志》中久居城市的贾佳兰之所以和从一中校长任上退休的贺世普一起回到家乡生活，主要是因为她与儿媳围绕着腊八粥的做法产生争执造成的，贾佳兰一直严格遵循当地习俗将青菜萝卜等与米混到一起蒸煮腊八粥，而儿媳妇却感觉难以下咽，由此引发婆媳矛盾。

再次，李劼人和贺享雍在四川方志文化的影响下有着强烈的方志意识，在其作品中也有所显现。

地方志对于某一地域的人文风貌、地理环境、经济状况、风俗景观进行记载，早在《周礼·诵训》中即已对方志有过记述，"掌道方志，以诏观事"，同时地方志还有着"补史之缺"的功效。四川由于古时交通不便而与其他地域之间的交流相对较少，逐渐形成独特的人文景观和风俗习惯，加之巴蜀有着注重历史的传统，因而有着编写地方志的习惯，1982年发布的《四川省地方志联合目录》中所列出的地方志多达上千种，位列全国之冠。生长于四川本土的作家受到方志文化的影响在作品中也显露出浓郁的方志意识，具体到李劼人和贺享雍而言，四川绵延上千年的方志文化传统促使他们颇为关注当地所独具的风俗事项，使得作品笼罩着浓郁的日常生活气息，以至于可以从文学地理学的角度来探察李劼人和贺享雍的作品。不难发现他们的作品都有着鲜明的四川本土色彩，无论从方言土语、精神气质、文化心理、风俗习惯等多个方面都有着异彩纷呈的展现。李劼人在创作《大波》时本着历史真实原则"尽力搜集档案、公牍、报章杂志、府州县志、笔记小说、墓志碑刻和私人诗文,并访问过许多人,请客送礼,不吝金钱"①,其作品中对于保路运动、湖北新军兵变、重庆反正、维新变法、端方丧命等历史事件的描绘严格遵循历史事实,可以称得起"小说的近代史"。

郭沫若在评论李劼人的《死水微澜》时将其比拟为"小说的近代《华阳国志》",巴金在1985年写给女儿的信中也特意指出:"只有他才是成都的历史家,过去的成都活在他的笔下。"② 李劼人的"大河小说"与近代史的区别在于他所关注的对象是那些为后者所忽视或者遗弃的,以民间百姓的日常生活和边缘事件为主的小历史。

李劼人在四川方志文化的熏染下曾经创办过《蜀风》《风土什物》等刊物,担任过《四川时报》副刊《华阳国志》主编,并且还根据成都有关的历史文献撰写过《二千余年成都大城史的衍变》以及约15万字的近乎地方志的《说成都》等论著。唯其如此,他在从事小说创作时往往注重历史与现实相互融合,谈古论今、博学多识,信手拈来历史典故、建筑由来以及当地的餐饮文化、人情风俗等。李劼人在四川方志文化传统影响下,自从事文学创作伊始便有着为历史存正的自觉意识,期冀着能够通过自己的笔让别人了解到时代的全貌和历史的真实。他秉持着方志意识对于景物描绘往往细腻入微、惟妙惟肖,将蜀地的自然风景以及人文景观真实地呈示出来。比如《大波》中对于武侯祠的描绘就颇为细致:"走出水榭,跨进那道便门,两面矮土墙,中间闪出一条五尺来宽、弯环如半月的土道。两面墙外的慈竹全有几丈高,竹梢交合拢来,成了一个绵长的竹洞。仰头望不见天空,火红太阳被浓密竹叶挡着,仅能从不多一些缝隙间筛下不多一些活动光点。许多竹叶还映成一种像翠玉似的模样。连空气几乎都染绿了。"③ 此段景物描绘不仅笔法细腻,而且是对武侯祠原景的逼真描摹,使得后世读者能够通过文字了解到当时的景致。《死水微澜》中对于青羊宫的建筑结构布局以及周边环境等进行了详致的介绍,给人以身临其境之感:"临着大路,是一对大石狮子。八字红墙,山门三道。进门,一片长方空坝,走完,是二门,门基比山门高一尺多,而修得也要考校些。再进去,又是一片长方空坝,中间是一条石子甬道,两

---

① 张秀熟:《李劼人选集·序》,《李劼人选集》第1卷,四川人民出版社,1980年,第5—6页。
② 巴金:《巴金致李眉》,《书信写作鉴赏辞典》,中国国际广播出版社,1991年,第316页。
③ 李劼人:《大波》,《李劼人全集》第4卷,四川文艺出版社,2011年,第176—177页。

侧有些柏树。再进去，是头殿，殿基有三尺来高，殿是三楹，两头俱有便门。再进去，空坝更大，树木更多，东西俱是配殿；西配殿之西北隅，另一个大院，是当家道士的住处、客堂，以及卖签票的地方。"① 不仅如此，李劼人在介绍这些古建筑的同时还像地方志所习见的那样穿插进许多历史掌故和逸闻趣事，将人文景观和风俗文化相融合，呈现出鲜明的地域特色和文化气息。曾经是中学同学的郭沫若在读过李劼人的作品后赞不绝口，认为"以正确的事实为骨干，凭借着各种多样的典型人物，把过去了的时代，鲜活地形象化了出来，堪称'小说的近代史'""作者的规模之宏大已经相当地足以惊人，而各个时代的主流及其递禅，地方上的风土气韵，各个阶层的人物之生活样式，心理状态，言语口吻，无论是男的的女的老的的少的的，都亏他研究得那样透辟，描写得那样自然"②。但如同前文所述，风俗事项和历史掌故的过度介绍不仅会使得情节枝蔓，而且也会让读者产生审美疲劳。方志意识在赋予作品强烈的生活气息和地域风味的同时也有着一定的负面影响，容易让作家沉湎于日常生活事项层面而无法导向更为深邃的哲理意蕴层面。同时由于作品中要展现大量的风俗事项而容易导致作品结构松散，对于作品中出现的各种民俗他"都不惜笔墨，大加渲染，甚至暂时忘了故事的推进，把故事中人也稍稍的'凉'在了一边"③。比如《死水微澜》中的第三部分所描绘的天回镇集市赶场原本只是人物活动的背景，完全可以一笔带过，但李劼人却用了三千余字的篇幅来展现乡村集市的各种风俗习惯。此外《暴风雨前》中在描绘成都人热衷于饮茶时用了近两千字的篇幅来介绍当地的茶俗，《大波》中则用了两千字左右的篇幅讲述成都皇城的来历。

由于中国地大物博，加之古代交通不便，因而古代文化往往显露出鲜明的地域文化色彩，但随着近代以来现代化交通方式以及通信方式的大规模采用，地域之间的文化交流较之以往更为便捷，因此地域之间的文化差异逐渐消弭，尤其是当下更是呈现出同质化的趋向，但四川盆地的特殊地理空间使得其交通相对滞后反倒保留了更多的地域文化。贺享雍《乡村志》中都对于川东乡村以及城镇的建筑格局、地理风貌、风俗事项等进行了生动描绘。

---

① 李劼人：《死水微澜》，四川人民出版社，2017年，第183页。
② 郭沫若：《中国左拉之待望》，《中国文艺》，1937年第1卷第2期。
③ 李怡：《现代四川文学的巴蜀文化阐释》，湖南教育出版社，1986年，第183页。

第二节
士绅文化传统的回归与变异：贺享雍与沙汀小说比较研究

一

中国传统社会在处理矛盾纠纷时往往倚重于地方精英为主导的民间势力，其实质是借助儒家道学传统的政治威慑力来干预社群内部事务。由于巴蜀先民受限于独特的生存地理环境很少走出盆地，因而较少受到统治阶层所设立的规范化的道德标准的影响，在遇有矛盾冲突往往也不按礼法思想或者法律规范寻求解决之道，而是依循当地世代因袭的习俗以及家族势力来自行解决。随着社会的不断进步，法律规范不断完善，农民也逐渐开始寻求依照法律来维护个人权益。

由于巴蜀大地四面都是高山，深居内陆腹地交通不便，自古便有"四塞之国"之称，每逢乱世又常常自成一体，因远离王化而较少受到封建礼教思想的浸染和约束，《汉书·地理志》中就曾记载过汉朝时期教化失败的例证："景、武间，文翁为蜀守，教民读书法令，未能笃信道德，反以好文刺讥。"[①]巴蜀之地物产丰饶，但历史上有过多次大规模的移民，由此使得巴蜀人逐渐养成放纵挥霍、喜好享乐、蛮强好斗、盲目自大、目空一切的文化习性，"文化一旦形成，又成为影响制约后来者生存方式的规范，塑造着后代人的性格精神"[②]。进入现代社会之后，随着交通和通信条件的持续改善，四川与外界的交往更为密切，但有着长期文化积淀的巴蜀地方风俗依然有着强大的影响力和生命力。由于巴蜀有着不遵从礼法以及蔑视权贵的传统，因而薄于情理，生活于其间的人们往往个性张扬、桀骜不驯而极具反抗精神，往往敢于凭恃家族势力或者个人蛮力进行反抗，

---

① 郭丹：《先秦两汉文论全编》，上海远东出版社，2012年，第743页。
② 邓经武：《二十世纪巴蜀文学》，电子科技大学出版社，1999年，第227页。

为了维护个人利益或者个人脸面而进行斗争。民国时期官吏贪腐成风，深居内陆的四川也是如此，"想要从地方官身上找点劣迹，真也有如想从栈房里寻找臭虫一样容易"①，因而不时上演着民与官之间相斗的故事。沙汀《轮下》中的没落乡绅穆平因陷入经济困窘而想着像别人那样以贪污舞弊的罪名控告县长，以便"在接济或借贷的名义下取得一笔款项"②，然而最终却落得一场空。沙汀将民国时期基层政权的腐败溃烂呈示给世人，尽显出可笑可鄙的一面，从而能够激发起人们对于反动统治本质的认识，进而促使人们认识到旧的时代必将被新的时代所取替。《还乡记》中的冯大生早年间被抓了壮丁，从部队回来后发现妻子金大姐被保队副徐烂狗软硬兼施霸占，他提了把斧子就要找徐烂狗报仇，大骂之后厮打在一处。自此冯大生与徐烂狗结下了仇怨，曾经有过多次矛盾冲突，在打笋子抽税问题上，冯大生在乡民们的支持下与徐烂狗以及保长等人之间进行了尖锐的斗争，最终虽然冯大生被抓了起来，但却也迫使对方做出让步，将一担笋子留50斤改为30斤。贺享雍的《是是非非》中县委陈书记带着四大班子和一些部门的主要领导到贺家湾参观千亩果园基地后赞赏不已，认为给全县树立了一个榜样，乡上马书记趁着陈书记高兴提出希望县上拨款给贺家湾修路以及建设果园，陈书记当场决定从发改委的项目资金里给贺家湾拨款50万元修路，又从农业局农田改造的项目资金里拨款20万元给果园修建基础设施。然而乡上在收到以贺家湾千亩果园基地名义申请来的70万元后却把这笔钱瞒了下来，并试图通过给贺家湾村两委会成员和村民小组长发放慰问品的方式来施以小恩小惠拉拢他们，以免日后知晓向乡里要钱。贺端阳在从贺世海处得知这一内幕消息之后，在幕后谋划和指挥村民团结一致，以给乡上送感谢信的名义进行集体上访，最终从乡上要回25万元修路款。贺享雍《青天在上》中的贺世忠在担任村支书期间为了完成缴纳税赋的任务，不仅将儿女打工挣来的钱填入其中，而且还私自借了数万元钱，但在他被撤职之后乡上却拒绝返还贺世忠代付的农业税费，重病在身的妻子因无钱医治又不愿拖累家人结果自杀身亡。妻子之死给贺世忠造成强烈的心理震动，从此开始走上上访之路。他先是将妻子的尸体抬至乡政府门口威逼乡政府返还欠

---

① 沙汀：《苦难》，花城出版社，1983年，第3页。
② 沙汀：《苦难》，花城出版社，1983年，第2页。

款,在谈判之时又以跳楼自杀相威胁,最终迫使乡上马书记同意支付一万元丧葬费方才予以安葬。在妻子下葬之后贺世忠又开始到乡上、县上以及市里、省里进行反复上访,不仅要回了全部欠款,还给自己家人都办了低保。贺世忠之所以能够上访成功,与其所处的时代政治环境有着直接的关联,随着法治观念的逐步深入,地方政府不再像过去那样敢对上访的老百姓"来点狠的",以恐吓的方式来吓退老百姓,有了法律支撑,老百姓不再惧怕当官的,这才有了上访以维护个人合法利益的可能。反观沙汀作品中的四川农民面对官僚政府、地方士绅和袍哥势力的压迫和欺凌迫于无奈只能逆来顺受,从而助长了这些反动势力的嚣张气焰。

沙汀《在其香居茶馆里》中的矛盾冲突双方都与地方政府有着千丝万缕的联系,且矛盾焦点所指向的服兵役本身也是政府行为,但即便是他们,也并不相信政府所设立的法院等机构能够真正解决问题。有意味的是,为矛盾双方联保主任方治国和土豪邢幺吵吵进行调解的,竟然是多年不问世事的旧派绅士陈新老爷,在闲居之前他曾经是前清最后一科秀才,并出任过十年哥老会头目和十年团总,因此在当地士绅阶层中有着极高的威望,联保主任方治国逢年过节也要给他送礼物巴结逢迎,以便在遇到棘手问题时求得照应,但他也深知"比较起来,新老爷同邢家的关系一向深厚得多"①。士绅阶层在封建社会时期是乡村封建宗法势力的代表,作为地方上的头面人物他们往往会受邀参与调解人们之间的纷争以主持公道,但在调解时往往会偏袒地方实力派或者世家大族,不可能真正地实现公平正义。沙汀《在其香居茶馆里》中的"吃讲茶"明面上是请人评理来化解矛盾,但实际上起决定性作用的却是谁的面子大。果然,陈新老爷在调解时明显偏袒邢幺吵吵,让邢家出钱,方家保人,方治国考虑到如此一来会引发于己不利的严重后果而不愿接受,最终与邢幺吵吵大打出手。显而易见,即便是与民国地方政府有着紧密联系的地方上层人物,也并不认可政府制定的法律规范能够真正发挥效力,因而在地方上市民社会与国家权力之间非但未能达成一致,反倒充斥着此种不信任感,由此昭示着国家权力并未真正深入社会基层。联保主任方治国是政府任命的公务人员,服兵役又是政府推行的制度,但其实他对政府并无绝对把握,只不过是以此来表明他是奉命公办而毫无私心罢了。方治国对于新任县长是否真

---

① 沙汀:《在其香居茶馆里》,《沙汀文集》第 2 卷,上海文艺出版社,1986 年,第 10 页。

正下决心整顿兵役摸不清底细，为了寻机报复，又过于急切地将邢幺吵吵已经四次逃避兵役的二儿子密告上报。邢家大老爷虽然是县城里极有威望的头面人物，邢幺吵吵的舅子又是县政上极其活跃的财务委员，但他们一时间也弄不清县长的虚实而不敢轻举妄动，但通过宴请新县长却发现所谓严肃整顿兵役不过尔尔，有着更大行政权力和司法权力的新县长与地方守旧势力沆瀣一气，只不过借着整顿之名坑害毫无权势的普通百姓而中饱私囊罢了。掌控着行政权力的新县长的举动直接关系着方治国能否在与邢幺吵吵的斗争中获得胜利，然而事实却证明新县长与土豪劣绅不过是一丘之貉，不可能真正地强力推行代表公平、正义的现代制度规范，从而使得起初异常严厉的推行兵役制度之举成为一出闹剧，最终还是依照陈新老爷的意愿来解决矛盾。沙汀《巡官》中的冯二老师是由政府委派的巡官，他原本也像方治国那样以为自己背后有政府支持而能够畅通无阻地行使职权，想要清除那些有碍观瞻的种种违法举动，包括赌摊以及烟馆，但却接连遭到地方帮会势力袍哥难以忍受的种种嘲弄，久而久之竟然连穿上制服在市面上巡行两转的勇气也没有了。最终他听从父亲的劝告，在当地袍哥首领那里捐了一名光棍方才改善了处境，由此可见当时四川基层社会政府势力并非多么强势的存在，明显受到地方实力派的牵绊。邢幺吵吵对方治国肆意侮辱，而陈新老爷明显地偏袒邢幺吵吵，方治国对此也无可奈何，只能低声下气地为自己辩解。地方上层阶级尚且如此，普通百姓想要靠着士绅调解找回公道只能是痴心妄想，沙汀在《老人》中对此也进行了揭示，从北斗镇自来的风习说纵然自己的土地，甚至老婆被坏蛋强占了，在目前的条件下你就喊冤、告状，作用也不大的，"公理"必定在劫夺者一方面。邢幺吵吵和方治国的争吵之所以吸引了众多茶客的关注，以至于茶馆阶沿下也挤满了人，缘于他们透过土豪邢幺吵吵的儿子也被抓做壮丁一事感受到地方政府势力或许将要有所强化而担心对自己的生活产生影响，因此迫切地想要了解政治势力和民间势力究竟谁能占据上风。沙汀还在《替身》中进一步揭示出国民党兵役制的内幕，负责抓壮丁的基层小吏不敢得罪土豪士绅等地方实力派而导致真正的壮丁不敢抓，所抓的壮丁又不壮的现象。《替身》中的保长李天心对于那些有背景的壮丁不敢抓，最终为了应付差事将游街串巷的老盐客当作壮丁抓去充数。《在其香居茶馆里》中的联保主任方治国在配合上级部门抓壮丁时原本也不打算去触动那些士绅阶层的子弟，只不过他看不惯邢幺吵吵飞扬跋扈，一向对自己出言不逊而想要假公济私,遂借着新任县长放言要严厉整顿兵役制之机,将已经多次逃脱抓壮丁的邢幺吵吵二儿子上报。究其根本,邢幺吵吵和方治国的争斗是面子之争,邢幺吵吵之所以要在茶馆这一公共空间上演和方治国狗咬狗的闹剧,主要是为了维护自己的面子,而方治国自然也不愿轻易让邢幺吵吵得逞。担任调解人的陈新老爷在镇场上颇有面子,他一进入茶馆便会响起一片巴结逢迎的呼唤声,有的赶紧起身让座,有的则抢先付款。士绅阶层极其重视脸面,像陈新老爷这样在当地颇有名望的人物为了保全面子也会受到诸多限制,虽然他不是惜疼金钱的角色,但诸如打醮之类的事他是绝对不能参与的,否则的话便会被旁人认为失了面子与平常人无异而受人轻视。《淘金记》中的破落户白酱丹虽然家境已经衰落,但却更为注重面子,抛头露面时带着猫皮土耳其帽,穿着吊着银质牙签的花缎背心,响元、烟袋不离身,倘若不如此便会丢人现眼而自贬身价。《在祠堂里》中的连长之所以残酷折磨出轨的妻子并将其装进棺材里活活闷死,也是缘于要借此维护自己的面子。沙汀另一篇小说《公道》中的乡长颟顸愚蠢却又十分霸道,在充当调解人时因一方当事人猪牙子失口得罪了他,让他感到威信受损而判定另一方当事人朱大娘占理,所谓"理"不过是任由他左右的工具,并且还大言不惭地说:"不是吹牛的话,连这一点公道都会主张错了,我也不必当这个乡长了。"①

  沙汀在《丁跛公》中也是以讽刺笔法生动地呈现出一场"狗咬狗"的闹剧,身为保长的丁跛公仗着权势将原本属于全村人的奖券据为己有,结果中了奖,但没承想机关算尽却落得一场空。团总将中了奖的奖券从丁跛公手里夺走,而土匪在闻讯后也半夜里来绑丁跛公的票,丁跛公因无法交出奖券而被土匪砸断了脚踝,成了名副其实的"跛公"。贺享雍《乡村志》中也展现出乡上马书记和村支书贺端阳上下级之间围绕贺家湾集体林地的利益纷争,贺端阳在郎山纠集亡命之徒而无计可施时不得不求助马书记,始料未及的是马书记瞒着他与郎山以及代支书贺劲松签订了协议,将贺家湾集体林地收益瓜分一空。如果不是贺端阳从郎山口中得知了事情原委并向县委书记反映,那么势必会让马书记等人得逞。之所以会与沙汀笔下所描绘的"狗咬狗"闹剧呈现出如此大的反差,其根源在于国民党

---

① 沙汀:《公道》,《沙汀文集》第2卷,上海文艺出版社,1986年,第61页。

政府官僚腐败成风，因此无官不贪，不可能通过向上级政府反映的方式来加以干涉和纠正。沙汀作品中虽然士绅们和地方统治者难免会因为利益争夺而发生龃龉，但在剥削压迫底层百姓这一点上却是一致的。沙汀《淘金记》中的白酱丹出身于家道没落的绅士家庭，从财势上与普通百姓已经相差无几，但他依旧可以通过巴结逢迎当地最有权势的龙哥和彭胖等土豪劣绅而将北斗镇的百姓玩弄于股掌，为这些地方实力派出谋划策残酷剥削压榨百姓的钱财的同时借机分得一杯羹。中华人民共和国成立后原本被三座大山压得喘不过气来的老百姓迎来了翻身解放，透过贺享雍《乡村志》系列和沙汀小说作品的对照，可以明晰地见证出农民思想意识和道德观念随着社会解放所带来的显著提升和进步。

贺享雍《乡村志》系列中以贺世普为首的调解小组在村内扮演着与过去乡绅陈新老爷颇为类似的角色，但其根本宗旨却是以法律来规范，使得公平正义得以普及到公权机关无法充分顾及的乡村百姓之中。贺世普从县一中校长位子上退休后接受村支书贺兴阳的邀请回村居住，也像陈新老爷那样凭借着威信和影响力担负着调解村民之间矛盾的责任，在某种程度上可以视为传统士绅文化传统的复归。然而毕竟时过境迁，《乡村志》和《在其香居茶馆里》所显现出的士绅文化有着明显的不同。贺世普在调解村民矛盾时不再像传统士绅那样权衡双方势力大小来做裁定，而是本着公平原则依据法律规范和道德标准进行判断。

二

贺享雍和沙汀都在小说中对于地方风俗进行了浓墨重彩的描绘，呈现出鲜明的地方色彩和乡土生活气息。虽然两人同属四川，但川东和川西北分属巴、蜀故地，因而风俗事项并不完全相同，从而呈现出各具特色的地方风味。

沙汀《在祠堂里》的连长太太因为对于婚姻不满而又无法诉诸法律获得自由选择的权利，为了反抗无爱的婚姻只能通过偷情的方式来满足情欲渴求，最终因东窗事发而被钉进棺材中活活闷死，周围邻居慑于连长的淫威而不敢也不愿出面阻止，充当冷眼旁观的看客。贺享雍《乡村志》中的地方文化习俗甚至于让法律道德规范也不得不曲意迁就，贾佳桂长期遭受丈夫贺世国的残酷虐待，她也曾经想过离婚而彻底摆脱家暴，但娘家人为了脸面极力劝阻，贺世国又每次都以下跪道歉的方式哀求她继续维持婚姻，最终贾佳桂因不堪忍受家暴喝药自杀。村民们的法律意识十分淡薄，虽然他们对于贾佳桂长期遭受家暴的事实早已知晓，但却将之视为家事而不去阻拦，待酿出人命之后不仅不去告发让贺世国受到法律的惩处，反倒本着"就活人不就死人"的当地风俗百般维护贺世国，最终使得贺世国免受应有的法律惩处。贺世普起初坚持依照法律规范要让贺世国付出代价，但无论是贺家湾人、派出所所长还是贾佳桂的娘家人都予以劝阻，致使贺世普无可奈何只能作罢。由此可见村民的法律意识还有待进一步提高，否则的话遇到类似情形依旧不过是充当看客和帮凶的角色而无法有效避免悲剧再次发生。

虽然沙汀《在其香居茶馆里》的邢幺吵吵主要凭借着大哥和舅子的关系而有恃无恐，但相较而言沙汀小说人物的家族意识比起贺享雍《乡村志》中的贺家湾人要薄弱得多，亲属之间不仅不团结，反倒经常为了利益纷争而剑拔弩张。贺享雍《乡村志》中的贺姓人家虽然大房和小房之间存在着矛盾，但由于是同一祖先下来的，一旦与村外有了利益纷争时能够迅速搁置争议一致对外，从而有利于维护贺氏家族的整体利益，避免遭受外人欺凌。沙汀《淘金记》中白酱丹和何寡妇有着亲戚关系，但为了开挖金矿两人关系不睦，以至于势如水火相互攻讦尽显阴险狡诈的本相。

贺享雍《乡村志》中所描绘的川东地区由于生活艰难而不太讲究饮食。沙汀笔下的川西北地区的人们却并非如此，不仅能吃也会吃。东晋史学家常璩在《华阳国志·蜀志》中就曾描绘过蜀人有"尚滋味""好辛香"的饮食习性，可见自古蜀人便十分注重饮食。《逃难》中的会计王胖可谓吃相凶猛，他可以一气啖完一只清炖猪膀。《公道》中的乡长非常能吃，并且胃口极佳总是不择好恶塞一肚子了事。《联保主任的消遣》中的联保主任彭瘃颇注重饮食质量，他不仅以花生米和盐蒜佐餐，而且还有专门从外地运送来只有上等人才能享用的酥松爽口的腌牛肉。《代理县长》中的代理县长贺熙虽然置身于灾荒年景，治下的百姓衣食无着而被迫流离失所，但他每天吃饭却依旧十分讲究，借锅亲自做饭，擅长做麻婆豆腐、回锅肉和烘蛋。然而这也仅限于中上阶层，底层穷苦百姓生计艰难，尤其是灾荒年间为了维持生存辛苦操劳却经常食不果腹。《土饼》中的母亲在灾荒年景苦力支撑着摇摇欲坠的家庭，为了让孩子们能够存活下来她想要将从房上拆下的砖瓦卖掉却毫无所获，为了不让孩子们丧失希望，用黄泥捏了两个饼子安慰孩子们。

茶文化在四川有着悠久的历史，而茶馆也成为当地独具特色的文化景观，从历史上而论，川东所属的巴国故地较之蜀地茶叶种植历史更为悠久，陈椽在《茶业通史》中认为巴蜀地域种茶的历史最远可追溯到西周初年。西汉时期王褒在给下人制定采购物品方案时就曾说过"牵犬贩鹅，武阳买茶"①，武阳即今天的眉山市彭山县，这也是迄今为止最早的有明确记录的茶叶商品交易。东晋时期蜀郡江原人常璩在所著的中国现存最早也是最完整的地方志《华阳国志》中详尽记载了巴蜀各地种植茶树的状况，据此可知巴国所产的茶叶在当时已成为贡品。唐人陆羽在《茶经》开篇《一之源》中也曾说过："茶者，南方之嘉木也。一尺，二尺，乃至数十尺；其巴山峡川，有两人合抱者，伐而掇之。其树如瓜芦，叶如栀子，花如白蔷薇，实如栟榈，茎如丁香，根如胡桃。"② 由此可见早在唐代四川东部便已开始规模化种植茶树。蜀西南种植茶树的历史也非常悠久，据西汉扬雄在《方言》中所记载："蜀西南人谓茶曰蔎。"③ 东汉张揖还在《广雅》中为川东地区采茶饮茶提供了确证："荆巴间采叶作饼，叶老者，饼成以米膏出之。欲煮茗饮，先炙令赤色，捣末置瓷器中，以汤浇覆之，用葱、姜、橘子芼之。其饮醒酒，令人不眠。"④ 进入近代以来，茶馆在川西蜀地可谓司空见惯："茶馆之盛，少时以为当属江南为最；稍长，到了一次扬州，才知道更盛于江南；及至抗日战争时期到了成都，始叹天下茶馆之盛，其在西蜀乎！"⑤ 因此，在沙汀小说作品中"茶馆"的出现频率极高，《在其香居茶馆里》《淘金记》《龚老法团》《丁跛公》《防空》《某镇纪事》《艺术干事》《范老老师》以及《和合乡的第一场电影》等小说中的许多故事情节都是在茶馆中发生的。其中最具代表性的《在其香居茶馆里》更是整个故事在茶馆里展开，《淘金记》中也涉及"涌泉居"和"畅和轩"两处茶馆。之所以茶馆在沙汀小说场景设置中有着如此突出的地位，也并非单纯沙汀个人偏好使然，主要缘于川西北地区历史上就是茶马古道的中枢，因此有着颇为悠久的茶叶交易历史，茶在人们的日常生活中占据了不可或缺的位置，"有着上

---

① （汉）王褒：《僮约》，熊四智：《中国饮食诗文大典》，青岛出版社，1995年，第34页。
② （唐）陆羽撰，（清）陆廷灿续辑，曹海英译注：《茶经 续茶经》，北方文艺出版社，2014年，第1页。
③ （唐）陆羽撰，（清）陆廷灿续辑，曹海英译注：《茶经 续茶经》，北方文艺出版社，2014年，第1页。
④ 张哲永、陈金林、顾炳权：《中国茶酒辞典》，湖南出版社，1991年，第450—451页。
⑤ 何满子：《忌讳及其他谈片》，上海古籍出版社，1998年，第137页。

等职业和没有所谓职业的杂色人等,他们也有自己的工作日程,而那第一个精彩节目,是上茶馆"①。对于沙汀作品有着深入研究的吴福辉也在实地考察后说过:"一个两三百户人家的镇子,拥有这么二三十个茶馆,在四川真是平平常常。"②然而值得注意的是,虽然从历史上看巴国种茶的历史最为悠久,但蜀国故地饮茶之风却最盛,这在分属川西北和川东地区的沙汀和贺享雍的作品中也有所显现。从贺享雍《乡村志》作品描绘的情状来看,茶在川东地区农民的日常生活中几乎没有任何痕迹,而在沙汀作品中茶馆不单单是娱乐消闲场所,同时也是交谈生意和议论时政的重要公共空间,已然超越了狭隘的社群囿限而上升到对于地方乃至国家整体利益的关切。

在沙汀笔下,茶馆文化已经衍生为重要的生活习俗,无论是官吏豪绅还是普通百姓都有着饮茶的习惯,成为日常生活中须臾不可或缺的组成部分。沙汀《淘金记》中为我们详细描绘了20世纪30年代川西北乡镇居民饮早茶的生活习惯:"人们已经在大喝特喝起来。用当地的土语说,这叫作开咽喉。因为不浓浓地灌它两碗,是会整天不痛快的。有的则在苏苏气气地洗脸,用手指头刷牙齿,一面和同座的人讲闲话。"③虽然中华人民共和国成立后,已经很少再有茶客会一大早在茶铺里消磨时光,更不用说洗脸刷牙,但饮茶这种生活习俗却有着超强的稳定性,在当地人的生活中依旧有着相当的分量。围绕着茶馆还衍生出其他诸多功能,在其间上演着诸多故事。《模范县长》中的"我"回到故乡后,家人纷纷劝说"我"当袍哥,为了寻求躲避,"我"除了吃饭睡觉外几乎都在茶馆中度过。茶馆还起着传播信息、发表议论和社会交往的公共空间的作用,在《模范县长》中,正是通过茶客们的言语交谈,揭开了所谓"模范县长"贪腐军粮的真实本相。随着社会的发展进步,茶馆文化也在不断地突破传统囿限,其中最为显著的变化是以往茶馆是不接待女客的,但随着思想解放运动的蓬勃开展,女客也开始出现在茶馆。沙汀所描摹的川西北地域与李劼人笔下的川西成都地域有着极其相似之处,茶馆文化都颇为盛行。但略有差异的是,沙汀笔下的公共空间除了茶馆之外还有烟馆,《淘金记》中的地方士绅阶层大都有着吸食鸦片的习惯,比如破

---

① 沙汀:《淘金记》,《沙汀文集》第2卷,上海文艺出版社,1986年,第205页。
② 吴福辉:《沙汀传》,十月文艺出版社,1990年,第16页。
③ 沙汀:《淘金记》,《沙汀文集》第2卷,上海文艺出版社,1986年,第2页。

落士绅白酱丹、地主何寡母和何人种母子都沾染上了烟瘾。当地人吸食鸦片并不隐讳,除了何寡母故意掩饰外,其他人不仅在家里吸食,还到烟馆中来过烟瘾,如同作品中所描摹的那样:"这时是上午十一点钟,客人是来过早瘾的。他们大都沉默着,只一味抽吸,或者打盹,或者专心炮制烟膏,或者一面炮制一面打盹。"① 由于当地人习惯于泡茶馆,因此也因人分九等而在茶馆中显现出等级森严的界限,有些茶馆是专为上等人开设的,比如《丁跛公》中小城里面名为者者轩的茶馆便是当地所谓"正派人"聚集的场所,普通闲杂人等无福消受;《淘金记》中内饰堂皇的畅和轩是当地头面人物的活动圈子。由于各色人等多将饮茶作为日常生活的一部分,因此几乎所有茶客都是熟客,"都是乡土社会固定的主顾,位置也很少变化,谁是坐在当街的桌边的,谁是坐在里面第三根柱头的,——对号,丝毫不差"②。《在其香居茶馆里》的邢幺吵吵和方治国"吃讲茶"时的座位安排便颇有讲究,由于邢幺吵吵家族势力强大而风头正旺,他端坐在茶馆的首席座位,所在的茶桌上有当过视学的俞视学;前征收局的管账,现在靠着利金生活的黄光锐;会文纸店的老板汪世模汪二;联保主任方治国所在的茶桌上则是有其"军师"之称的张三监爷和其重要助手黄牦牛肉。

　　茶馆之所以在沙汀小说中占据着如此重要的分量,与他在家乡安县的生活体验是分不开的:"除了家庭,在四川,茶馆,恐怕就是人们唯一寄身的所在了。我见过很多的人,对于这个慢慢酸化着一个人的生命和精力的地方,几乎成了一种嗜好,一种分解不开的宠幸,好像鸦片烟瘾一样。"③ 在沙汀的童年记忆中,川西北人就对茶馆有着强烈的依赖心理,因而在执笔从文时自然而然地会将其作为故事发生时的主要场景。然而实际上也并非所有川西北地区都有饮茶习俗,沙汀作于1977年的《青枫坡》与贺享雍《乡村志》中的农民生活就有着近乎相同的境况。《青枫坡》取材自1958年春天沙汀到四川省绵阳市三台县双龙乡体验生活时的经历见闻。青枫坡与沙汀的家乡安县同属川西北地区,但由于该地到处是连绵不断的褐色山岭,土地贫瘠,在陡峭的旱地中还杂生着许多岩石,因此农民的生存环境极其恶劣。由于物产不丰,农民常年吃的是一大红土碗搅团或者一大钵

---

① 沙汀:《淘金记》,四川文艺出版社,2000年,第39页。
② 吴福:《沙汀》,中国华侨出版社,1997年,第6页。
③ 沙汀:《喝早茶的人》,《沙汀集》,花城出版社,2012年,第313页。

红苕片煮的稀饭，菜蔬则是堆在碗边的一大撮干腌菜，饮茶对于这些生活穷苦的农民而言自然只能是奢望。贺享雍《人心不古》里所描摹的川东渠县人的饮食习俗就与沙汀《青杠坡》中的描述极为相似，由于主粮产出较少，不足以凭此维持温饱，因而当地人做饭时经常会加入些红苕、洋芋等杂粮或者蔬菜，一锅烩了来吃。由于人们辛苦劳作只能勉强维持温饱，自然也不可能养成饮茶品茶的习惯。

  封建社会从行政体制上只到县一级，而对于地方社区以及广大的乡镇则基本上是由乡绅所主导。由于中国百姓自古便欠缺法律意识，加之衙门诉讼往往耗资巨大却难以收到成效，因而凡遇有矛盾纠纷通常由乡绅或者族长来出面调解，久而久之当地茶馆便充当着初级审判机构的功能，当地人发生纠纷之时往往首先想到的是相约到茶铺"吃讲茶"。此种民间调解方式往往能够以最为经济的方式达成官府机构所无法实现的效果，因此能够在民间盛行，而官府对此也予以默认多不加干涉。王笛曾对于茶馆在成都公共生活和微观世界中所起到的作用进行过专门研究，其结论是"吃讲茶"习俗对于成都社会生活的稳定确然起到了重要作用，在茶馆成功地解决纠纷是一个常态。虽然民国时期地方政府也曾下令取缔"吃讲茶"习俗，但由于吏治腐败而无法博得百姓的认可和信赖，现代法律制度体系在民间社会无法得到充分认同而虚有其表，"吃讲茶"依旧发挥着重要作用。《还乡记》中贫苦农民冯大生被抓去当壮丁离家数年，等他返回时却发现妻子已被保队副霸占，农民陈国才劝他与保队副以"吃讲茶"的方式请人来评理，但在听了父亲谈及"吃讲茶"的教训后作罢。对于贫苦农民而言，想要通过"吃讲茶"的方式来讨回公道几乎是不可能的，所谓公道并非客观的不可移易的道德评判，而是依据双方势力强弱而随意裁定。之所以如此，缘于官官相卫和官商勾结，中上阶层早已结成密密实实的关系网络，冯大生幻想着当公差的不会个个坏，但实际情形却是为非作歹的乡长、保长、甲长不过是主人豢养的欺压盘剥穷苦百姓的走狗，他们在主人家里走走进进被县长喂得饱饱的，面对无权无势的农民上告时自然有恃无恐。然而与人民民主专政为国体的当代中国国家法治社会相比，"吃讲茶"这种人治社会所衍生出的习俗便显现出不足之处，作为调解人的乡绅不可能像以法律为准绳的法官那样维护社会公平和伸张正义，往往会倾向于权势地位更大的一方而有意偏袒。也正因此，在中华人民共和国成立后，随着国家权力向着乡村社会的延伸，传统的"吃讲茶"习俗逐渐消弭。地方法院以及乡镇法庭开始取替茶馆调解居民纠纷的功能,"吃讲茶"这种民间调解纠纷的方式在老百姓心目中也失却了认同感和权威性而退出历史舞台。因而在沙汀中华人民共和国成立后的作品中再也没有之前作品中所习见的"吃讲茶"风俗的场面描绘,贺享雍《乡村志》中所描绘的中华人民共和国成立后川东乡村社会原本就没有饮茶的风俗,更谈不上"吃讲茶",遇有村民矛盾纠纷往往求助政府部门或者由德高望重者依照法律条文或者公序良俗来加以化解。

此外,由于农民群体自古以来都处于弱势地位,他们无法排解内心的苦痛时往往会求助于鬼神,久而久之形成鬼神崇拜,以此来获取精神寄托和心理慰藉。沙汀《和合乡的第一场电影》中放映电影失败原本是机器出现了故障,但乡民却认为是煤油桶子放映前未曾拜祭"太子菩萨"而招致菩萨怨愤。第二次放映失败时乡民"热情地对煤油桶子提出一项建议:赶快敬敬太子菩萨!其他的人全都支持这个主张,很少有人提起重新修理机器"[①]。然而第三次时,煤油桶子郑重其事地向菩萨敬献香烛,放映却依旧以失败告终,但此时乡民关注的焦点已不在电影上,"最感兴趣的是,他们觉得太子菩萨太灵验了,而且以为如果煤油桶子预先知道规矩,事情不一定会失败"[②]。《还乡记》中冯大妈在丈夫被老鼠咬了之后不去求医诊治,而是要画符水消灾。贺享雍《乡村志》中也对贺家湾人的鬼神信仰进行了细致描绘,当地人有拜土地神的习俗,每当身体有病或者生活中有了疑难之事往往会求助风水先生以获得精神安慰或者思想解脱。尤其是"文化大革命"结束后鬼神信仰迅即复燃,腊月三十将土地公公和土地婆婆抬出来游行,待神位落定后将鸡血喷在土地菩萨身上以祈求土地菩萨护佑村人出入平安和家道兴盛。贺世凤在集体经济时期争强好胜累垮了身体,无法干重活的他家境较之兄弟都要差些,但他却认为是父亲当年去世时草草埋葬所致,鼓动着要请风水先生另择宝地安葬。即便是崇尚科学和信赖法律的贺世普也对风水信仰笃信不已,并为此与贺世国起了争执,为了贺世国建房时遮挡了自家风水而对簿公堂。

---

① 沙汀:《和合乡的第一场电影》,《沙汀文集》第二卷,上海文艺出版社,1986年,第97页。
② 沙汀:《和合乡的第一场电影》,《沙汀文集》第二卷,上海文艺出版社,1986年,第99页。

三

贺享雍和沙汀一样都严格遵循着现实主义创作方法，由于沙汀和贺享雍都有着长期的乡土生活经历，因而他们对于所要描绘的乡村景象非常熟悉，能够鞭辟入里地展现出乡土社会的真实状况。沙汀在总结自己的创作经验时曾经明确说过："我在创作上长期倾向于现实主义，喜欢写得含蓄一些，自己从不轻易在作品中流露感情，发抒己见。"① 沙汀是本着对时代有所贡献的初衷从事文学创作的，他"总不愿把一些虚构的人物使其翻一个身就革命起来，却喜欢捉几个熟悉的模特儿，真真实实地刻划出来"②，也正因此他的首部短篇小说集《法律外的航线》虽然存在着开掘不深的弊病，但却因其遵循现实主义的一般手法而受到茅盾的称赞，认为无论如何这都是一本好书，"作者用了写实的手法，很精细地描写出社会现象——真实的生活的图画"③。自1935年起，沙汀在鲁迅的指导和启示下开始由都市社会转向自己所熟悉的四川乡村社会，转变之后沙汀的小说内容更加充实，技巧也更为上乘，摆脱了左翼文学所常见的概念化和公式化弊病，成为现代文学中现实主义一脉的重要收获。贺享雍有着长期的农村工作生活经历，其作品显露出强烈的真实性，无论是乡土日常生活细节呈现、农民日常口语的汲取以及乡土人物的刻画等方面都有着充分的生活根据，因而呈现出强烈的真实性，显露出鲜明的地域色彩和质朴的生活气息。

关于沙汀中华人民共和国成立前的作品遵循现实主义创作原则的论述早已司空见惯，我们不妨对沙汀和贺享雍中华人民共和国成立后创作的作品进行一番检视。沙汀在《青枫坡》中描绘的是1957年开展农村水利建设的场面，既展现出翻身解放后的农民为了摆脱穷困投身其中的积极性，同时也毫不隐讳地揭示出在这其中显现出的极左主义思想影响，对"大跃进"运动前夕业已暴露出的"左"倾冒进给人民造成的苦痛和伤害进行了如实反映。当然《青枫坡》也显现出沙汀

---

① 周扬、沙汀：《关于〈许茂和他的女儿们〉的通信》，《沙汀研究资料》，知识产权出版社，2009年，第137页。
② 沙汀、艾芜：《关于小说题材的通信》，《沙汀研究资料》，知识产权出版社，2009年，第61页。
③ 茅盾：《法律外的航线》，《沙汀研究资料》，知识产权出版社，2009年，第262页。

受到以阶级斗争为纲的时代政治观念的影响而有着一定的局限性。青枫坡由于自然条件所限整体呈现出贫穷落后的状况，在中华人民共和国成立前只有一个地主、一个富农和几户略有宽裕的农民，剩下的都是贫农，在地主接受劳改和富农死掉之后，阶级斗争并不像其他地方那样尖锐，但在作品中依旧以阶级斗争作为一条情节主线来展开叙事。以"一角伍"为首走个人发家致富道路的农民心有不甘，一有时机便兴风作浪，不仅不愿意参加农业合作化运动和修建水库，反倒处处设置障碍，最终通过发动阶级斗争才彻底消除障碍，迎来修建水利建设的高潮，等于是给"阶级斗争，一抓就灵"做了一个注脚。《堰沟边》有了很大改观，基本摆脱了当时大量作品对于农业合作社热烈赞扬的单一创作模式，真实地展现出由于受到恶劣的自然条件的限制，农民的经济状况并未能在成立农业社后发生根本好转，而上级政策的反复变化又让农民的思想产生了犹疑和波动，应该说这是符合当时大多数农民的真实情状的。《老邬》没有像当时其他作家那样以两条战线的斗争来结构作品，而是揭示了农业社初期不仅地主富农暗中作祟而蓄意破坏，一心想着个人发家致富的贫农也以囤积粮食的方式来与农业社争粮争利。此外沙汀在《风浪》和《一场风波》中既遵循主流文学模式展现出富农、二流子以及部分贫农为了个人私利大肆攻击新生的农业社的严峻斗争形势，同时也介绍农业社内部所存在的官僚主义以及管理方法单一的现实问题。沙汀的小说以讽刺幽默的笔调著称，由于所揭示的多是国民政府基层政权以及士绅阶层所暴露出的阴暗面，因而"如实描写，并无讳饰"，其讽刺带有冷嘲的特点，充分展现出讽刺对象的滑稽、狼狈和颠顶。贺享雍的小说也有着幽默的特点，但由于其所涉及的矛盾是人民内部的矛盾，加之其本着同情底层农民的创作立场，因而其讽刺是含泪的笑。沙汀作为最能刻写旧中国农村黑暗生活的有着农民气质的作家，擅长以讽刺幽默的笔法描绘否定性的人物形象，中华人民共和国成立前的作品较少塑造正面人物形象。中华人民共和国成立后沙汀一方面体悟到社会所发生的崭新变化，另一方面也感受到积极乐观气象下所存在的不正常的社会现象及问题。

贺享雍和沙汀一样都有着极强的社会责任感和立足现实生活力求真实的自觉追求，因而他们的作品有助于人们了解不同时代农民的心理体验和心灵感受，从而为农民树碑立传。茅盾当时关于沙汀《法律外的航线》中所作的评论即明确说过："假若你耐心读了一遍，再读一遍，你闭眼默想，你就能够感到那真实的生活的图画,如同你亲身经历过。"① 贺享雍的作品和中华人民共和国成立后沙汀的小说作品也有着诸多相似之处,从创作姿态上两人都在弘扬主旋律的基础上揭示出农村工作中所存在的一些问题,从而既有着正确的政治导向,同时也可以通过提出问题的方式来激起人们的思考,对于社会主义制度建设有所助益。

  从人物刻画层面来看,沙汀所着重描摹的人物形象有基层政权官吏、乡村土豪士绅、底层贫苦农民以及乡镇知识分子,"如果真要寻找一位一生专注地描写中国宗法乡镇社会,并以此为自己全部艺术生命的作家,可能还非沙汀莫属"②。由于沙汀出身于破落地主家庭,"小时候印象最深的,是我的叔伯们为家产问题把母亲纠缠得很苦"③,直到舅父郑慕周成为安县哥老会负责执法管事的"三爷"后,沙汀一家人的处境方才逐渐得到改善,不再受亲属们欺负。《淘金记》中的何寡母身上就有着沙汀母亲的影子,白酱丹的原型则是沙汀二爷家的儿子,因此该作品"动用了全部生活存储:从童年直到构思期间的见闻,来经营《淘金记》的"④。童年所受到的精神创伤使得沙汀养成冷峻深沉的个性,对人性的病态现象异常敏感,"没有将他的小说写成只是歌声悠扬、风景诱人的牧歌式的作品(当然,我们也需要我们时代的牧歌),相反的,他写的是一些很使他的人物不愉快的生活片段"⑤。加之所处的时代语境的叠加效应,沙汀形成了偏重揭示丑恶的创作趋向,以辛辣的笔触描绘出病态的社会事项和病态的人物形象。比如《公道》中乡长吞吃阵亡士兵的优待谷竟然没有丝毫的负罪感,反倒觉得是天经地义,否则还有什么人愿意当乡长。朱大娘在女婿不幸阵亡后为了争夺抚恤金而与亲家张傲产生了纠纷,最后请乡长出面来主持公道,结果乡长借此机会将原本依照规定应发放一年半的优待谷克扣为一年零三个月。沙汀着眼于暴露国民党反动政权的黑幕以及三座大山重压之下农民的苦难,因而其作品的确有着太过阴暗的弊病,没能将蕴蓄在乡土民间燃烧的熊熊烈火以及新生力量写出来,沙汀在谈及自己作品的缺点和限制时也曾说过:"绝大部分,都是以解放前的四川农村封建

---

① 茅盾:《法律外的航线》,《沙汀研究资料》,知识产权出版社,2009 年,第 263 页。
② 吴福辉:《中国乡镇小说大家》,《且换一种眼光》,上海教育出版社,1998 年,第 139 页。
③ 沙汀:《沙汀(自传)》,《中国当代作家自传》第 1 辑,中国现代文学研究中心,1979 年,第 81 页。
④ 沙汀:《漫谈有关〈淘金记〉的一些问题》,《小说界·长篇小说专辑》,1985 年第 1 期。
⑤ 冯健男:《谈沙汀的短小说》,《作家论集》,花山文艺出版社,1984 年,第 257 页。

社会为背景的,而作品中的人物,也尽是一些当时农村社会中常见的人物。这样,讽刺暴露,也就逐渐成了我的主要武器。"[1] 贺享雍虽然在《乡村志》中也揭示出病态的社会现象,但却并不汲汲于社会阴暗面的呈现,在揭示现实问题的同时注重展现出人性之善和人性之美。比如贺享雍《乡村志》中对贺冬梅的经历遭际就进行了饱含同情之描绘,展现出看似人尽可夫的肮脏肉体所潜藏的人性之美:她之所以从事卖淫并非因着贪图个人享受,而是为了筹措医药费给母亲看病和为了让哥哥能够盖房娶妻。

沙汀作品中的基层官吏形象最为引人注目也最具特色,他以幽默讽刺的笔法揭示出这些寄生者的可笑可鄙而又贪腐丑陋的灵魂,"企图深入人的灵魂深处,发掘人性的根底。他从人情世故和社会历史的发展法则中来发现典型的特征,这特征是最本质地表现一个特定的时空里的人生观的"[2]。相较于国民党政府统摄下的基层干部的腐化堕落,中国共产党领导下的农村基层政权虽然难免也会有着个别思想腐化的分子,但整体而言确然发生了翻天覆地的变化,因而沙汀中华人民共和国成立后完成的小说作品和贺享雍作品中的基层干部形象较为接近,呈现出优劣并存的特点。中华人民共和国成立后,沙汀开始从他所熟悉的旧社会基层官吏的描绘转向塑造新社会基层干部,其笔致也从批判暴露转向歌颂和赞扬,比如《你追我赶》中的支部书记龙唯灵在公社劳动竞赛月终评比会上表现出实事求是的工作作风以及认真细致、虚心学习的精神风貌,被茅盾赞誉为"是一篇严守绳墨、无懈可击,而又不落纤巧的佳作"[3];《开会》中县委王副部长在处理一个干部时有失妥当,乡干部刘天锡就此提出不同意见,但王副部长却为不当处理进行辩护而不愿纠正,会后刘天锡在其他干部的支持下计划向上级申诉,小说在对官僚主义作风进行猛烈批评的同时也展现出党的基层干部勇于担当、仗义执言的崭新风貌;《欧幺爸》中的主人公欧幺爸是老资格的农村干部,他虽然也有着性格执拗且容易情绪化的缺点,但作风端正、领导有力,在群众中很有威信,在集体化生产热潮中逐步克服自身缺点而勇敢直前。贺享雍在《乡村志》中成功塑造

---

[1] 沙汀:《沙汀选集·后记》,人民文学出版社,1959年。
[2] 劳幸:《残酷现实的反映——读沙汀的〈呼嚎〉》,《沙汀研究资料》,知识产权出版社,2009年,第286页。
[3] 茅盾:《评沙汀的〈你追我赶〉》,《沙汀研究专集》,浙江文艺出版社,1983年,第272页。

了诸多栩栩如生的乡村基层政权官吏形象,其中乡上李书记、伍书记和马书记等各具特色。李书记在催缴农民缴纳税赋方面手腕强硬,后因副乡长带队"拔钉子"时搞错对象一事受到党内严重警告处分并调离工作岗位,但他并非腐败分子,催缴赋税的初衷是为了完成上级交付的工作任务,其矛盾根节点在于农民税赋过重超出了可以承受的限度。伍书记非常讲究工作方法,能够和村干部打成一片,同时在处理各种问题时能够依照法律规范办事,但后来为了敦促贺春乾推动药材种植项目而私下里将制药公司增加的10%土地租赁款给乡上和村上平分,最终在副县长候选人审查时被揭发。马书记赴任后一心捞取政绩,不惜编造名目冒领经费,纵容村民超生以收取罚款,但身为农民儿子的他也能体味农民的疾苦,因而在侵害农民利益时也曾有过矛盾犹疑,显现出良心未泯的一面。总之,贺享雍本着生活真实,塑造出具有多面性和复杂性的基层干部,而未进行简单化和概念化的摹写。而沙汀为了达到暴露社会黑暗腐朽的目的在塑造人物时往往只抓取其中一点而不及其余,由此使得人物个性鲜明但却有着相对单一的弊病。

  此外,贺享雍和沙汀都对乡土百姓的日常生活极其熟悉,因而善于运用方言土语组织人物对话,运用极具个人色彩的四川话来彰显人物性格。他们在小说文本中不仅注重运用方言土语来呈现原生态的农民生活,而且也注意择取和提炼方言土语以使四川地区之外的读者也能明了。相较而言,沙汀小说中方言使用更为频繁,几乎每个人物说话都夹杂着四川方言土语,之所以如此,与沙汀生活的时代普通话尚未普及有着很大的关系。由于沙汀自幼便跟随身为当地袍哥二头领的舅父在社会上闯荡,因此对于活跃在当地社会上层的县长秘书、镇长乡约、龙头大爷、土豪劣绅等都极为熟悉,因而人物出场后刚一开口便能显出他的性格来。其小说人物语言又有着浓厚的本土化色彩,所讲述的语言毫无同时代作家所习见的知识分子气,而是地地道道的口语。虽然各个阶层的人物在日常交往时都使用的是原汁原味的方言土语,但因人物身份地位的不同而有所差异,具体可细分为当权者的语言、地头蛇的语言、小商小贩的语言以及普通农民的语言等不同类型。沙汀往往能够抓住最能彰显人物性格特征的简短对话来凸显人物性格,比如《在祠堂里》透过连长太太一句"我是喜欢他!——你丑不了我"[①] 便彰显出宁死

---

① 沙汀:《在祠堂里》,《沙汀文集》第一卷,上海文艺出版社,1986年,第354页。

也要追求真正爱情的坚决果敢个性；《代理县长》中代理县长一句"瘦狗还要炼他三斤油哩"将其巧取豪夺、鱼肉百姓的本性暴露无遗。沙汀的语言风格极具个性化色彩，有着极强的标识度，他在刻画人物形象时主要通过人物富于戏剧色彩的语言来展现人物的性格特征，惟妙惟肖而没有雷同之感。沙汀以幽默的笔触展现出国民党基层干部的颠顸、贪腐和昏庸。《代理县长》中的贺熙虽然名义上是代理县长，但实际上管辖区域却不过是只有三十户人家的边区，加上正遭遇重灾而没有多少油水可捞。在灾荒年景，他不是想着如何赈灾安民，却一门心思地想要从挣扎在死亡线上的贫苦农民身上刮出油水来，本着"弄一个算一个""久坐必有一禅"的盘算极尽敲骨吸髓之能事。《防空》中的愚生只在县城防空训练班接受过为期一个月的培训，除了记住几句"现在的战争，已经从平面的变成立体的了""像我们县么，只要一枚半吨重的炸弹"之类的空言套语外别无所知，其当干部的目的也不是为了献身防空事业，而是为了骗得一官半职大发国难财，整天沉浸于吃茶打麻将，身为防空干部的他，却因自己办公室内放了一枚过期的炸弹而几天不敢上班。贺享雍在方言土语摄取方面也有着可圈可点之处，尤其是歇后语的大量运用独具特色，但相比沙汀而言，在人物语言的个性化方面还存在着些许差距。

第三节

变革时代乡土社会的创造性展现：贺享雍和周克芹小说比较研究

周克芹是当代乡土小说创作的重镇，曾被誉为中国新时期文学的一座丰碑，贺享雍在从事乡土小说创作时深受周克芹的影响，接续了周克芹的衣钵。贺享雍和周克芹无论从生活经历还是创作观念上均有着相似之处，他们都有过长期的农村生活经历和亲身耕作的劳动体验，极其熟悉农村的生活环境和农民的真实状况，因而不仅深知稼穑艰难，而且非常了解农民的生活苦难和精神苦闷。贺享雍和周克芹一样，都对中华人民共和国成立以来农村的变迁状况以及农民命运沉浮抱有真挚的关切和深深的忧虑，从而激起人们对于乐观情绪掩映下农村和农民真实情状的反思与关注。同时两人自从执笔为文之日起便将创作之根深植在乡村的沃土中，尤其着力于揭示乡村中人与人之间的伦理关系演变。他们对于乡土小说的伦理书写有着明确的理性认识，敏锐地意识到当时农村正在发生的历史性巨变不仅显现在人们可以直观感觉到的物质生产方式和经济秩序等外在层面，同时还表现在人与人之间关系的根本变化上。文学有必要针对家庭和社会生活的新变做出一定的道德评价，父子（女）冲突、婆媳矛盾、兄弟内讧等都是发展变革中所必然面临的问题。

一

贺享雍和周克芹乡土小说的伦理书写都连缀着深厚的社会内涵，同时也寄寓着对于农村未来发展的忧思和展望，从而在传递时代变革先声的同时揭示出深广的社会意蕴。贺享雍和周克芹对于随着经济发展所普遍出现的家庭不和乃至分裂都未进行简单化的处理，而是从社会经济发展的角度剖析其深层原因，从而透过对表象的细致探察呈现出时代变迁背后深邃的社会内涵。

随着"文化大革命"结束，乡村政治、经济秩序都开始得以重建，在"文化大革命"期间原本被严重扭曲的乡村家庭伦理关系也逐步恢复到正常状态，由此不但从反面揭示出"文化大革命"对于家庭伦理关系造成的深巨伤害，同时也通过家庭伦理关系的书写歌颂了新的时代。相较于柳青《创业史》中的梁三老汉，周克芹《许茂和他的女儿们》里的许茂老汉的思想起点要高出许多，但不无巧合的是，在两位老汉的思想转变过程中都伴随着家庭伦理关系的转化。梁三老汉起初对儿子梁生宝公而忘私的行为感到不满，在看到儿子带领互助组走上致富路后才心悦诚服，父子关系从紧张转为缓和。许茂老汉原本非但不是落后分子，反倒是积极拥护合作化运动的先进典型，他不仅担任过合作化的作业组长，而且还获得过由政府部门颁发的"爱社如家"的奖状。合作化初期许茂老汉得到了实惠，对未来生活充满憧憬。他勤俭持家，带领女儿们盖起了三合头的大草房院子，大院里经常飘荡着他爽朗的笑声，感到个人的生活与时代的潮流和谐一致，共产党的政策样样都合他的心意。然而"文化大革命"到来后，许茂老汉的思想开始发生根本转变,对于上级政策开始由拥护变为怀疑,而这恰好与梁三老汉形成鲜明对照。随着"文化大革命"狂潮席卷农村,集体土地日渐荒芜,原本爱社如家的许茂在求生欲望驱使下逐渐变得冷酷自私,对钱财看得越来越重。为了赚钱他不仅昧着良心干过一些损人利己的事,而且与亲生女儿们之间的关系也越来越疏远。大女婿金东水被停职后祸不单行,一场大火又烧掉了住房,大队长龙庆和许茂商量想要老汉将宽敞的房屋腾出两间供老金一家暂住,但许茂思前想后认定金东水经此一劫后再难翻身而断然拒绝,迫使大女婿一家搬进了村里抽水房的小棚子。之后大女儿一病不起,亡故后连口棺材也置办不起,九姑娘领着几个社员到家里搬木料准备做棺材时却遭到老汉阻拦,葫芦坝善良的村民们不懂得老汉何以变得如此无情无义,最后还是由龙庆出面凑钱办了丧事。自此之后,金东水一家和许茂老汉形同陌路,断绝了来往。四女婿郑百如和大女婿金东水原本是连襟,但两人不仅毫无亲情可言,反倒是处于水火难容的敌对状态。郑百如代表的是维护"四人帮"的反动政治势力,而金东水则是一心走社会主义道路的正面力量,由此便将亲情伦理的纠葛和政治斗争缠绕在一起。郑百如为了让金东水下台挖空心思,必欲置之死地而后快,他不仅无中生有罗织罪名陷害老金,而且还偷偷放火烧掉了老金的房子。许茂老汉起初被假象蒙蔽了双眼,他慑于郑百如的淫威而不同意受尽欺辱的四姑娘离婚,对下台受难的大女婿金东水表现得极其冷漠。最终在现实教育下,许茂老汉认清了郑百如的真实面目,同时也看到了自己的虚伪和残忍,开始寻回那失落已久的亲情,重新关心起女儿们,将多年辛苦积攒的钱财平分给她们。许茂老汉对女婿金东水也有了新的认识,他不仅同意了四女儿和金东水的婚事,还让金东水一家搬进了许家大院,并将葫芦坝未来的发展也寄托在他身上。

贺享雍《乡村志》中的父子矛盾与周克芹《许茂和他的女儿们》有所不同,《村医之家》中的贺万山、《土地之痒》中的贺世龙与一度沉浸于金钱欲望的许茂老汉恰好相反,他们秉承着传统的道德观念而更为看重亲情,其子辈却陷入金钱旋涡中难以自拔,从而展现出金钱观念盛行所引发的道德失范。

《村医之家》中的贺万山虽然自幼丧父而未能习得祖上的医术,全凭着天分自学加上机缘巧合走上行医之路,之后又接受了政府组织的短期乡村赤脚医生培训,但他却继承了祖上仁心仁怀而不汲汲于金钱的行医之道。贺万山的爷爷当年因不忍心让逃避匪患的乡亲们露天挨饿受冻，只身下山向得到过他医治的土匪求请，结果惨遭土匪杀害。贺万山在"文化大革命"结束后开设起私人诊所，在房子落成宴请前来帮忙的村民时，有人建议他同时开一个百货店以增加收入，对此他也不由得有些心动，但当身有残疾的贺大成说他也打算开设百货店后迅即打消了这一念头。然而两个儿子长大成人并且也从事医疗行业后却抛却了医德，一心想牟利。大儿子贺春医术极差但又想着靠行医发财，为此坑蒙拐骗毫无廉耻之心，不仅抬高药价还兜售假药和过期药。二儿子贺健虽然毕业于正规本科院校医术高超，但在与同学合伙开设诊所时便开始私下收受红包，在担任岳父投资兴建的私人医院的院长时，将筹措不够医疗费的亲生母亲也拒之门外，任凭贺万山如何请求也无济于事。这不仅有违伦理亲情，而且也违背了医者救死扶伤的道德操守。贺万山原本对于两个儿子寄予厚望，到头来备感失望却又无可奈何，只好听之任之。透过父子两代行医道德观念的对比，不难见出金钱欲望盛行所造成的利欲熏心和道德滑坡等不良社会问题。《土地之痒》中贺世龙对于儿子贺兴成买入现代农业机械后将之作为营利工具的做法十分不满，认为此举违背了邻里互助的传统美德。然而贺兴成却不以为然，他购买农业机械的初衷就是为了营利，因此并不忌惮包括父亲在内的村民们的议论，对于亲二爸也只能给予少量优惠而不能坏了规矩。此种人亲财不亲的观念是典型的现代商品经济时代的产物，自有其进步意义，但也确然对于传统的道德规范构成了强烈冲击，将贺家湾从传统农耕模式带入了机械化农耕时代的同时，也将商品经济观念一并带来，从而引发传统道德观念和现代经济伦理之间的矛盾冲突。然而值得注意的是，村民们在权衡利弊之后从最初的反感逐渐走向认同，由此昭示着现代商品经济观念开始取替传统小农意识成为乡村社会的主流。由于自给自足式的传统小农经济已然落后于时代，因此虽然贺兴成购买现代农业机械的初衷是为了营利，但由此改变了延续数千年的传统农耕模式，其意义无疑是积极的。

二

贺享雍和周克芹都在小说文本中描绘过跨越城乡的男女恋爱，这些恋爱要么直接遭遇失败，要么必须在付出超出常规的代价后方才能有所收获，乡村男女的痴情和城市男女的绝情恰成鲜明对照，从而揭示出由于城乡之间经济巨大差距所造成的横亘于人与人之间的情感鸿沟，展现出城乡二元经济发展所带来的新的婚恋伦理问题。

《勿忘草》中芳儿与知青小余真心相爱，婚后生活十分幸福，然而这一切随着小余因父亲去世回城奔丧宣告终结，小余不愿再回到乡村。未曾出过远门的芳儿对于大城市没有具体的感知，她对电影中关于大城市的镜头也有一种不真实感，因而她无法真正体会城市所具有的强大诱惑力，也无法真正理解小余的选择。淳朴善良的她耐心地等待着小余回心转意的那一天，然而这样的等待实际上是近乎无望的。尽管我们可以从道德上谴责小余抛妻弃子的行为，但"从社会生活以及社会心理的复杂的变化关系中去观察这种伦理关系和爱情关系的变化，却是难以挽回的一种趋向"①。原本质朴多情又打算长期扎根农村的小余何以会做出抛弃妻子的残忍举动是值得深入反思的。难能可贵的是，周克芹并没有将小余丑化为劣迹斑斑的恶徒，在小余做出选择的背后有着复杂的社会因素，很大程度上是由城乡之间的生活差异造就的，唯有改变农村贫困落后的现实面貌，方能从根本上消弭类似的情感悲剧。周克芹对《勿忘草》中的芳儿的不幸遭际无疑寄寓着深切的同情，但同时也毫不隐讳地暴露出芳儿情爱伦理观念的守旧落后，从而造成了自身婚姻的不幸。她对小余的爱情是忠贞不贰的，但却因一片痴情而蒙蔽了双眼，丧失了应有的警惕，以至于对小余逐步远离直至抛弃她毫无戒备之心。在女儿户口被迁至城里时，她只是单纯地想到可以让女儿长大后能够接受更好的教育，却丝毫没有想到很可能会因此在失去丈夫后又失去女儿。《秋之惑》中华良玉和出身于城市的尤金菊同时被委派学习农业技术，在学成之后尤金菊利用父亲的社会关系排挤走华良玉当上了公社果树技术员，接着又当上了待遇优厚的农工商联合企业干部，不但可以利用职务之便游历名山大川，而且薪金比县长还高，可谓是顺风顺水、悠然自得。但很快她又厌弃了这一切，转而猛烈地追求华良玉，一连写了九封情书。尤金菊在爱情观上超越了传统女性，她不愿像传统农村妇女那样出嫁后满足于生儿育女，晴天一身汗雨天一身泥地过日子，而是立志要凭着自己的本领过一种新的生活。应该说，尤金菊的此种爱情观和事业心是值

---

① 洁泯：《周克芹创作散论》，《文学评论》，1980年第3期。

得肯定的,她与华良玉志同道合,"一道利用他们的科学技术创建果园是他们的爱情基础,这是正常的爱情抉择"①。但她为了达到目的所采取的手段却是不可取的,同时对于爱情也缺乏真正的持久性。尤金菊利用宗族势力,怂恿尤队长动用权势强行拆散了华良玉和二丫,由此展现出传统封建伦理道德的负面影响及其巨大威力。同时尤金菊还想借助权势夺取即将到收获期的江家果园,坐收渔翁之利。这种为了达到目的不择手段的做法既违背了传统道德,同时也是导致社会经济秩序紊乱和道德滑坡的元凶。也正是由于没有道德底线,尤金菊在弃农经商之后方才会以身体色诱农场场长,并凭着姿色周旋于商业伙伴之中,以此来谋取金钱,在赚取了巨额财富的同时也失去了纯真的爱情,最终与原本志同道合的华良玉分道扬镳。周克芹《绿肥红瘦》里的小青母女则扬弃了传统女性贞洁自守的伦理道德观念,大胆地追求爱情,寻求性爱的满足,展现出新时代女性崭新的爱情观和人生观。小青母女虽然在性爱观念上敢于脱俗出新,但却绝非滥情,而是有着纯情的一面。小青的母亲对丈夫酗酒无度、打架斗殴、挥霍钱财、不顾家庭等种种劣迹心生不满,在物质生活和精神生活的双重困境下,她极度渴望得到异性的关爱,在选择情爱对象时更倾向于获取两情相悦的心理抚慰。也正因此,她毅然拒绝了许多身强力壮的石匠的求爱,而选择了年届五十的老石工,沉浸在柔情蜜意之中,为他耗尽了自己整整半生精力。在丈夫酗酒身亡后,她将重病在身已丧失劳动能力的老石工接到家中医治,为此不惜和亲生儿子断绝关系。在老石工落实政策回城工作后,她不愿拖累他,毅然留在乡下自食其力。

贺享雍《盛世小民》中贺世跃夫妇在独子贺松高考失利后,一心想着把儿子的亲事早点订下来以了却心愿,但儿子却不愿接受父母包办的婚姻,想趁着年轻到外面去打工,"我不要你们给我找!我的婚姻我做主,我要自己找"②。贺世跃为了儿子订婚专门从打工的地方赶回老家,闻听儿子不情愿找乡村姑娘顿时火冒三丈,忍不住教训起儿子:"你是不是嫌人家是农村人?……可你现在一样也是农村人,人家不嫌弃你,就算你祖上积德了,你还有啥尾巴可翘?"③ 贺松拗不过父母只得遵照父母的安排前去相亲。出乎意料的是贺松在菜市与小玲碰面后竟然

---

① 沙汀:《一幅描绘我国农村现实生活的生动画卷》,《青年文学》,1984年第11期。
② 贺享雍:《盛世小民》,四川文艺出版社,2017年,第104页。
③ 贺享雍:《盛世小民》,四川文艺出版社,2017年,第105页。

一见钟情,交往半年后两人约定着到外面打工。由于两人都没有打过工,为了保险起见,贺松到远一点的地方去,设若工作好找再让小玲一同过去,小玲则先到县城找点事做积累些经验。然而小玲进城半年后却提出分手,原来小玲在美容美发店打工期间经不住嫁给城里人的诱惑,与一个自称是县医院医生的三十岁左右的瘸腿男人约会,逐渐被甜言蜜语和物质生活所打动,毁弃了与贺松的爱情约定转而投进瘸腿男人的怀抱。婚后小玲原本以为自己能够从此过上城里人的生活,但不久便明白自己上当受骗了,瘸腿男人只是县医院理疗科打杂的,根本不是医生,这份打杂的工作还是靠着他姐姐依照残疾人就业政策托关系照顾进去的。然而即便如此,小玲还是因着乡下人出身遭受丈夫一家人的歧视,整天当着她的面将"乡下人""农二哥"挂在嘴边,并且还担心她偷家里的东西到娘家而不准她回娘家。《男人档案》中贺世亮与下乡知青王茵日久生情,但因王茵一心想要回城被乡书记趁机占有了身体,怀有身孕的她又与贺世亮有了肌肤之亲。王茵到县上想要流产时被县知青办发现,经受不住反复盘问不得已嫁祸给贺世亮,让他为此坐了十年牢。由于贺世亮对王茵有着真情,因此在出狱之后并未迁怒于她。贺世亮为了求得生存摆过路边摊,做过小生意积蓄了一些钱财,但在倒卖国库券时赔了个精光。在一筹莫展之际得到王茵的鼎力支持,王茵将丈夫发生车祸意外获得的抚恤金交给他做化妆品生意,使得他最终成为腰缠万贯的"西南日化大王"。贺世亮身边也不乏追求者,但他始终对王茵旧情难忘,终于有情人终成眷属。虽然贺世亮和王茵的爱情获得了圆满的结局,但为此也付出了惨重的代价。

贺享雍和周克芹不仅在作品中呈现出跨越城乡的男女婚恋所导致的波折,同时也对农村男女青年的恋爱进行了深刻的描绘。中华人民共和国成立后,在中国共产党领导下通过制定法律来切实保障妇女的平等地位和合法权益,使得妇女在政治、经济、文化、教育等各个领域地位都有了显著提升。婚恋制度也开始确立,1949年颁布实施的《中国人民政治协商会议共同纲领》第六条明确规定:"中华人民共和国废除束缚妇女的封建制度。妇女在政治的、经济的、文化教育的、社会的生活各方面,均有与男子平等的权利。实行男女婚姻自由。"[①] 1950

[①] 全国人大常委会办公厅、中共中央文献研究室编:《人民代表大会制度重要文献选编一》,中国民主法制出版社,2015年,第76页。

年颁布的《中华人民共和国婚姻法》是新中国的第一部法律,更是为亿万妇女摆脱封建枷锁迎来新生提供了切实的法律保障和重要的方向指南。中华人民共和国成立几十年,妇女们的地位的确得到了极大提升,在各行各业都能够看到她们的身影。随着社会经济的发展,妇女的经济状况也在持续改善,有了经济支撑的她们得以逐渐减弱对于父亲或丈夫的依存度,在家庭生活中有了更大的话语权和自主能力。然而,由于传统封建婚姻习俗和封建文化观念在民间乡土世界浸淫日久而难以轻易彻底拔除,加之女性自身觉醒程度的参差不齐使得女性悲剧仍然难以彻底消除。贺享雍和周克芹以对生活中女性婚恋悲剧的审美体验和理性认识,真实生动地展现出一个个善良美好的女性惨遭毁灭的血淋淋事实。

众所周知,周克芹擅长描绘农村妇女形象,为当代文学画廊增添了以四姑娘许秀云、二丫、尤金菊等为代表的诸多典型女性形象,充分显现出作者对于乡村女性命运的关切。尤为值得称道的是,周克芹小说中的女性形象主要是通过婚姻和情爱伦理冲突来塑造成型的。在周克芹《许茂和他的女儿们》中,许秀云在遭到郑百如强奸后原本可以拿起法律武器捍卫自己的尊严,让恶人得到应有的惩罚,从而避免人生的悲剧,但她因顾忌舆论压力和自己的名声选择了放弃,从而酿成了不幸婚姻的苦果,成为她日后一系列凄惨遭遇的根源。而许秀云离婚之后转变观念,开始大胆地追求爱情,却始终无法得到金东水的回应。对党无限忠诚的金东水在情爱伦理观念上极为保守,他不愿因为儿女情长而惹人非议,一心惦念的是葫芦坝的未来发展。金东水无法体会到四姑娘对他的深情,不但不能给四姑娘带去些许安慰,他的冷漠反倒间接地将四姑娘推向绝境。《秋之惑》中华良玉有着凄苦的成长经历,他有着为乡村发展贡献力量的抱负和才干,但也为此付出了沉重的情感代价。起初华良玉在掌握果树栽培先进技术之后陷入无用武之地的尴尬境地,在受雇于"万元户"江路生之后也不断经历波折,他不仅在经营理念上与江路生有着不可避免的矛盾,同时与江家女儿二丫之间的爱情也有过一番波折。与思想僵化的江家老人相比,江路生有着与时俱进的一面,他敏锐地认识到科技的重要性,想要借助华良玉掌握的农业技术发展果树种植,并且为了留住他还默许自己的女儿追求华良玉,希望用婚姻这根红线牢牢地拴住他。然而华良玉与二丫却因价值观念的不同而不断产生矛盾,华良玉最终舍弃江家二女儿转投尤金菊的怀抱。华良玉与尤金菊志同道合,两人在共筑爱巢的同时,决心一道改变乡村的落后面貌,利用掌握的农业技术知识承包荒山开辟果园走上致富路。然而最终却因尤金菊经不住金钱诱惑离土经商而使得两人心生罅隙,原本共同描绘的发展蓝图也几成泡影。华良玉面临着固守土地还是弃土进城的两难选择,出于对于土地真挚的爱,他在转了一个大圈之后又回到原来的位置,决定舍弃尤金菊与乡村姑娘二丫结合。《邱家桥首户》中的香香性格内敛,有着传统女性幽静贤淑的美德。在姐姐和兄弟们吵着要分家时,她虽然也萌生了建立自己的小家庭的内心需要,但却没有任何公开表示,只是一如既往地不声不响地劳动。对待爱情也是如此,她明明对参军的同学抱有好感,却将感情深藏于心,不敢大胆追求个人的幸福,从而显现出传统伦理道德观念对于人性的束缚。《写意》中的女主人公吴金凤有着不输男子的干劲和拼搏精神,她是当时商海中的佼佼者,通过开办煤窑迅速积累起巨额财富,但却仍然无法挣脱传统伦理道德观念的束缚。在商海中游刃自如的吴金凤在男女情感方面却伤痕累累,她先后有过四次婚姻,每次婚姻都以丈夫不幸殒命而告终,"克夫命"遂成为压在她心头的一块巨石。也正因此,身为商海强者的吴金凤不仅并不看重自己的商人身份,反倒更渴望委身于多情重义的伟丈夫,以为唯有如此方能实现自我价值。

贺享雍《乡村志》中由于女性受到传统观念影响的程度有所差异,从而导致结局也有很大的不同,但总体而言女性依旧处于相对弱势的地位。《是是非非》中的宋志英是个例外,在中华人民共和国成立前女性地位普遍比较低微时,她就在家庭生活中占据着绝对掌控的地位,丈夫贺茂昌为了赶场向她索要两块银圆,遭到拒绝,为此贺茂昌觉得丧失了男人的尊严而无地自容,一气之下自杀身亡。贺家湾人原本就有着"就活人不就死人"的习俗,加之贺茂昌是自杀而死,因此虽然觉得这是家族中的一件丑事,但并未过分苛责她。族长贺银庭为了维护家族名声起见责令她不能改嫁,也不能回娘家居住。贺家湾开展土地改革之前,贺银庭便携家带口望风而逃,宋志英也重获自由。然而大部分女性却饱受传统观念的束缚,《人心不古》中的贾佳桂与贺世国相恋成婚后经常遭受家暴,精神受到严重戕害的她也曾想过诉诸法律提请离婚,但其父母为了要面子而极力劝说她放弃离婚,结果在一次家暴后喝农药自杀。由此可见传统婚姻观念依旧根深蒂固,对于妇女离婚再嫁仍然抱有偏见。但随着时代的不断进步人们的思想观念也在不断调整,贺享雍《乡村志》中贺家湾的贺姓人家同出一脉,因此本着"同姓不婚"

的传统婚俗对于同姓男女青年相恋设置了难以逾越的障碍,在宗法观念浓重的旧时代往往会被处于沉潭等残酷的处罚。贺世忠当年和贺桂花私下里谈过数年恋爱,但终究无法逾越"同姓不婚"的传统观念而不得不分手。硕士毕业的贺华彬在城市工作期间与卖淫为生的贺冬梅巧遇后逐渐萌生了爱情,两人由于完全脱离了农村生活环境,加上法律明文规定三代以外的旁系血亲可以结婚,因此毫无顾忌地走到一起。

三

贺享雍和周克芹都对经济伦理观念的变化投注了相当的注意,但两人的关注点却有所不同。贺享雍很少涉及家庭内部成员之间围绕经济主导权的争夺,基本上描绘的是家庭与集体、政府之间的矛盾纠葛,而周克芹的关注点却集中在家庭内部围绕经济主导权和财产权的激烈纷争。

中国农村在告别集体劳动大锅饭后普遍实行包产到户,农村经济重新回归到以家庭为基本单位的生产模式,连带着经济秩序也发生了根本转变,生产经营权开始从社队干部让渡到家庭经济带头人手中,由此衍生出的矛盾冲突也开始从社会、集体逐渐转移到家庭内部。在家庭内部基于血缘伦理关系,家庭经济大权初始时往往由父辈家长掌管,而随着生产经营规模的扩大与财富积累的增多,年轻一代出于自身利益考虑,难免会引发家庭内部成员之间围绕财产权展开的矛盾冲突,因而现代社会经济的新变化必然会对传统家庭伦理观念构成严重冲击。在周克芹笔下围绕财产权展开的纷争主要是父子(女)之间进行,其实质指向的是代际伦理,而代际伦理主要涉及的是人类社会能否可持续发展的代际公平问题。在前现代社会由于社会发展是渐进式的,代际之间无论从知识传承还是权利转移都呈现出平稳过渡的趋向。但在进入现代社会之后,政治、经济、文化等社会关系的各个层面都处于急剧变化状态,人们生活的社会化程度也相应地迅即提高,由此导致代际之间因着对于社会新生事物的态度不同以及价值观念的巨大差异而容易引发激烈冲突,其结果是家庭内部权利关系从顺向继承转变为逆向让渡。在封建社会长期掌握着话语权的长辈基于血缘关系认为幼者的一切都应归自己所有,重权利而轻义务,"尤其堕落的,是因此责望报偿,以为幼者的全部,理该做长者的牺牲"①。此种长者本位的代际伦理观念导致长辈可以凭借着对经济资源的掌控,以及父法威权的片面强调以维护个人私利,无视甚至故意侵夺晚辈的正当权利,而在此基础上形成的中国极权体制的政治文化,又反过来使得此种不平等的代际伦理合法化和常态化。

周克芹《邱家桥》中的冒尖户黄吉山虽然致富有方,但在刚刚享受到短暂的欢乐之后却又面临着家庭分裂的危机,儿女们出于个人打算闹着要分家产,由此展开了基于个人私利的家庭伦理冲突。而这显然是伴随着农村经济发展冒出的新问题,表面看来这不过是一场普通的家庭内部纠纷,但在其背后却隐含着深刻的社会内容。黄家两代人的伦理冲突归根结底在于一个"财"字,黄吉山的儿女们在时代风气的熏染下,"经济人"意识开始萌发,大胆追求个人利益最大化,因而他们不满父亲独掌财权,想要从父亲手中获取钱财的自主权,而黄吉山则担心分家后自己从冒尖户变成穷光蛋而极力阻碍。同是冒尖户的黄吉山亲家之所以急着让黄吉山的大女儿过门,很大程度上也是出于经济利益的盘算,这样一来便可以为自家带来一笔可观收入,而黄吉山不想让女儿早日出嫁也是为了保住自家的财源,等上两年再把家底弄厚实些,同时他也算计着要在两个女儿出嫁时赶紧为两个儿子娶媳妇,以便保持家庭经济的持续发展。黄吉山的大女儿桂桂在好些年前便瞒着父亲偷偷积存了许多私房钱,为自己的婚后生活提前做打算。二女儿香香虽然在金钱上比较淡然,但也早已察觉到掌着经济实权的父亲是不大关心女儿的,只是将她们当成了可以赚钱的工具,并不真正关心她们的幸福。此种围绕经济利益展开的家庭伦理冲突显然并非像有些论者所认为的那样,标示着以自己发财为终极奋斗目标而抛弃了远大理想,而是打破大锅饭后各人展劲各人热火思想的自然延续,自有其合理性。尤其是黄家大女儿桂桂渴望在出嫁前分家产以便获得应归自己的那份,标志着新型女性对于家庭财产公平继承意识的觉醒,从而在一定程度上打破了传统家庭伦理观念的囿限。因而,黄家围绕家庭财产支配权的伦理冲突不仅有其必然性和合理性,同时也显露出经济变革对于传统家庭伦理意识的强烈冲击,农民们在经济富裕后,思想意识和伦理道德观也必然会相应地发生转变。黄吉山最后决定拿出两千元入股大队林场,这在很大程度上避免了家庭

---

① 鲁迅:《我们现在怎样做父亲》,《鲁迅杂文全集》,群言出版社,2016年,第10页。

财产被瓜分的命运，以此维护和巩固对于家庭财产的支配权，同时也应和了先富带动后富，最终带动大家共同致富的社会理念。《晚霞》中父子、翁媳之间的伦理冲突背后映射的是先进和落后两种生产方式以及相应的利益矛盾纠葛。桂珍一方面遵从传统道德规范行事，平日里对公公十分尊敬，渴望成为让人称道的"好媳妇"，但另一方面又认同现代商业规则，没有被传统伦理观念束缚住手脚，对公公并不盲从。她对公公保持与彭二寡妇的暧昧关系心存不满，支持丈夫开办机器蜂窝煤厂，与公公背后支持由彭二寡妇经营的手工煤作坊展开商业竞争。桂珍并非想要通过击垮彭二寡妇来报复公公以维护婆家门风，恰恰相反，她对公公重情义为人讲良心很是敬佩，之所以支持丈夫创办厂子主要源于经济层面的考量，她认清了机械化生产必定要代替手工业的大势，只不过是顺势而为，但却因公公与彭二寡妇的情人关系而难免会招致公公的怨恨，引发翁媳之间的矛盾冲突。桂珍身上既有着传统伦理道德的深深烙印，同时也不乏现代商业文明的影响，从而显露出传统的伦理审美标准和现代审美理想之间的对立统一。

贺享雍《乡村志》中却没有涉及家庭成员之间围绕经济主导权和财产权之间的纷争，贺兴成和贺世龙父子之间围绕农业机械是否收费问题曾经有过意见分歧，但此时他们已经分家另过，经济方面的矛盾冲突主要是时代变迁所引发的经济观念差异造成的。贺享雍《村医之家》中贺万山在父母双亡后经常遭受继父的毒打，为了活命他逃回贺家湾，在危难之际得到了村民们无私的帮助，其中不仅有贺姓亲属，还有郑姓等同湾人给予的慷慨相助。贺万山之所以能够存活下来，与这些乡亲们的热情帮助是分不开的，也正因此，他开始行医之后对于贺家湾人也秉持着报恩之心免去了诊治费而仅仅收取药费，无钱付药费也可以挂账，并且从未主动讨要过。由于贺万山金钱观念淡漠，在两个儿子婚前一味付出而从未索取过，儿子成婚后即分家另过，因此也并不存在父子之间直接的经济利益冲突。

结语
本真的美学及其超越——再论贺享雍和《乡村志》

在中国乡土小说历史上有重要的一个脉络，就是以乡村写实为主要特点，追求朴素和本真艺术效果的创作。比较有代表性的，最早是 20 世纪 40 年代的赵树理，之后是"十七年时期"，柳青、周立波、李准、浩然，以及包括所谓"山药蛋派""茶子花派"作家在内的当时几乎所有乡土作家都属于这一类型，80 年代初的周克芹等也秉承了这一传统。

尽管有不少学者指出过这类创作的缺陷，但我总以为，它们的缺点固然不可回避，但也自有其存在价值。从审美角度上看，它的特点也很明显。

其一是真实，或者说至少是客观。这些作品大多客观再现了乡村的现实生活，很真切很细致，就像农村里真实发生的故事一样。如果读者对农村生活熟悉，就很能够产生身临其境的感觉。包括场景、语言、故事，大体都是这样。这首先在很大程度上源于其写实性的艺术手法，特别是精确的白描。其次，它源于作家们对乡村生活的熟稔。作家们都有很丰富的乡村生活积累，甚至有很长时间的乡村生活经验，因此乡村生活细节展现得很充分。最后，还在于作家们的创作态度。虽然不同作家的创作态度各有差别，但让自己作品中的生活与现实生活一致，基本上是作家们的共同追求。这也应该是写实主义创作方法的一个主要特点。客观来说，这些作家的创作大都实现了这个基本效果。深度且不说，在表层上，它们描述的乡村世界确实大多有栩栩如生之感，对生活面貌有细致的再现。

其二是朴素自然。农村生活本来就是质朴的，日子比较单调，风景始终固定，就是农民，思想也大都比较简单，没有那么复杂深奥的想法。以写实手法去描写，风格自然不可能是华丽雕琢，只能是简单朴素的。特别是周立波，有意追求淡雅平和的艺术效果，将湖南丘陵的山水融入其艺术表现之中，更有这样的特色。赵树理也一样，其作品像山西泥土里的山药蛋一样质朴，因此被人称作"山药蛋派"。从审美的丰富性和深刻性来考察，这种朴素单纯自然显得朴拙，但是，如果不那么苛刻，而是赞同审美多元性的话，这种朴素风格也自有其价值和魅力。就像泥土滋味的民歌，肯定不如黄钟大吕那样雄壮，也不如交响乐那么深沉，但它也能够直入人的内心，给人以深刻的震撼和感动。

当然，这种写作也存在其缺陷。最突出的一点是与现实的关系太近。作家们的创作主旨基本上局限于现实——在很多情况下，主要表现为跟随和歌颂现实——视野也局限于此，缺乏更远和更高的眼光，因此看问题往往局限性就比较大。既容易陷入现实政治局限的泥淖，也忽略了文学更主要的关注对象——人。再一点是对文化方面的关注较少，艺术方面也比较单一，缺乏更丰富的表现方法。一个作家的作品读一两篇觉得很新鲜，但是如果一直是这样，难免会让人觉得枯燥和雷同。

这些优点和缺点，也许是乡土文学史家对这类创作始终存在较大争议的根本原因。而究其根里，时代、文化等因素又复杂地纠结其中，因此，我估计，这一争议至少要持续更长时间，只有在有了足够的时间积淀，文学之上的历史尘埃被吹散之后，才有可能形成普遍的共识。

贺享雍虽然出生于20世纪50年代，创作开始于90年代，但其创作特征基本上可以归属于这一传统。他90年代的代表作《苍凉后土》更是直接沿承周克芹的风格，无论语言、叙事，还是地域风貌书写，都有其精神血脉可寻。新世纪创作问世的《乡村志》也大体循着这一方向下来，与写实、本真的这一文学传统有不可分割的联系，属于其继承者和发扬者。关于这一点，我们在前面的章节中已经做了具体细致的分析，这里不再赘语。

当然，贺享雍毕竟是在改革开放背景下开始创作的作家，更受到21世纪新的思想文化的洗礼，因此，在他的创作中可以感受到新的时代气息，可以看到许多新的努力和探索。比较于这一传统中的前辈作家，他的创作有自己新的自觉和发展，部分地实现了超越和创新。

有独立思考意识是给我感受最深的。对于当前中国乡村的现实和未来,人言人殊,有太多的不同见解,背后也有不同的利益和文化观念。贺享雍的想法不一定最深刻,但却绝对是独立的,他不是某一政治思想的代言,也不是某一思想的化身,而是凝聚着他半个多世纪的乡村生活经验,以及对乡村难以比拟的深厚感情,还有他与乡村几乎不可分割的人格和精神。其中有沉痛、有无奈,也有达观和从容。其深切和沉重,远远超过那些与乡村相距遥远的作家——这一距离既是现实层面,也包括精神层面——如果贺享雍没有那么深厚的乡村经验,没有对乡村深挚的感情,是绝对做不到的。也正因此,我们可能不一定完全认可贺享雍对乡村的思考,但却会不由自主被其所打动,更会受到深刻的启迪,让我们深思。

另一点是艺术上的多元化。贺享雍的小说以写实方法为主,也致力于客观地再现当代乡村。但是,他的艺术手法还是比较多样的。特别是《乡村志》,无论是叙事方法,还是叙述语言,都有较多的探索和尝试。其中的部分篇章,融入了很多的现代主义艺术方法,而且还运用得相当熟练。这样,贺享雍作品所表现出的乡村世界就不像传统的写实作品那样只是呈现出乡村物质和现实的一面,而是更为丰富复杂多元。其中既有现实、政治、经济世界,也有心理、文化、伦理等层面。他所展现的是立体的乡村,而不是单一的乡村。

由于贺享雍的创作特点,与人们对这一创作传统所引发的争议一样,当前文学批评界对他的创作存在有较大差异的评价。其中既有雷达、贺绍俊等批评家对他的激赏,也有一些批评家的不以为然。这当然不是某个人的批评态度问题,而是涉及文学观、审美观,特别是与乡土文学密切相连的文学接受问题。这些问题牵涉很广泛,远不是简单讨论可以解决的。所以,就像笔者前面所说,对贺享雍和《乡村志》这一风格乡土文学作品的评价和定位,最恰当的方式也许是暂时搁置,留待后人言说。因为只有在间隔一定时空距离之后,我们才能更客观全面,将问题看得更深刻、更清楚。这不是无原则的逃避,而是一种清醒的历史态度。如古人苏轼所言:"不识庐山真面目,只缘身在此山中。"我们处在同一座狭窄的山谷中,却幻想达到"一览众山小""极目楚天舒"的思想和话语境界,虽为美好的理想,也终归只能是理想而已。

以此作为此书的结语。

主要参考文献

1. ［德］威廉·冯·洪堡特著，姚小平译：《论人类语言结构的差异及其对人类精神发展的影响》，北京：商务印书馆，2009年。

2. ［德］霍克海默著，渠东、付德根等译：《霍克海默集：文明批判》，上海：远东出版社，2004年。

3. ［法］丹纳著，傅雷译：《艺术哲学》，北京：生活·读书·新知三联书店，2016年。

4. ［俄］别林斯基著，满涛译：《文学的幻想》，合肥：安徽文艺出版社，1996年。

5. 王国维：《人间词话》，昆明：云南人民出版社，2016年。

6. 《鲁迅全集》，北京：人民文学出版社，1981年。

7. 《胡适文存》，北京：华文出版社，2013年。

8. 《茅盾全集》，北京：人民文学出版社，1991年。

9. 《郁达夫文集》，广州：花城出版社、三联出版社，1982年。

10. 《文艺大众化问题讨论资料》，上海：上海文艺出版社，1987年。

11. 《周立波文集》，上海：上海文艺出版社，1985年。

12. 戴昭铭：《文化语言学导论》，北京：语文出版社，1996年。

13. 辜鸿铭：《中国人的精神》，海口：海南出版社，1996年。

14. 高汝伟、殷有敢：《政治伦理学》，南京：南京大学出版社，2016年。

15. 邓安庆主编：《现代政治伦理与规范秩序的重建》，上海：上海教育出版社，2016年。

16. 林立：《法学方法论与德沃金》，北京：中国政法大学出版社，2002年。

17. 中国社会科学院社会学研究所编：《中国社会学》第9卷，上海：上海人民出版社，2012年。

18. 费孝通：《乡土中国》，北京：三联书店，2013年。

19. 钟敬文：《钟敬文民俗学论集》，合肥：安徽教育出版社，2010年。

20. 胡朴安：《中华全国风俗志》，石家庄：河北人民出版社，1986年。

21. 乌丙安：《民俗学原理》，沈阳：辽宁教育出版社，2001年。

22. 吴福辉：《沙汀传》，北京：十月文艺出版社，1990年。

23. 《沙汀研究资料》，北京：知识产权出版社，2009年。

24. 吴福辉：《且换一种眼光》，上海：上海教育出版社，1998年。

25. 陈平原：《在东西方文化碰撞中》，杭州：浙江文艺出版社，1987年。

26. 白烨：《贵在本色》，成都：天地出版社，2006年。

27. 贺绍俊：《远离现代性的乡村叙述》，成都：天地出版社，2006年。

28. 张鸣：《乡村社会权力和文化结构的变迁：1903—1953》，西安：陕西人民出版社，2013年。

29. 刘洪涛：《湖南乡土文学与湘楚文化》，长沙：湖南教育出版社，1997年。

30. 张卫中：《汉语与汉语文学》，北京：文化艺术出版社，2006年。

31. 张清华：《文学的减法》，长春：吉林出版集团责任有限公司，2009年。

32. 张新颖：《沈从文精读》（上），太原：北岳文艺出版社，2014年。

33. 李怡：《现代四川文学的巴蜀文化阐释》，长沙：湖南教育出版社，1986年。

34. 邓经武：《二十世纪巴蜀文学》，成都：电子科技大学出版社，1999年。

35. 范藻：《沉默的呐喊——贺享雍小说研究》，成都：四川文艺出版社，2003年。

36. 向荣、贺享雍：《痛并笑着的乡村叙事》，北京：中国文联出版社，2016年。